La tragédie
des jumelles Dionne

John Nihmey et Stuart Foxman

La tragédie
des jumelles Dionne

traduit de l'anglais
par Lucie Ranger

Flammarion ltée

Données de catalogage avant publication (Canada)

Nihmey, John

Time of their lives. Français
La tragédie des jumelles Dionne

Traduction de : Time of their lives

ISBN 2-89077-114-8

1. Dionne, Quintuplées – Romans. I. Foxman, Stuart.
II. Titre. III. Titre : Time of their lives. Français.

PS8577.I39T5414 1994   C813'.54   C94-941333-X
PS9577.I39T5414 1994
PR9199.3.N53T5414 1994

La tragédie des jumelles Dionne
Titre original : TIME OF THEIR LIVES – THE DIONNE TRAGEDY

ISBN 2-89077-114-8

Dépôt légal : 4ᵉ trimestre 1994

Maquette de couverture : Imprimerie La Providence
Photo de couverture : Publiphoto

NOTE DES AUTEURS

La tragédie des jumelles Dionne est un roman basé sur l'histoire réelle des huit premières années de la vie des quintuplées Dionne. Tous les faits décrits dans ce livre sont véridiques, y compris ceux qu'on retrouve dans l'épilogue.

Les personnages principaux du livre, Oliva et Elzire Dionne, leurs enfants, le docteur Allan Dafoe, le Premier ministre Mitchell Hepburn et le journaliste du *North Bay Nugget* Mort Fellman, ont réellement existé. La plupart des autres personnages, la parentèle Dionne, le promoteur de l'Exposition Universelle Yvan Spear, le psychopédagogue William Blatz, et plusieurs autres dont les noms sont bien connus, ont aussi existé. Quelques personnages comme les ministres du cabinet de Mitchell Hepburn, les infirmières de l'hôpital Dafoe et Martin Poulin, l'avocat d'Oliva Dionne, entre autres, ont été créés pour représenter des personnes qui ont occupé ces fonctions entre 1934 et 1942.

Au cours des trois années de notre recherche sur les quintuplées, nous sommes fréquemment allés à Corbeil, à Callander et à North Bay, principaux décors du roman. Nous y avons visité la ferme des Dionne et la maison du docteur Dafoe, devenues des musées; l'hôpital Dafoe, actuellement propriété privée; et le site de Quintland, aujourd'hui fermé. À l'occasion de nos visites, nous avons rencontré des personnes qui ont été témoins des événements décrits dans ce livre. Leurs souvenirs nous ont aidés à faire une description plus authentique des gens, des lieux et des situations.

Pour notre recherche, nous avons aussi consulté des centaines d'articles de revues et de journaux des années 1934 à 1942, y compris tous les numéros du *Toronto Star* et du *New York Times* de cette période. Nous avons regardé de multiples actualités filmées de Pathé et écouté les nombreux reportages radiophoniques portant sur les quintuplées et le docteur Dafoe. Tout cela nous a donné un aperçu intéressant de la perception que le public avait des quintuplées et de leur médecin. La représentation romancée des principaux personnages du livre qu'on retrouve dans les trois films produits par Twentieth Century Fox, *The Country Doctor*, *Reunion*, et *Five of a Kind*, nous a également permis de saisir l'opinion du public de l'époque.

De nombreux livres, rapports et études ont été écrits sur les premières années des quintuplées. Certaines œuvres en particulier nous ont aidés à comprendre les points de vue professionnels et personnels d'acteurs importants dans la vie des quintuplées. Mentionnons, entre autres, le livre *Administering Angels* produit par les sages-femmes, les comptes rendus des infirmières et les études psychologiques du docteur Blatz. La consultation des archives gouvernementales et d'éditoriaux, comme « Infant Industry » (*Harper's*, novembre 1938), nous fut également d'un apport précieux pour comprendre le rôle de première importance des quintuplées Dionne au moment de la Dépression.

Nous sommes redevables à de nombreuses personnes qui nous ont confié leurs précieux souvenirs et qui ont mis à notre disposition d'importants documents et objets de l'époque. Nous voudrions remercier tout particulièrement le personnel de la Bibliothèque nationale et des Archives publiques du Canada qui a retrouvé pour nous des documents rares; le personnel des

Archives nationales du film qui nous a laissés voir et revoir les films « juste une fois encore » ; le personnel du Dépôt des dossiers gouvernementaux des Archives publiques de l'Ontario qui a accepté de rechercher des dossiers « manquants » ; Jimmy Rodolfos du Dionne Quint Collector's Club de Boston qui nous a prêté sa précieuse collection de souvenirs des quintuplées ; le sénateur David Croll qui nous a parlé avec franchise du cabinet de Mitchell Hepburn ; et enfin, Léo Voyer qui nous a raconté ce qu'il s'est passé quand le monde entier a débarqué à Corbeil et y est resté pendant huit années. Nous voulons également remercier les personnes qui nous ont fourni leur témoignage à condition qu'on ne mentionne pas leurs noms.

Nous adressons des remerciements particuliers au journaliste Mort Fellman qui a suivi l'affaire Dionne pendant plus de quarante ans. Il a partagé ses souvenirs avec nous pendant de nombreuses heures et a accepté de revoir notre manuscrit pour en assurer l'exactitude historique. Voilà qui démontre bien sa préoccupation de faire connaître la vérité cachée derrière les faits. Nous lui sommes également reconnaissants de nous avoir facilité la rencontre d'Elzire Dionne, décédée huit mois après la première édition de ce livre.

Nous voulons enfin remercier notre éditrice, Ann Fothergill-Brown qui nous a permis d'écrire un livre qui met en lumière le sens véritable de l'histoire de la famille Dionne.

John Nihmey
Stuart Foxman

À Elzire

Table des matières

PROLOGUE

Sur l'écran, les mots clignotaient en grandes lettres noires. *Chute radicale des entrées à l'Exposition Universelle de Chicago.* Des images montraient les secteurs de l'exposition les plus affectés : des guérites de billets désertées, des salles d'exposition barricadées, des pavillons fermés, une foule clairsemée errant sans but sur les terrains déserts de la foire.

Yvan Spear se trémoussait sur sa chaise. Joe avait bien raison. Quelle belle image de l'exposition ça donnerait !

Après avoir vu les actualités filmées dans la salle de spectacle de l'exposition ce matin-là, Joe lui avait dit au téléphone que le reportage n'était vraiment pas à leur avantage. Mais Spear, toujours optimiste, n'aurait jamais cru que c'était si mauvais. Même la voix tranchante du reporter était plus menaçante que lors des matinées précédentes alors qu'il affirmait clairement qu'après le coup fourré de la dernière année, celle-ci était un véritable fiasco.

On voyait ensuite à l'écran Spear lui-même, enfoncé dans son fauteuil, dans son très élégant veston croisé. Son attitude ne trahissait pas ses inquiétudes. Il y avait trente-cinq ans qu'il était dans les affaires, escroc à la petite semaine devenu grand promoteur urbain. Au cours de ces années, il avait appris l'art de minimiser l'importance d'une mauvaise situation. Et celle-ci était *vraiment* mauvaise !

La voix remplie d'une assurance factice, l'image en noir et blanc de Spear expliquait :

— Il y a quelque chose que vous devez comprendre. Les gens sont capricieux. Ils s'emballent pour quelque chose, en tirent tout ce qu'ils peuvent puis s'en désintéressent tout simplement.

Il serra le poing pour faire effet puis ouvrit la main toute grande d'un seul coup. Il enchaîna :

— De nos jours en particulier, les gens veulent de la nouveauté. Des choses passionnantes. Des choses qui les aident à oublier leurs problèmes.

Il s'arrêta, dans l'attente d'une réaction de l'intervieweur invisible, ne serait-ce qu'un grognement d'approbation. Comme rien ne venait, il conclut :

— Nous allons réussir à leur donner ce qu'ils veulent. Je ne suis pas inquiet.

Mais il l'était, évidemment. L'année précédente, une foule nombreuse avait fait la queue pendant des heures pour entrer à l'exposition. Tous les jours, les gens attendaient patiemment pour voir le planétarium Adler, le temple au toit d'or du Lama, le pavillon des Transports, la chaîne de montage de General Motors, le Sky Ride, et Sally. Surtout Sally.

Ils faisaient la queue sur six rangs et attendaient l'ouverture des portes juste pour voir une ancienne actrice du cinéma muet au chômage. Elle avait trente ans, venait du Missouri et s'appelait Helen Beck. Spear l'avait rebaptisée Sally Rand, lui avait donné deux ou trois plumes d'autruche géantes et lui avait fait faire du strip-tease. Et, subito presto, une étoile était née. Les autorités bien pensantes avaient été scandalisées, mais Spear adorait ça. À chaque arrestation pour conduite obscène et indécente, dix mille personnes de plus affluaient pour voir la scandaleuse danse de l'éventail. Qu'est-ce que ça pouvait lui faire à

Sally ? C'était la Dépression et elle s'enrichissait. Spear aussi. Sally Rand représentait sans contredit la meilleure combine de sa vie.

Mais ça, c'était l'année précédente et l'image finale des actualités montrant Sally sur scène devant une foule clairsemée, prouvait bien que ça n'allait plus. Spear aurait bien dû y penser, le prévoir même. Comme aucune nouvelle attraction n'avait été annoncée, il n'y avait pas eu foule à l'ouverture des portillons trois semaines plus tôt. L'annonceur des actualités résumait très bien la situation :

— La nouveauté de la plus grande exposition universelle de tous les temps s'est tout simplement émoussée.

Avec une musique dramatique en crescendo, la dernière image s'éteignit et l'écran redevint blanc.

— Ça va, ça va ! Remets les lumières, hurla Spear en direction de la cabine de projection.

Il se leva en se massant les tempes. Il n'était pas encore huit heures du matin et il avait déjà la migraine.

Les lumières se rallumèrent dans la salle de spectacle vide. Spear cligna des yeux.

— On avait bien besoin de ça !

Il se tourna vers Raymond, son jeune assistant, assis à ses côtés pendant les actualités.

Raymond se taisait, il avait peur de parler. Il avait appris à se tenir tranquille jusqu'à ce que son patron se calme. C'est Joe, assis de l'autre côté de Spear, qui parla le premier.

— Qu'est-ce que je dois faire, monsieur Spear ? demanda-t-il.

— Ne montre pas ça évidemment, répliqua Spear. C'est déjà assez difficile d'attirer du monde ici. Cette merde suffirait à les faire fuir.

— Je vais mettre ça sous clé dans mon bureau, dit Joe.

— Bien. Merci Joe – Spear se tourna vers Raymond – Viens avec moi. Il y a beaucoup de boulot qui nous attend.

Les deux hommes quittèrent la salle de spectacle et traversèrent les terrains de l'exposition encore déserts ; les portillons n'étaient pas encore ouverts. Mais Spear savait que, même quand ils le seraient, les terrains ne seraient pas précisément pleins. Il devait trouver quelque chose, et vite.

— J'ai parlé à Reynolds ce matin, dit-il à Raymond comme ils entraient dans l'édifice de l'administration.

— Et alors ? Raymond marchait derrière Spear le long du couloir.

— Nous avons fait douze pour cent de moins que la semaine dernière alors que nous avions déjà fait sept pour cent de moins que la semaine précédente.

Il ouvrit d'une poussée la porte de ses bureaux.

Une jeune femme d'environ vingt-cinq ans, très chic, vêtue d'une jupe brune et d'une blouse beige à col montant, se préparait du thé. En les voyant entrer, elle leva les yeux.

— Bonjour, monsieur Spear, dit-elle joyeusement.

— Pas de coups de fil, grogna Spear en entrant dans son propre bureau.

Raymond le suivit et ferma la porte derrière lui.

— La saison est encore jeune, risqua-t-il en faisant de son mieux pour avoir l'air optimiste. C'est sûr que Sally va les ramener.

— Sally est finie.

La voix de Spear était morne, et il jeta un coup d'œil à la photo sur le mur derrière son bureau. Deux plumes de deux mètres de long, une paire de mollets bien galbés et de talons aiguilles au-dessous, une tête aux cheveux flous et au sourire séduisant au-dessus.

— Il faut trouver quelque chose de nouveau.

Il était assis à son bureau et Raymond était installé sur la chaise en face de lui.

— Prends ton crayon. On ne sortira pas d'ici avant d'avoir trouvé quelque chose.

Il regarda sa tasse de la veille et cria :

— Arlene, apporte-nous du thé.

Spear commença alors par donner une leçon à Raymond sur l'exploitation de la nature humaine. Puis, tout au long de la journée et jusque tard dans la nuit, ils lancèrent des idées à tour de rôle. Spear essayait désespérément d'inventer une attraction inédite pour attirer les foules, et Raymond prenait consciencieusement tout en note, puis donnait son opinion. Certaines idées étaient meilleures que d'autres : plus de manèges, un tableau vivant, une reconstitution des *Rues de Paris*, un pavillon de la Science. Dans certains cas, Raymond sautait d'enthousiasme sur sa chaise. Mais chaque fois Spear lui disait de ne pas s'emballer trop vite car il n'était pas certain qu'aucune de ces idées ne soit la bonne. Il les comparait aux numéros à la roulette. Tout ce qu'il y avait à faire, c'était de miser et d'attendre de voir si son numéro allait sortir.

PREMIÈRE PARTIE

Le monde est devenu fou aujourd'hui,
Et le bien est le mal aujourd'hui,
Et le noir est le blanc aujourd'hui,
Et le jour est la nuit aujourd'hui...

Anything Goes, Cole Porter, 1934

1

ENFIN À LA MAISON !

Dans les souvenirs d'Ernest, ça avait toujours été le troisième banc. Il n'était pas très vieux, mais il avait l'impression que sa mère s'était toujours agenouillée au même endroit depuis des siècles.

Ernest gigotait, mais sa mère était parfaitement immobile à ses côtés. Les yeux clos, la tête inclinée pour une prière silencieuse, un chapelet serré dans ses mains potelées, Elzire Dionne était l'image même de la sérénité. Le regard fixe des statues des deux côtés de l'autel, qui intimidait la plupart de ceux qui entraient dans la maison du Seigneur, ne la mettait même pas mal à l'aise. Elle était satisfaite de la vie qu'elle menait et en paix avec Dieu.

Au bout de ce qui parut une éternité à Ernest, sa mère ouvrit finalement les yeux, laissa retomber ses mains et commença à se relever. C'était tout ce qu'il attendait. Il se leva d'un bond. Ils pourraient enfin aller chez Voyer pour acheter des bonbons. Elle l'avait promis.

Elzire avait de la difficulté à se mettre debout. Une main sur le bras d'Ernest, l'autre sur le banc devant elle, elle redressa prudemment son corps alourdi par une grossesse avancée. Elle grimaça en se relevant, puis elle fit un sourire forcé à Ernest qui était sur des charbons ardents et brûlait de partir.

C'était l'aîné de ses cinq enfants et aussi le plus agité. Elzire lui prit la tête entre les mains en se disant qu'il ressemblait de plus en plus à son père. Elle savait qu'il avait hâte d'avoir ses bonbons et elle lui dit de prendre les devants.

— Je te rejoins dans une minute.

Ernest partit comme une flèche.

— Et achète aussi quelque chose pour tes sœurs.

Son chuchotement sonore se répercuta sur les murs de la petite église déserte alors qu'elle se retournait pour le voir partir.

Elle le regarda se déplacer avec fracas tout le long du banc, descendre l'allée centrale à la course et, après un demi-tour rapide, faire une génuflexion et le signe de la croix avant de sortir par les lourdes portes de bois et de se retrouver d'un bond sur les marches à l'extérieur. Elzire sourit et mit la main devant sa bouche pour étouffer le grand éclat de rire qu'elle ne pouvait retenir. Elle était contente qu'Ernest soit si insouciant. Quand elle avait son âge, la vie n'était pas pareille.

À neuf ans, deux ans après la mort de sa mère, Elzire était déjà en bonne voie d'assumer l'entière responsabilité d'une ferme et d'une maisonnée de huit personnes. Les corvées dont elle avait hérité avaient bouleversé son enfance. Elle était passée directement des jeux de poupées au reprisage de salopettes, à la cuisine et au ménage pour son père et ses six frères.

À l'âge de douze ans, Elzire se levait à cinq heures tous les matins et préparait un déjeuner copieux pour son père qui partait ensuite aux champs avec son outillage pendant qu'elle commençait à traire les vaches. Elle nourrissait alors les poules et ramassait tous les œufs qu'elle trouvait avant de préparer un autre déjeuner consistant pour ses frères qui avaient aussi leurs propres corvées à faire. Puis elle allait à l'école, mais pour Elzire c'était plus une période de repos qu'un exercice d'apprentissage. Là au moins, son esprit pouvait vagabonder dans des mondes inconnus et différents du sien, jusqu'à ce qu'elle doive se hâter de rentrer à la maison pour préparer le dîner de tout le monde.

Le soir, elle reprisait les bas des garçons et cousait ensemble des sacs de farine pour en faire des draps pendant que les haricots trempaient et que le pain et la tarte du lendemain cuisaient. Elle montait ensuite se coucher et s'endormait souvent un livre ouvert sur la poitrine pour se réveiller en sursaut quelques minutes plus tard. Elle éteignait alors la lampe et disait une prière pour son père et pour ses frères qu'elle considérait presque comme ses enfants.

Elzire se demandait maintenant ce que l'avenir réserverait à ses *propres* enfants et elle fit une prière rapide pour tous les cinq en se déplaçant le long du banc. Avant de sortir de l'église, elle s'arrêta pour s'incliner devant l'autel et faire le signe de la croix. Elle récita ensuite une autre prière, pas pour sa santé ou son salut cette fois, mais pour la pluie. C'était *les rogations**, temps de prières pour les récoltes à venir, et il y avait des semaines qu'il n'avait pas plu. Puis, avant de partir, elle ajouta une autre prière, une prière pour le bébé qu'elle portait. Celui qui la faisait souffrir tellement plus que tous les autres auparavant. Celui qui semblait prêt à naître dès maintenant même si l'accouchement n'était pas prévu avant deux mois.

Elzire sortit et regarda l'étroit chemin de terre qui était soi-disant la grand-rue de Corbeil. Ernest n'était pas en vue. Elle n'apercevait que la route poussiéreuse et le magasin général de Voyer qui, avec l'église, marquait le centre du village. Voilà les lieux de réunion de Corbeil, pour la nourriture du corps et de l'esprit à la fois, aimait-elle à penser.

Au-delà de chez Voyer, elle voyait aussi les fermes en rondins de Corbeil. La plupart de ces fermes appartenaient aux mêmes familles depuis des générations et Elzire connaissait tout le monde. Il y avait d'autres maisons éparpillées à l'horizon, plus belles que celles de leur village. Mais Elzire ne connaissait pas beaucoup les propriétaires. Ils faisaient partie d'un autre village et d'une autre paroisse. C'était comme ça à Corbeil. Les voisins

---

* En français dans le texte. (N.D.T.).

étaient comme des membres de votre famille, mais le poteau indicateur au carrefour de leur chemin et de la grande route de Ferguson marquait le bout du monde.

En approchant de chez Voyer, Elzire remarqua combien la peinture s'écaillait sur les murs extérieurs du magasin. Elle leva les yeux et vit aussi que les avant-toits commençaient à pourrir. Avec toutes les personnes qui étaient au chômage, elle ne comprenait pas que Léo ne puisse engager quelqu'un pour faire les réparations. Après tout, quand la scierie avait fermé l'hiver précédent, des hommes à la recherche de travail étaient venus de partout à la ferme des Dionne. Oliva leur trouvait toujours quelque chose à faire. Et quand il n'avait pas d'argent pour les payer, ils étaient bien contents de manger un bol de ragoût de légumes bien chaud et de rapporter à leurs femmes un panier de pommes de terre ou de navets. Tout le monde avait connu de meilleures années que 1934, mais Elzire était reconnaissante pour ce qu'ils avaient et elle était toujours contente d'aider ceux qui étaient moins chanceux. Elle suggérerait à Léo de faire sa part lui aussi.

Quand elle ouvrit la porte de chez Voyer, Ernest était debout près de l'entrée avec des bâtons de réglisse noire et d'autres bonbons qui sortaient de son poing fermé.

— Maman, est-ce que je peux en prendre?

— Je pense que tu en as déjà pris, dit-elle en riant et en regardant ses dents et ses lèvres barbouillées de noir. Mais gardes-en pour Daniel. Et pour tes sœurs. L'école sera finie quand on arrivera à la maison.

Elle n'avait pas terminé sa phrase qu'Ernest se fourrait déjà un caramel dans la bouche et regardait avec convoitise l'étalage de sucres d'orge et de bonbons à la menthe dans la vitrine.

Elzire sourit intérieurement. Elle se rappelait avoir fait la même chose quand le père de Léo tenait le magasin. Presque rien n'avait changé depuis ce temps. La pièce exhalait les mêmes arômes de thé et d'épices. Les étagères débordaient du même assortiment d'épicerie et de mercerie. Les planchers de bois craquaient aux mêmes endroits. Qui plus est, le calendrier était toujours accroché à la même place sur le mur derrière le tiroir-caisse. Seule l'année avait changé.

— Léo, dit-elle au grand homme massif derrière le comptoir, tu ferais mieux d'appliquer une couche de peinture avant que le bois se dessèche.

Léo acquiesça poliment.

— Vas-tu me donner l'argent pour le faire?

— Tu n'as pas besoin d'argent. Oliva a de la peinture dans la remise.

Elzire désigna d'un geste les sacs dans le fond du magasin.

— Et tu n'auras qu'à donner du sucre ou une boîte de tabac à quelqu'un pour le faire.

— Ne t'occupe pas de ma peinture, dit-il en montrant du doigt son ventre protubérant. T'es-tu regardée? On dirait que tu vas accoucher d'une minute à l'autre.

Elzire ne dit rien.

Léo observa son visage inquiet et comprit immédiatement que ce n'était pas le moment de plaisanter.

— Est-ce que ça va?

Elzire s'essuya le cou et le front avec la manche de sa blouse.

— Cette chaleur est insupportable, répondit-elle.

Léo espérait qu'il n'y avait pas autre chose.

— Sais-tu, j'ai l'impression que ce sera un garçon cette fois-ci. Il avait les yeux brillants. Ne me demande pas pourquoi, c'est juste une impression.

— Ce n'est pas encore...

Elle serra la mâchoire sous l'assaut d'une contraction qui la transperça de haut en bas, accompagnée d'une sensation de brûlure des hanches aux chevilles.

— Tu es certaine que ça va?

Elle fit signe que oui.

— Ça ira mieux quand je serai de retour à la maison.

Il y avait de la souffrance dans le ton de sa voix.

— On est juste allés à l'église. J'ai l'impression que ça devient trop difficile pour moi de me mettre à genoux.

— Et ton poids n'aide pas beaucoup non plus.

Elzire se prépara à se moquer du sermon qui suivrait au sujet de son poids.

— Ah! Toi et *le docteur*!

— À propos du docteur, est-ce qu'il ne t'a pas dit de rester à la maison?

Elle poussa un long soupir puis fit un signe de la main pour montrer le peu de cas qu'elle faisait des ordres du médecin.

— Si j'écoutais le docteur je serais toujours couchée et mes enfants mourraient de faim.

Léo fit le tour du comptoir en tirant un tabouret. Il le poussa devant elle.

— Tiens. Assieds-toi quelques minutes. Tu n'as pas du tout l'air bien.

Il essaya de l'asseoir de force sur le tabouret, mais elle résista. Si elle s'asseyait elle savait qu'elle ne pourrait pas se relever.

— Non, non. Il faut que je retourne à la maison.

Elle jeta un coup d'œil vers Ernest assis sur une caisse près de la porte et absorbé par la lecture d'une bande dessinée.

— Combien est-ce que je te dois pour les bonbons? Donne-moi aussi de la gomme à mâcher.

Léo lui passa une boîte de Chiclets sans dire un mot. Il avait l'habitude de voir la plupart de ses clients sans argent. S'ils n'avaient pas de beurre ou d'œufs à lui donner en échange de farine et de sucre, ils prenaient quand même ce dont ils avaient besoin et lui remettaient leurs allocations d'aide sociale quand ils les recevaient. Léo savait que les Dionne étaient une des rares familles à ne pas avoir recours à l'assistance publique, mais il ne dit rien. On ne sait jamais.

Elzire le regarda.

— Six... sept sous?

Elle mit la main dans la poche de sa blouse et en sortit quelques pièces. Elle ouvrit ensuite la boîte de Chiclets et en offrit à Léo.

— Veux-tu de la gomme à mâcher?

Léo refusa.

— Cinq sous, ça suffira.

Elle jeta deux morceaux de gomme dans sa bouche puis flanqua sur le comptoir cinq pièces de monnaie en cuivre terni.

— Je devrais y aller.

Elle se tourna vers la porte.

— Viens, Ernest.

— Tu dois te reposer maintenant Elzire.

Elle acquiesça.

— Et tu feras toutes mes amitiés à Oliva.

Si elle le faisait, Oliva saurait qu'elle avait marché jusqu'ici. Elle se tut.

— Tu ne dis rien?

Léo la menaça du doigt en feignant la colère.

— Oliva ne sait pas que tu es sortie, n'est-ce pas?

— Au revoir Léo, dit-elle avec un sourire en se dirigeant vers la porte.

— Ernest?

Il ne bougea pas.

— Ernest!

Il se leva lentement de la caisse où il était assis, les yeux encore rivés sur la page.

— Est-ce que je peux l'apporter à la maison, monsieur Voyer? demanda-t-il comme d'habitude.

Léo le reluqua comme si sa demande était beaucoup plus importante qu'elle ne l'était en réalité.

— Si tu me promets de la rapporter, dit-il finalement, sachant très bien qu'Ernest le ferait. Tous les enfants le faisaient.

Léo s'amusait de voir les enfants de l'âge d'Ernest lui demander d'emprunter des bandes dessinées. C'était maintenant une habitude. Personne n'avait acheté de revue dans son magasin depuis le début de la Dépression. Et avant, Ernest était trop jeune pour savoir lire, alors il n'avait pas connu d'autre façon de faire. Ça ne dérangeait pas Léo. C'étaient les seuls articles de son magasin qu'il prêtait et ces prêts faisaient plaisir à ses clients, aux enfants surtout. Qu'est-ce que ça pouvait bien faire si leurs parents ne dépensaient que quelques sous par visite ? La plupart du temps, c'était tout ce qu'ils avaient de toute façon.

Entraînant Ernest, Elzire sortit du magasin clopin-clopant, le plus vite possible, espérant que Léo ne l'observait pas de trop près. Sinon, il remarquerait sûrement ses jambes énormes, enflées maintenant comme deux petits troncs d'arbre, et il lui dirait qu'il n'était pas question qu'elle marche trois kilomètres. Elle entendit sa voix chevrotante au moment où la porte se refermait, mais elle continua sa route sans lui répondre. Elle descendit péniblement les marches sur ses jambes douloureuses et s'arrêta au pied de l'escalier pour reprendre son souffle avant d'entreprendre le long voyage de retour.

Elle savait qu'Oliva serait fâché qu'elle soit sortie, surtout dans l'état où elle était. D'ailleurs, c'est lui qui avait finalement appelé le docteur même si elle affirmait que ses membres enflés ne la faisaient pas souffrir. Après l'avoir vue, le docteur lui avait passé un savon parce qu'elle était sur pied et à l'ouvrage alors qu'elle était grosse comme une vache. Il lui avait ordonné de garder le lit et avait insisté pour qu'Oliva l'attache s'il le fallait. Tout pour l'empêcher de se lever. Mais arrêter Elzire était plus facile à dire qu'à faire. Elle avait toujours fait passer son propre bien-être après les besoins de sa famille. Elle pensait avoir été mise sur terre pour être une bonne épouse et une bonne mère, et tout ce qui l'amenait à toucher ce but faisait tout simplement partie de son rôle. Quant au salut du bébé à naître, il dépendait entièrement de Dieu, peu importe ce qu'elle ferait.

Debout sur la route, Elzire pensait à la distance qu'elle avait encore à parcourir. Elle voulut dire à Ernest de prendre les devants, mais elle se ravisa. S'il lui arrivait quelque chose, elle aurait besoin de lui pour aller chercher de l'aide. Cette grossesse était la plus pénible des six qu'elle avait vécues, et elle ne pouvait s'empêcher de penser au mot *jumeaux* que le docteur avait claironné. Elle ne voulait pas se retrouver étendue sur la route, à mi-chemin de la maison, en train d'accoucher de deux bébés, sans que *Tante* soit là pour prendre soin d'elle. Elle espérait qu'un des voisins passe avec son boghei ou, mieux encore, le père Routhier au volant de l'automobile de la fabrique. Non seulement il la ramènerait à la maison, mais il la rassurerait en lui disant qu'elle n'avait pas eu tort de marcher jusqu'à l'église au milieu de la semaine, même dans son état.

Sur les trois kilomètres entre le magasin Voyer et la maison, il y avait cinq fermes. Elles n'étaient pas aussi vastes que celles qui parsemaient le paysage le long de la grande route de Ferguson, avec de grosses maisons et d'immenses granges. Elles se composaient plutôt de bandes de sol dénudées, de plusieurs centaines d'hectares, inhabités et incultes pour la plupart. Même dans les bonnes années, la terre n'était pas riche, et à cause de la grave sécheresse du printemps, la situation avait empiré. On aspirait maintenant à l'autosuffisance et tout ce qu'il fallait, c'était un petit champ de plantes fourragères, un potager, quelques poules, une vache, une petite grange pour le foin et une cave à légumes pour conserver les pommes de terre et les navets durant l'hiver.

Le nom de chaque famille était indiqué sur un panneau fixé à un piquet au bord de la route, juste devant chaque petite maison d'un étage et demi en rondins. Le toit en pente surplombait une large galerie qui courait devant la maison et le long d'un de ses côtés jusqu'à une grande cuisine d'été. L'escalier menait à une cour où des jeunes filles faisaient la lessive dans de grandes cuves en acier et où jouaient des petits. Si le papa n'était pas aux champs avec ses fils, il travaillait sans doute dans la grange ou coupait du bois pour l'hiver. La maman pouvait être n'importe où, en train d'étendre du linge, de cueillir des haricots pour le dîner, de baratter le beurre, de plumer un poulet ou de mettre la table dans la cuisine d'été. Seuls les grands-parents, *pépère* et *mémère*, avaient le droit de rester à ne rien faire, assis sur la galerie, généralement dans des berceuses ou sur des chaises de bois à dossier droit. Pour faire passer le temps, ils attendaient la visite des voisins ou celle, plus rare, de l'immigré qui colportait des vêtements.

Les voisins saluaient Elzire et Ernest au passage en leur disant « *bonjour et ça va ?* », mais Elzire ne s'arrêtait pas pour bavarder. Elle souriait seulement, répondait « *bonjour et ça va ?* » et continuait sa marche. Contrairement à d'autres femmes du village, Elzire n'avait jamais été quelqu'un qui perdait son temps à papoter quand il y avait du travail à faire. Surtout pas maintenant alors que, de douleur, ses genoux se dérobaient sous elle.

Elle ne s'arrêta qu'une seule fois pour passer un instant avec M. Bélanger, un vieil homme de quatre-vingt-quinze ans. Il avait fondé le village et participé grandement à son peuplement avec huit enfants, vingt-deux petits-enfants, quarante-trois arrière-petits-enfants et quatre arrière-arrière-petits-enfants. Elzire ne se serait jamais pardonné d'avoir négligé de lui dire un mot gentil et d'apprendre le lendemain qu'il était mort au cours de la nuit.

À la maison suivante, une femme de l'âge d'Elzire, Gaëtane, étendait des vêtements sur la corde qui courait d'un bout à l'autre de la galerie. Elle manifesta son inquiétude en voyant à quel point Elzire avait de la difficulté à marcher. Celle-ci haussa les épaules devant l'inquiétude de son amie d'enfance puis lui montra respectueusement le ciel du doigt.

Avant qu'Elzire poursuive péniblement sa route, Gaëtane lui proposa d'aller préparer à sa place le repas d'Oliva et des enfants pour qu'elle puisse se reposer.

— Tu as déjà assez de choses à faire comme ça, répliqua Elzire en riant sous cape.

Elle pensait au mari de Gaëtane et à ses sept enfants qui se plaindraient sûrement si le souper n'était pas prêt à quatre heures. C'était certainement ce que feraient Oliva et ses cinq enfants à elle en tout cas.

— Tu es sûre ? demanda Gaëtane.

Elzire fit signe que oui et lui offrit un de ses sourires d'enfant, presque angélique, en guise d'adieu. Elle continua sa route avec Ernest, au-delà de la ferme de l'aimable Mme Lebel sur la droite, jusqu'à la petite vallée où leur propre maison se trouvait sur la gauche, quelques centaines de mètres plus loin. Enfin à la maison, pensa Elzire, espérant atteindre la chambre arrière avant de s'écrouler.

Ernest aperçut sa sœur Thérèse, une fillette de cinq ans, qui jouait en arrière près de la remise à bois où leur père fendait des bûches à l'ombre d'un grand arbre. Il partit comme une flèche pour les rejoindre.

— Ne dis pas à ton père où nous sommes allés, lui demanda faiblement Elzire, mais il était déjà parti.

En quittant la route, Elzire entendit le chien qui aboyait pour accueillir Ernest. Elle se hâta en espérant qu'Oliva ne lèverait pas les yeux, puis elle ralentit quand elle sut qu'il ne pouvait plus la voir. Elle remonta péniblement le petit chemin de terre qui menait à l'entrée de la maison et, à la vue de l'escalier, elle fit enfin la grimace qu'elle avait si difficilement retenue. La vue des trois marches lui coupa les jambes. Mais elle était bien résolue. En retenant son souffle, elle les monta une par une et, quand elle atteignit celle du haut, elle se pencha pour ramasser une petite pelle et une poupée.

Oliva était sur le point de fendre une autre bûche, lorsque, entendant claquer la porte grillagée, il leva les yeux du tas de bois. Il avait relevé ses manches de chemise, ses bras étaient luisants de sueur et son dos trempé. Ça faisait une demi-heure qu'il coupait du bois. Auparavant, il était allé dans un de ses champs pour ensemencer à nouveau une parcelle où les graines qu'il avait plantées un mois plus tôt avaient séché avant de germer.

— Où étais-tu ? demanda-t-il à Ernest, avec un peu de la frustration du *toujours pas de pluie* dans la voix. C'est pour m'aider que je te garde à la maison plutôt que de t'envoyer à l'école, pas pour folâtrer.

Ernest se défendit aussitôt.

— Je suis allé à l'église avec maman.

Il avait encore plus hâte de raconter la meilleure partie de la promenade au village.

— Ensuite nous sommes allés chez M. Voyer.

Il brandit la bande dessinée.

Oliva leva sa hache et fendit une autre bûche.

— Voilà bien ta mère ! dit-il en s'essuyant le front.

Il plaça une autre bûche sur le billot et donna un coup sec pour enfoncer fermement la hache dans le bois, redressant en même temps son corps trapu.

Il se dirigea ensuite vers la porte arrière, prêt à faire un sermon à Elzire parce qu'elle était sortie sans respecter les recommandations rigoureuses que le docteur leur avait données à tous les deux, mais il se ravisa après avoir fait quelques pas. À quoi bon ? Elzire lui dirait qu'elle allait bien, et qu'il ne fallait pas s'inquiéter.

À vrai dire, il avait toujours senti le besoin de la protéger depuis leur toute première rencontre à l'église dix ans plus tôt. Elzire Legros n'avait alors que seize ans, un visage enfantin et une candeur juvénile qui ne laissait rien transparaître de la dure vie qu'elle menait déjà depuis des années. Oliva, quant à lui, était un jeune homme de vingt-deux ans, réfléchi et volontaire, qui aidait encore son père à la ferme. Mais il planifiait déjà sa propre vie et cherchait les moyens d'entretenir une famille avant même d'en avoir une. Peu après avoir rencontré Elzire, il sut qu'il avait trouvé la femme qu'il lui fallait. Elle avait l'étoffe d'une bonne fermière, n'avait pas peur du travail pénible, avait reçu la bénédiction de Dieu et reconnaissait qu'elle aimait les enfants comme peu de femmes qui avaient deux fois son âge. Ils se marièrent après de brèves fréquentations.

Oliva savait qu'Elzire avait eu une enfance difficile et aussi qu'elle était prête à travailler dur le restant de ses jours. Mais au lieu d'en profiter, il essayait toujours de lui faciliter la vie. Les jours où elle était particulièrement occupée, il lui disait de remettre des choses au lendemain. Quand les corvées et les enfants l'avaient éreintée, il lui suggérait d'aller s'étendre pour se reposer un peu. Mais elle ne l'écoutait jamais. Elle n'écoutait personne d'ailleurs, sinon Dieu qui semblait lui avoir donné assez d'énergie et de détermination pour vivre trois vies entières.

Oliva se dirigea quand même vers la maison, pas pour

réprimander inutilement Elzire, mais pour jeter un coup d'œil à Pauline, le bébé qui dormait profondément sur un gros oreiller posé par terre à côté de l'escalier qui menait à la cuisine d'été. Il leva les yeux en entendant un bruit qui venait de l'intérieur de la maison, mais il ne vit pas Elzire en regardant par la fenêtre. Il pensa de nouveau à entrer, mais décida de ne pas le faire. Ce n'était pas le moment de se disputer. Après avoir fini de fendre le bois, il devait encore transporter un chargement de gravier jusqu'à North Bay pour le gouvernement, travail qui lui rapportait trois dollars par jour. Elzire pensait qu'il en faisait trop en acceptant tous les travaux éreintants que personne d'autre ne voulait faire, en plus de s'occuper de cultiver leur propre terre. Mais ça ne dérangeait pas Oliva. Pour faire vivre sa famille, il n'y avait pas de travail trop avilissant ou difficile pour lui. Ils avaient besoin d'argent et n'importe quoi valait mieux que d'avoir recours à l'assistance publique.

— Où est Daniel? demanda Oliva en s'éloignant de Pauline et en cherchant des yeux son fils de trois ans.

— Je ne sais pas.

Ernest laissa la bande dessinée à Thérèse et passa en courant à côté de son père pour se diriger de l'autre côté de la maison où Rose, qui avait sept ans, observait attentivement un papillon qui s'était posé sur une grosse pierre. Il la rejoignit et lui brandit au visage les bonbons qui restaient de la visite chez Voyer.

— Où est-ce que tu les a eus?

— Chez M. Voyer, dit-il d'un air suffisant en brandissant un sucre d'orge juste hors de sa portée pour l'allécher.

— Est-ce que je peux en avoir un?

Ernest tendit la main puis la retira au moment même où elle allait saisir le bonbon. Avec l'autre main, il lui tira les cheveux et retourna en courant dans la cour.

Rose se mit à pleurer, courut vers la maison, monta bruyamment les marches et réveilla Pauline qui se mit aussitôt à crier.

Ernest éclata de rire et courut au-delà de la presse à foin

vers le grand érable derrière la grange. Il voulait absolument atteindre sa cabane dans l'arbre avant de se faire attraper pour avoir taquiné Rose. Mais son père le saisit au vol.

— Combien de fois dois-je te répéter de laisser ta sœur tranquille ?

Il serrait le bras d'Ernest comme un étau.

— Chaque fois que tu passes près d'elle, il faut que tu tâtes, que tu pousses, ou que tu tires.

Ernest se mordit les lèvres et haussa les épaules d'un air penaud en regardant son père.

— Est-ce que tu fais ça pour l'embêter, elle, ou pour m'embêter, moi ?

Les réprimandes se seraient sans doute poursuivies, mais un cri d'enfant en provenance de la cuisine fendit l'air.

Oliva lâcha Ernest et courut vers la porte. Le chien le suivit en aboyant comme pour donner l'alerte. Venaient ensuite les enfants : Thérèse d'abord, puis Daniel qui sortait de la grange, et Ernest enfin, loin derrière, avec un soupir de soulagement. Il était tiré d'affaire pour l'instant.

2

CETTE NUIT-LÀ

Oliva ne comprenait pas pourquoi Tante parlait d'aller chercher le docteur. Elle avait accouché des centaines de femmes sans aide, y compris Elzire pour ses cinq premiers. Mais il savait qu'il ne servait à rien de discuter. Adouilda Legros n'était pas seulement une des deux sages-femmes de Corbeil, mais elle était aussi la tante d'Elzire et *Tante* pour tout le village.

Il y avait huit heures que Tante était aussi la gardienne de la chambre arrière, nommée ainsi simplement parce qu'elle était à l'arrière de la maison, à côté de la cuisine d'été. La fonction de cette pièce n'avait jamais été tout à fait arrêtée puisqu'elle servait à la fois de salle de couture et de garde-manger. Elle avait un autre usage ce jour-là, car Elzire y était couchée sur un lit étroit, au cadre en bois, couvert de draps et d'une courtepointe légère. D'un côté du lit, il y avait une petite table en pin avec une minuscule lampe à l'huile. De l'autre, des étagères remplies de conserves, de bouteilles d'huile et de boîtes de farine, d'orge, de sucre et de thé. Un crucifix unique ornait le mur au-dessus du lit.

Elzire avait souvent fait remarquer que, de la porte de cette chambre, elle embrassait du regard tout son domaine, tout ce qui comptait pour elle. Lorsqu'elle était dans l'embrasure de la porte et qu'elle regardait vers la gauche, elle voyait la cuisine d'été et, par les fenêtres grillagées, la grange et le champ de blé. Juste à sa droite, se trouvait la porte de l'escalier menant à la cave à légumes. Droit devant elle, sa cuisine, la pièce principale de la maison, avec le poêle à bois noir en plein milieu. Et, si elle se penchait assez vers l'avant pour regarder à droite au-delà de la cage d'escalier, elle pouvait aussi apercevoir la chambre à coucher des garçons ainsi que le paysage à travers les carreaux de la porte de devant.

Oliva avait mis le lit dans la chambre arrière trois semaines plus tôt seulement. Compte tenu de l'état d'Elzire et du fait qu'elle passait la plus grande partie de son temps dans la cuisine, Oliva ne voulait pas qu'elle ait à grimper l'escalier chaque fois qu'elle avait quelques minutes pour se reposer. Il ne pouvait pas deviner alors combien ce lit serait utile, ni qu'il servirait si rapidement. Quand elle s'était effondrée dans la cuisine plus tôt dans l'après-midi, Oliva avait réussi seulement à passer le bras d'Elzire sur son épaule et à la traîner jusqu'à la chambre avant d'envoyer Ernest chercher Tante.

Oliva était dehors et allait vers le puits pour remplir un seau quand il entendit la porte arrière s'ouvrir et se refermer en claquant. Des pas lourds descendaient l'escalier avec fracas et se dirigeaient vers lui. Il se détourna de la pompe et vit Tante tout près de lui, les yeux affolés.

— Oliva, va me chercher le docteur tout de suite !

— Vous voulez dire que vous avez vraiment besoin de lui ?

— Oliva, Elzire est très malade – Sa voix tremblait – J'ai peur qu'elle ne meure.

Effrayé, Oliva scruta le visage de Tante. Il lâcha le seau et se précipita vers la maison.

Il franchit d'un bond les trois marches qui menaient à la cuisine d'été puis se rua à l'intérieur. Il vit tout d'abord Ernest tapi juste à côté de la chambre, essayant de regarder en étirant le cou par la porte ouverte. Oliva passa à côté de lui comme une flèche et entra dans la pièce faiblement éclairée : à la vue d'Elzire, il s'arrêta net. D'une immobilité inquiétante, elle était trempée de sueur et gémissait. Son visage était presque bleu, ses yeux gonflés et fermés.

Tante revint avec un seau plein d'eau, le passa à Ernest et lui demanda de remplir la marmite sur le poêle. Elle entra ensuite dans la petite chambre, se heurtant presque à Oliva qui se tenait tout près du lit d'Elzire. Elle se tourna vers la table et mouilla un linge dans la cuvette d'eau froide qui s'y trouvait. Puis elle épongea le visage et le cou d'Elzire, levant les yeux deux ou trois fois vers celui, angoissé, d'Oliva.

— Vas-y, Oliva, dit-elle enfin. S'il te plaît. Tu ne peux rien faire pour elle. On a besoin du docteur.

Oliva voulut prendre les mains d'Elzire, mais elles étaient inertes. Il aperçut les grains noirs du chapelet qu'elle tenait enroulé autour de ses doigts enflés et les toucha en priant pour elle. Il se pencha ensuite pour lui embrasser le front, puis inquiet, fit une pause avant de relever la tête.

Elzire ouvrit lentement les yeux. Ils étaient vitreux et des larmes en coulaient. Elle se redressa et marmonna quelque chose, mais Tante la recoucha doucement.

— Ménage tes forces, Elzire.

Elzire poussa un gémissement.

— Ma tante, dit-elle péniblement, je pense que je ne passerai pas au travers.

Elle serra les dents, grimaça et poussa un profond soupir.

— Oliva, va chercher le père Routhier.

Oliva jeta un regard désespéré à Tante.

— Tiens bon, Elzire.

Tante leva les yeux vers Oliva dont le visage habituellement foncé était presque aussi pâle que les draps trempés et froissés du lit.

— Oliva, il n'y a pas de temps à perdre. Vas-y tout de suite, s'il te plaît. Et va aussi chercher Mme Lebel en passant.

— Mais je vais déjà chercher le docteur.

— Je le sais bien, mais je ne pense pas que le bébé va patienter jusqu'à son arrivée. Arrête-toi en passant. J'aimerais qu'elle soit ici avec moi.

Oliva sortit de la chambre à reculons, incapable de quitter Elzire des yeux.

Ernest qui avait repris son poste près de la porte, s'esquiva juste assez vite pour éviter une taloche de son père qui battait en retraite. Le garçon marcha jusqu'au pied de l'escalier et s'assit sur la première marche, à côté de Rose. On aurait dit qu'il y avait des heures que sa sœur était là, l'air inquiet, les coudes appuyés sur les genoux.

Oliva rejoignit les deux enfants. Il savait que les cris de douleur de leur mère les avaient réveillés. Il entendait aussi Pauline pleurer à l'étage et s'attendait à voir Daniel et Thérèse sortir de leurs chambres d'un moment à l'autre.

Il vit bien que Rose était terrorisée.

— Ne t'en fais pas, ma chérie.

Il se pencha et l'embrassa sur le front.

— Maman va s'en sortir.

Mais les paroles de papa ne rassurèrent pas plus Rose que celles de Tante plus tôt. Et ce n'était pas étonnant. C'est Rose qui, cet après-midi, alors qu'elle entrait dans la cuisine en courant, avait trouvé sa mère appuyée contre le poêle, essayant de se tenir sur ses jambes qui étaient si faibles et si douloureuses qu'elle s'effondrait chaque fois qu'elle voulait se relever.

— Papa, gémit-elle, pourquoi maman est-elle si malade?

— Maman va juste avoir son bébé, c'est tout, dit Oliva avec espoir. Je vais aller chercher le docteur tout de suite et tout va bien aller.

Pendant que son père s'occupait de Rose, Ernest se releva et se glissa de l'autre côté de la cage d'escalier pour jeter un coup d'œil furtif dans la chambre. Il retira aussitôt la tête quand Tante le surprit.

— Emmène Ernest avec toi, s'écria Tante. Il rôde autour comme un chat.

Attiré par la voix de Tante, Oliva revint vers son fils et le saisit par la taille.

— Viens. Je t'emmène.

— Ah! non, papa, protesta Ernest. Je vais tout manquer.

Oliva n'était pas d'humeur à discuter. Il empoigna Ernest par un bras, saisit les clés du camion sur la glacière et sortit par la porte avant. Rose courut à la fenêtre pour les regarder partir. Toujours en pleurs, à moitié endormi, Daniel sortit de sa chambre en se frottant les yeux.

— Où est Ernest?

Rose regarda à peine son frère de trois ans. Parmi les naissances qui avaient eu lieu dans cette maison, celle de Daniel était la première dont elle se souvenait. Elle ne voulut pas lui dire où son père et son frère étaient partis pour ne pas l'effrayer.

Ernest continuait à rouspéter en se dirigeant vers le camion.

— Je ne veux pas y aller, papa, implora-t-il.

Mais c'était trop tard. En un éclair, il se retrouva assis sur le siège avant, à côté de son père dont la main tremblait étrangement alors qu'il essayait de mettre la clé de contact.

Le camion commença par caler, comme d'habitude, mais Oliva ne s'énerva pas. Il était content d'avoir un véhicule, surtout en un moment comme celui-ci. En temps normal, même pour aller chercher de l'aide, il aurait pris le cheval de Pépère ou couru tout le long du chemin, afin d'économiser le précieux carburant pour les fois où il avait besoin du camion pour son travail. Mais l'insistance de Tante, l'inquiétude dans sa voix, son trouble inhabituel devant les soins à prodiguer à sa propre nièce, tout cela avait convaincu Oliva qu'il devait aller chercher le docteur le plus vite possible.

— On ne va pas du bon côté, lui fit remarquer son fils qui faisait le malin.

— Nous devons d'abord aller chercher Mme Lebel.

Le camion fit quelques centaines de mètres avec des ratés, et Oliva s'arrêta devant une ferme semblable à la leur.

— Dépêche-toi. Entre vite. Dis-lui que maman est en train d'avoir le bébé. Vite!

Oliva regarda Ernest remonter le petit chemin pareil au leur, monter les mêmes trois marches jusqu'à la galerie et frapper à une porte vitrée identique qui s'ouvrit après quelques instants. Une femme robuste vêtue d'une chemise de nuit trop grande, la veste de laine de son mari sur les épaules, parut. Ernest lui parla et elle s'effaça vivement. Elle réapparut un instant plus tard, les bras pleins de serviettes, avec un sac qui émettait un cliquetis de verre et de métal. La femme galopa jusqu'au camion et y monta avant même qu'Ernest ait pu la rattraper. Il la suivit et se tassa dans l'espace qui restait. Son père, qui avait déjà relâché à moitié la pédale du frein, refit le même trajet à toute allure.

— Comment va-t-elle? Mme Lebel savait qu'Elzire ne devait pas accoucher avant la fin de juillet.

Oliva regardait droit devant lui.

— Elle ne va pas bien du tout. Tante veut que j'aille chercher le docteur aussi.

Même dans le noir, Mme Lebel pouvait deviner l'inquiétude sur son visage.

— Quand c'est en avance comme ça, Oliva – elle se faisait rassurante – c'est toujours mieux d'avoir de l'aide. Tante ne veut pas prendre de risque.

— Est-ce que maman va mourir? demanda Ernest.

Malgré la brusquerie de sa question, on sentait l'inquiétude qu'il éprouvait en la posant.

— Pas si je peux y faire quelque chose!

L'assurance de Mme Lebel leur redonna du courage.

— J'ai eu dix-huit enfants et je ne suis pas plus robuste qu'une Legros. Ta maman va s'en sortir.

Ils arrivèrent à la maison.

— Arrête-toi! ordonna Mme Lebel.

Elle passa par-dessus Ernest et sauta du camion.

— Dépêche-toi maintenant.

Oliva repartit et poussa le moteur au maximum, mais il n'alla pas plus vite. Les pneus patinaient sur la terre meuble et il dut relâcher l'accélérateur et poursuivre sa route plus lentement.

Les nids-de-poule et les bosses le forcèrent à ralentir encore. C'était enrageant, surtout en cette période de crise. Le camion bringuebalait et Oliva se disait que, avec tant de gens au chômage, la route aurait dû être réparée depuis longtemps. Si quelques chômeurs s'étaient portés volontaires, tout le monde, lui compris, aurait volontiers apporté leur contribution en leur donnant de la nourriture ou un peu d'argent. La route aurait pu être remise en bon état en une semaine. Mais les choses les plus simples semblaient toujours si difficiles à réaliser. Quelques minutes plus tard il n'y pensait plus quand, traversant le carrefour, la route s'aplanit. Callander était proche.

Le village de Callander était plus proche que Corbeil de la ville de North Bay et plus développé. Les rues y étaient bordées de poteaux portant des fils électriques et téléphoniques, commodités qui manquaient à Corbeil, tout comme l'eau courante. Si la route y était aussi en terre battue, elle avait un accotement de gravier qui la séparait des terrains privés voisins. Les maisons au centre de chaque propriété étaient visiblement plus belles aussi. La plupart étaient en brique plutôt qu'en rondins et plusieurs avaient un petit chemin pavé et, à l'avant, un jardin parsemé de jonquilles et de crocus.

Oliva arrêta devant la plus belle d'entre elles : une maison de deux étages en brique rouge entourée d'une clôture blanche. Il sauta du camion, ouvrit la barrière et courut vers la porte. Ernest le suivait avec réticence. Oliva souleva le heurtoir massif au-dessus de la plaque de métal portant l'inscription ALLAN ROY DAFOE, MÉDECIN et frappa plusieurs coups. À défaut d'une réponse immédiate, il frappa un peu plus fort et un peu plus longtemps.

— J'arrive, j'arrive, grommela une voix de femme derrière la porte qui s'ouvrit enfin.

L'air irrité, Mme Henderson, la gouvernante du docteur Dafoe, apparut, en robe de chambre et en pantoufles. C'était une femme aux cheveux gris et au visage ridé.

— Monsieur Dionne, qu'est-ce que vous faites ici en plein milieu de la nuit ?

— On a besoin du docteur de toute urgence, dit-il en entraînant Ernest avec lui dans la maison. Elzire va avoir son bébé.

— Le bébé?

L'irritation de Mme Henderson se transforma en surprise.

— Elle n'a que...

Un filet de voix leur parvint.

— Le bébé?

Ils regardèrent tous les trois vers le corridor qui traversait la maison et virent le docteur qui sortait du salon à petits pas. Court et trapu, la tête trop grosse, il était encore tout habillé. Il portait un complet, une chemise blanche et une cravate grise ainsi qu'une veste de laine. D'une main, il tenait sa pipe et un livre ouvert, de l'autre. Il ôta ses lunettes et les rangea dans la poche de sa chemise.

— Mais elle ne doit pas accoucher avant deux mois.

Le ton de la voix était neutre, mais interrogatif.

— As-tu demandé à Mme Legros de venir s'en occuper?

Oliva l'interrompit, contrarié de se sentir soupçonné de gaspiller du carburant pour rien.

— Tante est déjà là. C'est elle qui veut que vous veniez. Elzire est très malade.

— Hum!

Dafoe frotta sa moustache grise en broussaille et porta sa pipe à la bouche.

— Alors nous ferions mieux d'y aller.

Il se tourna vers Mme Henderson.

— Pourriez-vous aller chercher ma trousse, je vous prie?

Trottinant, la gouvernante se rendit dans le cabinet de consultation du docteur.

— Je crois qu'elle est sous mon bureau, madame Henderson, lui cria Dafoe.

Même s'ils vivaient dans la même maison depuis la mort de sa femme huit ans plus tôt, il l'avait toujours appelée Mme Henderson. Par tempérament, il ne faisait pas facilement preuve de familiarité.

Depuis son arrivée à Callander vingt-cinq ans auparavant, Dafoe avait toujours tenu tout le monde à distance, ses patients en particulier. Canadiens-français pour la plupart, ils appelaient *le docteur* ce médecin bienveillant venu d'une ville éloignée dont ils n'avaient jamais entendu parler, et qui avait fait le choix d'exercer à Callander. Dafoe se délectait du statut que sa situation lui conférait. Il avait l'impression d'être un bon médecin, toujours disponible, et se faisait une gloire de connaître les prénoms de tous ses patients, y compris ceux des centaines d'enfants. Mais il n'avait jamais souhaité s'intégrer à la communauté. Il déclinait toutes les invitations à dîner de ses patients, ne participait jamais aux activités paroissiales et s'était toujours refusé à apprendre le français. Après toutes ces années, il était encore, volontairement, un étranger.

Mme Henderson ressortit de la petite salle d'attente attenante au cabinet de consultation, à quelques pas du vestibule.

— Où l'avez-vous laissée? demanda-t-elle, les mains vides.

— Elle est peut-être en haut, vous savez, dit-il en réfléchissant à haute voix.

— Vous auriez pu me le dire !

La gouvernante resserra le cordon effiloché de sa robe de chambre et entreprit de monter l'escalier.

Dafoe éclata de rire.

— Je me demande parfois qui est le patron ici.

Oliva était trop préoccupé pour plaisanter.

— Tante a dit qu'Elzire pourrait mourir.

— Calme-toi, Oliva. Mme Legros est seulement une sage-femme, pas un médecin.

Il se pencha pour parler à Ernest qui se cachait discrètement derrière son père.

— Tu devrais rester ici avec Mme Henderson, Ernest.

Le garçon avait l'air lugubre. Tout était tellement ordonné et impeccable dans cette maison. Il avait peur de toucher à quoi que ce soit.

— Est-ce que je ne pourrais pas aller chez oncle Léon? demanda-t-il, implorant.

Oliva consulta sa montre.

— Il est plus de minuit, Ernest. On les réveillerait.

— Ah! je suis certain qu'avec des biscuits et un peu de lait la compagnie de Mme Henderson sera tolérable pendant un certain temps, ajouta Defoe.

— Ne l'écoutez surtout pas, maugréa Mme Henderson en descendant l'escalier avec la trousse noire de Dafoe.

Dafoe se redressa.

— Je viens avec toi, dit-il à Oliva. Tu reprendras ton fils quand tu me ramèneras.

S'il préférait monter dans le vieux camion d'Oliva plutôt que de prendre sa toute nouvelle Dodge, ce n'était évidemment pas pour le confort. Mais, avec le coût actuel du carburant, il n'était pas question de prendre deux véhicules pour aller au même endroit. Surtout qu'il n'y en avait que trois dans toute la paroisse.

Oliva vit qu'Ernest faisait la moue.

— Sois sage, Ernest!

Il se tourna vers Mme Henderson.

— Ne le laissez pas veiller!

— Certainement pas. Pas passé minuit, bonté divine!

Elle était encore toute secouée d'avoir été réveillée alors qu'il n'y avait pas d'accouchement prévu à son agenda cette semaine-là.

Dafoe saisit sa trousse, prit son veston de la patère et sortit avec Oliva. Il ébouriffa les cheveux d'Ernest en passant.

Ernest tiqua. Il détestait ça, mais il savait qu'il serait grondé s'il protestait tout haut. Alors il se tut et se résigna à passer un mauvais quart d'heure dans cette maison étouffante où tous les murs étaient de la couleur d'un jour de pluie. Où toutes les fenêtres étaient garnies de lourdes draperies qui bloquaient la lumière. Où les porcelaines sur les guéridons ne servaient jamais. Où les tableaux qui représentaient des lacs, des villes et des maisons étranges, étaient impeccablement alignés sur les murs. Et où l'air exhalait une odeur comme celle du musée qu'il avait visité une fois à North Bay.

Il suivit Mme Henderson jusqu'à la cuisine à l'arrière de

la maison, content d'avoir des biscuits, mais espérant quand même que son père reviendrait vite.

Oliva était à peine entré dans la chambre que le spectacle le figea sur place. Tante était debout au pied du lit et portait le bébé le plus minuscule qu'il ait jamais vu. C'était inimaginable. Il avait les bras et les jambes ténus comme des brindilles. Debout près de la table, Mme Lebel était en train de déposer un autre bébé, tout aussi petit, dans le panier de livraison en osier qu'Oliva avait transformé en berceau une ou deux naissances plus tôt.

Dafoe contourna Oliva et se dirigea vers Tante.

— Docteur! Tante indiqua le berceau. Il y en a déjà deux autres comme ça. Et je pense qu'il y en a un quatrième, qui s'annonce.

— Un quatrième? Oliva était blême, les yeux toujours rivés sur le bébé.

Il ne voyait même plus Elzire qui haletait et tremblait, subissant la quatrième série de contractions.

Dafoe se faufila entre les sages-femmes pour regarder le berceau.

— Est-ce qu'ils respirent?

— À peine.

Tante déposa délicatement le bébé qu'elle tenait à côté des autres dans le berceau.

Oliva tourna les yeux vers sa femme.

— Elzire, murmura-t-il, incapable de dire autre chose.

Elle continuait à geindre, à pousser, à haleter, à se tordre. Et, pendant tout ce temps, elle tenait son chapelet bien serré et n'arrêtait pas de prier.

— Oliva, sors d'ici! hurla Dafoe. Madame Lebel, venez ici!

Oliva implora Tante.

— Est-ce qu'ils sont en vie?

Il n'avait pas entendu de cris comme lors des accouchements précédents.

Tante le repoussa hors de la pièce.

— Oliva, ta place n'est pas ici. Attends dehors !

Sa voix tremblait.

— Tout va bien aller.

— Mais quatre...

— Fermez cette porte, cria Dafoe en essayant de couvrir les cris de douleur d'Elzire et les exhortations inquiètes des sages-femmes.

Oliva regarda la porte se refermer. Elle se coinça d'abord et résista. Oliva n'en fut pas surpris car elle n'avait jamais été fermée. Mais Tante donna un bon coup dessus et la porte se ferma complètement. Oliva la regarda fixement un instant puis chercha les enfants des yeux. Il ne les voyait nulle part. À son arrivée, Mme Lebel les avait probablement tous trouvés debout et renvoyés au lit en usant de menaces. Le fait d'avoir eu dix-huit enfants lui avait conféré l'autorité nécessaire.

Dans la chambre, Tante et Mme Lebel travaillaient avec frénésie, entièrement aux ordres de Dafoe. Mme Lebel massait les bébés à l'huile d'olive, à tour de rôle. Elle les passait ensuite à Tante qui les enveloppait dans une couverture réchauffée au fer à repasser et les plaçait dans le berceau avec les autres. Dafoe laissait tomber de l'eau tiède sur leurs lèvres à l'aide d'un compte-gouttes dont il avait coupé le bout et dit à ses deux aides de ne pas cesser de surveiller les bébés et de l'avertir si l'un d'entre eux cessait de respirer. Il se tourna ensuite vers Elzire pour lui prodiguer ses soins. Longtemps après la naissance du dernier bébé, elle geignait toujours et tremblait, formulant des prières et des paroles à peine cohérentes. Très souffrante, convaincue qu'elle allait mourir, elle ne cessait de réclamer *le père*. Dafoe finit par lui faire une piqûre pour soulager la douleur et elle s'endormit aussitôt, son chapelet toujours serré entre les doigts.

Mme Lebel sortit de la chambre à quelques reprises sans dire un mot à Oliva. Elle s'agitait, faisait chauffer les fers à repasser sur le poêle et les rapportait dans la chambre pour réchauffer les couvertures du berceau. Dafoe sortit une seule fois, juste une minute, pour dire à Oliva que c'étaient toutes des filles. En fin de compte, Oliva lui demanda comment c'était possible, mais Dafoe fut incapable de répondre. Il lui dit seulement d'essayer de dormir un peu puis retourna dans la chambre, en refermant la porte derrière lui.

Oliva se sentait impuissant. Il aurait voulu voir Elzire et les bébés, mais la porte de la chambre restait fermée. Il aurait voulu aller chercher Ernest et le ramener à la maison, mais Mme Henderson l'avait certainement déjà mis au lit. Il aurait voulu aussi annoncer la nouvelle à son père et à son frère Léon, mais il était trop tard. Tout ce qu'il pouvait faire, c'était rester à côté de l'entrée de la cave à légumes, l'oreille collée sur la porte de la chambre. Il essayait vainement de saisir des bruits réconfortants : les cris que poussent naturellement les bébés quand ils sortent du ventre de leur mère pour entrer dans un monde inconnu, la prière d'Elzire rendant grâce à Dieu, la liste des prénoms démodés proposés par Tante, les préparatifs du docteur avant son départ. Mais il n'entendit rien de tel. Seulement des pas rapides, des ordres tranchants et le cliquetis des cuvettes et des bouteilles qui circulaient. Parfois aussi, un faible murmure qui ressemblait à s'y méprendre au miaulement d'un chat naissant.

Oliva quitta enfin son poste près de la porte et alla jeter un coup d'œil aux enfants. À Pauline d'abord, dans la chambre de ses parents, puis à Rose et à Thérèse dans la leur et à Daniel enfin qui passait la nuit tout seul dans la grande chambre du bas. Ils étaient tous couchés paisiblement dans leurs lits et dormaient à poings fermés. Leur souffle était le seul bruit familier dans la maison ce soir-là.

3

CINQ ?...

Encore une journée tranquille au *Nugget*. Au télégraphe, toujours les mêmes histoires de soupes populaires et d'augmentation du chômage, parfois l'annonce d'une activité sociale parrainée par ceux qui en avaient les moyens et les communiqués politiques habituels remplis de promesses de création d'emplois. Pas de quoi garder occupés un rédacteur en chef et trois journalistes. Il est vrai qu'un seul des journalistes était payé. Les deux autres avaient été congédiés un an plus tôt, mais ils traînaient quand même dans la petite salle de rédaction. Ils n'avaient pas grand-chose d'autre à faire.

À ce moment-là, Mort Fellman n'avait rien à faire lui non plus. Il pensait mourir d'ennui s'il ne se passait pas quelque chose, n'importe quoi, rapidement. Le point saillant de son emploi du temps, le 27 mai 1934, avait été une entrevue avec une veuve expulsée de son logement qui campait avec toute sa famille dans la rue devant le grand magasin R. Monsour à Mattawa. Le lendemain il rencontrerait Mitchell Hepburn, candidat libéral au poste de Premier ministre aux prochaines élections provinciales, qui serait en tournée électorale en ville. Mais ce jour-là, il n'avait rien au programme.

Il fouilla dans le tas de vieux journaux qui encombraient son bureau à la recherche de sa tasse. Il la trouva, posée sur un communiqué souillé, propagande libérale datant de plusieurs semaines et promettant moins d'intervention de l'État dans la vie de monsieur *Tout-le-Monde*. Mort prit sa tasse, encore à moitié pleine du thé de la veille et jeta un coup d'œil à l'autre bout de la pièce poussiéreuse. Ses collègues discutaient avec Bob Knight, le rédacteur en chef du *Nugget*.

— Holà! cria Fellman. On est à court de thé aujourd'hui?

Un des journalistes le regarda.

— Du calme, Mort. Ça vient.

Knight étira la tête.

— Je suppose que tu as trop de travail pour mettre l'eau à bouillir, Mort, dit-il en blaguant.

Ils éclatèrent tous de rire, même Fellman, et retournèrent à leurs occupations, variations sur thème de farniente.

Le téléphone sonna et rompit le silence qui venait de s'installer. Les trois journalistes se ruèrent vers l'appareil placé près de la porte; Fellman arriva le premier.

— Le *Nugget*, bonjour, que puis-je faire pour vous?

Les deux autres journalistes le regardaient avec envie. Quand ils avaient un appel, ils pouvaient passer des heures à l'appareil, même s'il n'y avait pas d'article à en tirer. Ça faisait passer le temps.

— Oui, vous êtes bien au *North Bay Nugget*, répéta Fellman. Est-ce que je peux faire quelque chose pour vous, monsieur?

Il y eut un long silence. Fellman paraissait très étonné.

— *Cinq?*

Il semblait tout à fait incrédule.

— Vous vous fichez de moi?

Comme son interlocuteur hurlait, il éloigna l'écouteur de son oreille.

— Bon! bon! d'accord, vous êtes l'oncle. Je voulais m'en assurer.

Les autres journalistes s'approchèrent. Ils entendaient un flot de paroles à l'autre bout du fil.

— Il va falloir que je vérifie... Vous voulez rire? Personne ne fait plus de cadeaux de nos jours.

Fellman regarda ses collègues. Il couvrit le microphone de la main et, d'un geste, leur signifia que la personne qui appelait était folle à lier.

— Oui, bien sûr... Pourquoi pas?

Il essayait de garder son sérieux malgré les mimiques de ses collègues.

— Oui, je sais où c'est... Oui, oui... Si c'est possible, je vais voir.

Il raccrocha l'écouteur, et les autres journalistes lui jetèrent un regard interrogateur.

— J'aurai tout entendu, fit Fellman.

— C'était qui? demanda un des journalistes.

Fellman sourit et se dirigea vers le bureau de Knight. Il voulait que tous entendent son histoire.

— Hé! Bob. J'en ai une bonne pour toi.

— Ouais! Qu'est-ce que c'est? demanda Knight sans lever les yeux du magazine *Time* qu'il était en train de lire.

— Un fermier de Callander vient de téléphoner. Il dit que la femme de son frère à Corbeil a eu cinq enfants la nuit dernière.

— Un fermier, hein?

Les yeux toujours fixés sur la une du *Time*, il ajouta :

— Es-tu certain qu'il ne parlait pas de sa truie?

Ils éclatèrent tous de rire.

— J'y croyais presque jusqu'à ce qu'il me demande si un faire-part de naissance coûte plus cher pour cinq que pour un.

Ils rirent encore plus fort.

— Et si nous donnions encore des paquets-cadeaux pour les bébés.

Fellman gloussa.

— Alors que j'ai déjà de la veine quand je réussis à toucher mon salaire.

— Tu en as un, *toi*, au moins, répliqua sarcastiquement un des journalistes.

Knight leva les yeux.

— Va donc voir, proposa-t-il. On ne sait jamais.

— Voyons donc ! Je n'ai jamais entendu parler de cinq bébés naissant d'un seul coup. Pas dans les parages en tout cas.

— Tu n'as rien à perdre.

C'était bien vrai. La seule autre chose qu'il avait à se mettre sous la dent ce jour-là était un article à propos du prix du fourrage sur lequel il s'était déjà endormi à plusieurs reprises. Il ne devait pas nécessairement faire de recherche, mais il devait pondre un texte assez long pour remplir quelques colonnes un de ces jours où il n'y aurait rien d'autre.

— Bon ! c'est vrai qu'il ne se passe rien, admit-il. Je suppose que ça ne ferait pas de mal de se renseigner là-dessus.

Knight l'encouragea. Pour une fois, il avait l'impression de jouer son rôle de patron en envoyant un journaliste couvrir un événement.

— N'oublie pas d'apporter un appareil photo. Même si c'est une truie, on va la mettre à la une.

Ils recommencèrent à rire. Knight retourna à son article sur le colonel Edward R. Bradley dans le *Time*, et Fellman se dirigea vers la porte avec l'appareil photo. Les deux autres journalistes retournèrent à leur place en discutant des mérites du communisme et en attendant que le téléphone sonne. Le prochain appel apporterait peut-être un *vrai* sujet de reportage.

Léon Dionne attendit quelques secondes avant de raccrocher l'écouteur. Il réfléchissait à la conversation qu'il venait d'avoir avec le journaliste. Il regarda sa femme Marie qui, debout à côté de lui, attendait impatiemment le résultat. Il jeta un coup d'œil vers la table où son frère Oliva, assis avec leur père Olivier, attendait des paroles encourageantes.

— Il ne t'a pas cru, conclut Marie en voyant la déception sur le visage de son mari.

— Il pense que je suis fou à lier.

Fellman n'avait pas osé le dire, mais Léon l'avait bien senti.

— Je le savais, dit Oliva en se levant de table. Personne ne va le croire.

— Attends... commença Léon.

Oliva continua :

— Et pourquoi le croiraient-ils ? Je ne peux pas le croire moi-même.

Mais l'air hébété qu'il avait depuis l'épreuve de la nuit précédente démontrait le contraire.

Olivier l'invita à se rasseoir. Il lui avait trouvé la mine défaite quand il était arrivé peu après l'aube pour lui apprendre la nouvelle. Il n'avait jamais vu son fils si préoccupé : il bégayait en racontant les événements de la nuit et se demandait sans arrêt comment il arriverait à nourrir douze bouches. *Ça va aller*, voilà tout ce qu'Olivier avait trouvé pour l'encourager alors qu'ils se rendaient à Callander apprendre la nouvelle à Léon et à Marie.

Léon avait d'abord cru que c'était une farce, mais Marie avait tout de suite compris le sérieux de la situation. Oliva avait des cernes autour des yeux, le visage pas rasé, la chemise froissée et sortie du pantalon, la démarche chancelante. Olivier confirma la nouvelle et Marie fit une razzia dans toute la maison pour rassembler des choses dont Elzire pourrait avoir besoin. Elle était prête à partir quand Léon avait proposé de téléphoner au journal de North Bay.

Mais Oliva pensait maintenant qu'ils n'auraient pas dû le faire. Il n'aimait pas qu'on rie de lui.

— Attends un peu, Oliva, dit Léon. L'homme a dit qu'il viendrait voir.

— À la maison ?

Léon fit signe que oui.

Olivier but une longue gorgée du thé que Marie leur avait préparé quand ils étaient arrivés.

— Et les paquets-cadeaux pour les bébés ?

Léon s'assit à table avec Oliva et leur père.

— Ils n'en donnent plus.

— Ça se comprend bien, reconnut Olivier. Personne ne fait plus de cadeaux par les temps qui courent. Sauf le gouvernement.

— C'est bien la moindre des choses, grogna Léon. C'est de sa faute, après tout, si le pays est dans un état si pitoyable.

Olivier avala une autre gorgée de thé.

— Ça ne va pas mieux aux États-Unis, Léon.

Oliva n'écoutait pas. Il regardait l'assiette de pommes de terre sautées et d'œufs posée devant lui sur la table. Il n'y avait pas touché et tout avait refroidi.

— Mais qu'est-ce qu'on va faire ?

Il rabâchait sans cesse la même question à Marie qui, debout à côté du buffet, taillait des sacs de farine pour en faire des couches.

— Tu devrais voir comme les bébés sont petits.

— Ce qu'on va faire, annonça Marie, c'est retourner chez vous pour aider Elzire. Il n'y a pas de raison de perdre plus de temps ici.

Elle regarda Léon et Olivier et fit un clin d'œil à Oliva.

— Si ton père et ton frère ont fini de parler politique, bien sûr.

— On va aller chercher Ernest en passant, décida Oliva en se levant de table.

— Tu pourrais aller le chercher maintenant, avança Marie en mettant les bouts de tissu dans un sac, et le ramener ici pour qu'il reste avec Michel. Les enfants vont être dans nos jambes là-bas avec tout ce branle-bas.

— Nous devons aussi aller chercher tante Alma, leur rappela Olivier en se levant à son tour. Elle ne nous pardonnerait jamais d'être la dernière à apprendre la nouvelle.

— On pourrait peut-être amener tout le village pendant qu'on y est, se moqua Marie en enlevant son tablier et en le jetant sur la table.

Elle se dirigea vers l'arrière de la maison et ouvrit la porte grillagée.

— Michel ! Annette !

Olivier serra le bras de son fils en passant.

— Tout va bien aller, Oliva. Dieu y pourvoira.

— J'espère bien, répondit Oliva en sortant.

Quelques minutes plus tard, il était de retour avec Ernest qui sauta du camion encore en marche et courut dans la maison pour annoncer à tout le monde que maman avait eu cinq bébés d'un seul coup. Une seconde plus tard, il était dans la cour racontant à ses cousins ce qu'ils savaient déjà.

— Hé, Ernest, dit Marie en riant.

Elle reprit rapidement son sérieux en entendant le klaxon du camion d'Oliva.

— Allons-y, dit-elle en prenant une tarte à la rhubarbe sur la table tout en disant à Léon et à Olivier de se hâter.

Elle jeta à l'arrière du camion le sac qu'elle avait préparé, sauta sur la banquette à côté d'Oliva et posa la tarte sur le siège. Léon et Olivier grimpèrent à l'arrière.

Au moment où ils s'engageaient sur la grande route, un accident au carrefour attira leur attention. Ils s'arrêtèrent un instant pour s'assurer qu'il n'y avait pas de blessés. Comme il n'y en avait pas, ils poursuivirent leur chemin et Olivier demanda comment il était Dieu possible d'avoir un accident quand il y avait si peu de circulation.

— C'est comme s'ils attendaient qu'une voiture passe pour se ruer sur elle, remarqua Marie.

Olivier saisit l'occasion pour atténuer la tension qu'ils ressentaient tous. Il se pencha vers la cabine et cria :

— C'est probablement une de ces femmes au volant qui nous vient de North Bay.

— Je ne vois pas pourquoi je ne conduirais pas aussi bien que n'importe quel homme, rétorqua Marie.

— Tu peux toujours divaguer, cria Léon. Je ne pense pas qu'Oliva te laisse nous faire une démonstration. N'est-ce pas, Oliva ?

Oliva ne pipa mot et réprima difficilement son envie de rire.

— N'est-ce pas ? répéta Léon, plus fort cette fois.

— Eh bien...

— N'essaie pas de te dérober, Oliva, dit Léon pour le taquiner.

— Tu veux dire que tu ne me laisserais pas conduire même si je savais comment ? demanda Marie en se tournant vers Oliva avec un étonnement feint.

— Je ne sais pas, dit Oliva en éclatant de rire. J'aime mieux ne pas m'en mêler.

Marie se retourna et lui donna une tape sur l'épaule.

Cela le fit rire de plus belle et, dans le camion, de larges sourires remplacèrent les visages inquiets.

Olivier était content de sa plaisanterie : ils ne parlaient plus des craintes qu'ils éprouvaient. D'ailleurs, dès qu'il y avait un moment de silence, il était mal à l'aise et s'empressait de dire n'importe quoi, par exemple, qu'il faudrait trouver cinq pièces d'argent d'un dollar pour offrir aux nouveau-nés. Marie renchérissait et s'étendait à n'en plus finir sur le casse-tête que représenterait le tricot de cinq vêtements identiques pour Noël et pour chaque anniversaire.

Les rires se poursuivirent après l'arrêt chez tante Alma. Une fois passé le choc provoqué par l'incroyable nouvelle, elle grimpa dans la cabine entre Oliva et Marie, posant soigneusement la tarte sur ses genoux et plaisantant elle-même. Comment sera-t-il Dieu possible de faire un gâteau assez gros pour tout le monde ? Olivier enchaîna en racontant une histoire à propos des gâteaux de maman qui se transformaient toujours en puddings quand il ajoutait du petit bois dans le poêle. Oliva lui-même mit ensuite son grain de sel. Il ferait sûrement un froid de canard dans leur maison l'hiver suivant... puisque toute la provision de bois de chauffage passerait dans la fabrication de cinq nouveaux berceaux.

À leur arrivée, il trouvèrent Dafoe, l'air abattu, assis sur le canapé du salon. Leur entrée sembla le tirer d'une profonde réflexion.

— Eh bien, il était temps, dit-il en jetant un regard irrité vers Oliva. Où étais-tu ?

Il salua rapidement les autres.

— Olivier. Léon. Madame Dionne. Madame.

— Pourquoi fait-il si chaud ici ? demanda Olivier sentant l'odeur de renfermé et voyant la porte de la cuisine d'été bien fermée. Pour se donner de l'importance, Oliva s'empressa de répondre avant Dafoe.

— Nous avons fermé toutes les fenêtres.

— Pourquoi ?

— Les mouches, dit Dafoe. Et les moustiques aussi. Il y a déjà assez de microbes ici.

Il se leva et se dirigea vers la porte avant.

— Allons dehors. Je ne veux pas que l'on révcille Elzire.

Les hommes le suivirent, mais tante Alma et Marie se dirigèrent immédiatement vers lc fond de la maison.

— Il faut laisser les bébés tranquilles pour l'instant, dit Dafoe fermement.

— Pourquoi ? demanda Marie en déposant la tarte sur la table de la cuisine.

— Où sont tous les enfants ? demanda tante Alma en regardant autour d'elle.

— Dehors. Je ne veux pas...

Une porte s'ouvrit brusquement.

— Non, ils ne sont pas tous dehors, dit tante Alma avec un grand sourire alors que Thérèse sortait en courant de la cuisine d'été et se jetait dans ses bras.

— Bonjour, Thérèse.

Olivier la prit à son tour.

— Bonjour, ma chérie.

— Bonjour, Pépère.

Thérèse embrassa bien fort son grand-père.

— Fermez la porte, madame Legros, lança Dafoe en direction de la chambre.

— Et moi, je n'ai pas droit à un baiser ? demanda Marie en faisant l'enfant.

Laissant Pépère, Thérèse l'embrassa aussitôt, puis son oncle Léon qui surveillait les allées et venues.

— Bonjour, tante Adouilda, fit Léon en la voyant sortir de la chambre et fermer la porte de la cuisine que Thérèse avait laissée ouverte.

Elle ne parut pas l'entendre et retourna auprès d'Elvire dans la chambre sans dire un mot.

Dafoe regardait Léon d'un air inquiet comme s'il craignait de le voir faire irruption dans la chambre d'un instant à l'autre.

— Allons dehors, suggéra-t-il de nouveau, avec plus d'insistance.

Il regarda vers la porte en espérant que personne d'autre n'y apparaisse.

— Il va falloir que je mette une serrure, marmonna-t-il.

Il imaginait la horde d'enfants sur le point d'envahir la maison. Il escorta tout le monde jusqu'à la porte d'entrée et la referma vivement derrière lui.

— Comment va Elzire? demanda Marie.

Elle prit Thérèse des bras de Pépère.

— Ça va aller, la rassura Dafoe. Mais je suis inquiet pour les bébés.

Silencieux, ils attendaient la suite. Dafoe se taisait, poussant de grands soupirs, le regard vide posé sur le champ de l'autre côté de la route. Puis il se mit à arpenter la galerie comme s'il était incapable de s'arrêter.

— Eh bien?

Tante Alma n'en pouvait plus.

— Dites-nous. Comment vont-elles?

Dafoe regarda Oliva puis Alma. Il se demandait encore comment les petites avaient réussi à passer la nuit.

— Pour être franc, je pense qu'on devrait demander au père Routhier de venir.

Tante Alma s'étrangla.

— Quoi? Ça va vraiment si mal que ça?

Elle fit un signe à Marie qui avait toujours Thérèse dans les bras.

Marie la déposa en lui donnant un autre baiser.

— Va jouer derrière, ma chérie.

Thérèse descendit en courant les marches de la galerie et fit le tour de la maison.

— Je fais tout ce que je peux, insista Dafoe, mais elles sont très faibles. Et petites... – il tendit la main, paume ouverte – ...vous n'avez pas idée.

— Comment va Elzire?

C'était Oliva qui posait la question cette fois.

— Je lui ai donné un sédatif et ça va aller. Mais les bébés... répéta-t-il en secouant la tête. Leur respiration est très irrégulière.

Olivier était de plus en plus agacé par les remarques sinistres de Dafoe.

— Il doit y avoir quelque chose...

— Je ne peux pas en faire plus, dit Dafoe. Et je dois rester ici. J'aurais voulu qu'Oliva aille en ville ce matin, ajouta-t-il en lui jetant un regard agacé. Mais il était déjà parti.

— Bon! allons-y maintenant, proposa Olivier. Qu'est-ce qu'il vous faut?

— Arrêtez-vous d'abord chez moi et dites à Mme Henderson ce qui est arrivé. Il faut qu'elle appelle mon frère à Toronto. J'ai besoin d'une couveuse au plus tôt. C'est notre seule chance.

Oliva et son père jetèrent tous deux un regard interrogateur à Dafoe. Ils n'avaient jamais entendu parler d'une couveuse. Ils n'en avaient jamais vu et ils ne savaient absolument pas à quoi cela pouvait servir.

— Allez-y, dit Dafoe. Mme Henderson sait de quoi il s'agit.

Il était conscient de leur ignorance, et ne pouvait pas prendre le temps de leur donner des explications. Il trouvait parfois frustrant d'être le seul homme *cultivé* du village et de n'avoir personne avec qui rivaliser d'esprit ou tenir une conversation intelligente. Il se demandait souvent pourquoi il restait.

— Nous aurons également besoin d'une infirmière, ajouta-t-il. Dites à Mme Henderson que celle de la Croix-Rouge à Bonfield fera l'affaire si elle est disponible.

Dafoe vit que la perplexité des deux hommes se transformait en confusion.

— Elle saura de qui je veux parler, expliqua-t-il.

Mais ce n'était pas ce qui les avait troublés.

— Et tante Adouilda alors? demanda Oliva. Et Mme Lebel?

— Elles sont encore ici, mais j'ai besoin d'une vraie infirmière. Et d'autre matériel aussi. Des serviettes propres. Des couvertures. De l'ouate. De l'huile pour bébé. De l'alcool.

— On a tout ça, dit Oliva. Sinon, ajouta-t-il en indiquant la seule maison visible le long de la route, on trouvera ça chez Mme Lebel.

— Et j'ai aussi apporté des choses.

Marie remarqua que Léon avait les mains vides. Elle lui fit signe d'aller chercher dans le camion le sac qu'elle avait apporté.

— Du matériel *propre*, Messieurs Dames. Je ne veux pas que les petites soient exposées à d'autres microbes. Elles sont trop faibles pour résister à la maladie.

Un argument convaincant pour un public averti, pensa-t-il. Mais ces paysans? Il se rappelait qu'une fois, alors qu'Ernest était malade, Oliva avait demandé à voir les microbes.

— Je veux voir les bébés, annonça Oliva. Et ma femme.

— D'accord, mais pas longtemps. J'ai besoin de ce matériel dès maintenant. Et je ne pourrai rien faire si je n'ai pas rapidement une couveuse.

Olivier descendit quelques marches.

— Viens, Oliva. Alma et Marie vont s'occuper d'Elzire. Il y a plus urgent à faire maintenant.

— Je vais rester ici pour surveiller, proposa Léon.

— Surveiller quoi? demanda Dafoe qui aurait bien voulu les voir tous partir.

— Vous, bien sûr, blagua Léon, puis il contourna la maison pour rejoindre les enfants.

— Apportez tout ce que vous pourrez, insista Dafoe en regardant Oliva et son père monter dans le camion et démarrer.

En entendant le bruit du moteur, Thérèse revint en avant de la maison, suivie de près par Daniel.

— Est-ce qu'on peut y aller aussi? demanda Thérèse.

— Est-ce qu'on peut y aller aussi? répéta Daniel.

— Et essayez donc d'appeler le *North Bay Nugget*, cria Dafoe, la voix presque couverte par le bruit du moteur. Je sais qu'ils avaient l'habitude de donner des cadeaux quand on mettait un faire-part de naissance dans le journal.

— On a déjà appelé, cria Oliva à tue-tête en faisant monter les enfants dans le camion entre lui et Pépère. Ils ne le font plus, mais ils vont envoyer un journaliste.

— Oliva, s'il y a une chose dont on n'a pas besoin actuellement...

Il se tut avant de se mettre en colère.

— D'accord, vas-y maintenant. Peut-être pourront-ils lancer un appel pour qu'on obtienne de l'aide. Et comme je disais tout à l'heure, ajouta-t-il avec tact, tu pourras peut-être t'arrêter au presbytère.

Marie se mêla à la conversation.

— Laisse faire le père, dit-elle avec autorité. Elles vont s'en sortir.

En se dirigeant vers la maison, elle se retourna vers Dafoe.

— Vous devez avoir faim. Je vais vous préparer votre déjeuner.

— Je suis surtout fatigué, dit-il en se retournant pour la suivre. Mais j'imagine que...

Il se tut brusquement et pivota sur lui-même. Entouré des vapeurs des gaz d'échappement, il cria le plus fort possible en direction du camion qui s'en allait :

— Si on ne trouve pas cette couveuse, les bébés vont mourir!

L'avaient-ils entendu? Les hommes peut-être pas, mais Marie sûrement car elle le regardait avec colère. Alma aussi à en juger par le regard glacial qu'elle lui jeta. Mais que pouvait faire Dafoe ? Il lui fallait cette couveuse et ces gens ne comprenaient rien si on ne le leur enfonçait pas dans la tête.

Sur sa bicyclette, Mort Fellman dépassa d'abord la maison des Dionne. Ce n'est qu'en voyant le panneau avec le mot DIONNE à l'extrémité du terrain qu'il sut qu'il était arrivé à destination.

De prime abord, il ne comprit pas pourquoi le panneau avait été placé à cet endroit. Mais il se rendit compte que Dionne était un nom français. Le panneau se trouvait donc du côté de Corbeil d'où la plupart de leurs amis et parents devaient venir.

Fellman fit un grand demi-cercle pour revenir en face de la ferme qu'il venait de dépasser. Il était peu impressionné par les environs, simples, tranquilles et arides, mais la petite maison l'intriguait. Il avait souvent entendu dire que la plupart des maisons de Corbeil – tout le monde en ville les appelait des *cabanes* – abritaient des familles de quinze enfants et plus. Il se demandait comment ils pouvaient tous s'y caser et il était content d'avoir l'occasion de l'apprendre. Au moins, il n'aurait pas fait le voyage pour rien.

Il mit pied à terre et déposa sa bicyclette sur le bord de la route près du panneau. Il sentit le besoin de s'étirer après le trajet de vingt kilomètres et épongea la sueur de son front et de son cou avec son mouchoir. Il espérait qu'on lui offrirait une boisson fraîche. Cette chaleur était insupportable.

Il ouvrit la barrière grinçante, suivit le petit chemin de terre et gravit les marches de bois. Il s'épongea une dernière fois et frappa à la porte.

— Oui ?

C'était Mme Lebel qui reluquait l'étrange jeune homme, un appareil photo en bandoulière et un bloc-notes à la main. Son visage lui était inconnu.

— Est-ce qu'Oliva Dionne est ici ?

— Non.

Bien sûr. Quelqu'un lui avait sans doute monté un canular.

— Et Mme Dionne? demanda-t-il ironiquement. Sortie aussi?

La sage-femme jeta un regard méfiant à Fellman.

— Mme Dionne ne peut voir personne maintenant. Elle vient juste d'avoir un bébé. Qui êtes-vous?

— Mort Fellman. Du *North Bay Nugget*. Je voudrais avoir quelques renseignements.

Il hésita puis ajouta, un doute dans la voix :

— J'ai entendu dire qu'elle avait eu cinq bébés la nuit dernière.

— Attendez un instant.

Elle mit le crochet de la porte grillagée et fit claquer la porte intérieure.

Fellman commença à arpenter la galerie. Il voulut épier par une fenêtre, mais un rideau de dentelle l'empêchait de bien voir ce qui semblait être une chambre. Il s'avança sur les planches de bois brut vers le côté de la maison. Il entendit des sons étouffés en provenance d'une fenêtre garnie de rideaux fleuris. Une grande maison de poupée, se dit-il. Quand il atteignit l'extrémité de la galerie, il jeta un coup d'œil à travers la porte grillagée de la cuisine d'été. Il remarqua tout de suite que la porte qui menait au corps de la maison était fermée. C'était étonnant par une journée aussi chaude, surtout à la campagne. Il regarda la fillette et le petit garçon qui jouaient dans la cour, mais ils ne le virent pas. Il s'épongea le cou et dirigea son regard vers la grange. Deux vaches broutaient dans le champ et ça lui rappela l'article sur le fourrage qu'il n'avait pas encore terminé.

Comme il revenait, il entendit le bruit d'une porte qui s'ouvrait et une voix qui criait vers l'intérieur qu'il n'y avait personne sur la galerie. Fellman se hâta de tourner le coin vers la porte d'entrée et se trouva face à face avec un homme joufflu qui regardait à travers le grillage en retenant fermement la porte intérieure.

— Je suis le docteur Dafoe, annonça-t-il d'un ton cassant.

Qu'est-ce que vous voulez?

— Mort Fellman, du *North Bay Nugget*.

— Bon, bon. Alors, qu'est-ce que vous voulez?

— Avez-vous mis cinq bébés au monde la nuit dernière?

Il pensait bien que le médecin lui rirait au nez.

— Oui.

— Je ne veux pas dire avec cinq patientes différentes, précisa Fellman.

— Je sais très bien ce que vous voulez dire et je vous ai déjà répondu.

Fellman croisa le regard de Dafoe. Si c'était vrai, c'était drôlement plus intéressant que l'article de la veille sur la femme qui campait dans la rue ou que le petit bijou qu'il était en train de pondre sur les prix du fourrage.

— Vous voulez dire que Mme Dionne a eu cinq enfants d'un seul coup?

— Oui, c'est ça.

Dafoe était impatient.

— Qu'est-ce que vous voulez de plus? Je suis occupé.

Fellman ouvrit son bloc-notes et prit son stylo pour écrire.

— Ça n'était jamais arrivé dans les parages, n'est-ce pas?

— Pas depuis vingt-cinq ans que je suis ici.

— Est-ce que je peux les voir? Fellman tapota son appareil photo. Vous savez, cette nouvelle va faire la une.

Il se disait que c'était probablement aussi la seule vraie nouvelle que le *Nugget* aurait ce jour-là.

— Personne ne peut les voir actuellement. Il y a déjà bien assez de microbes ici.

Fellman voulait prendre une photo. Désespérément.

— Juste une photo. Les gens vont devoir le voir pour le croire.

Ses propres doutes subsisteraient aussi tant qu'il n'aurait pas vu de ses propres yeux les cinq bébés bien vivants.

— Jeune homme, je n'ai pas de temps à perdre pour des photos maintenant. Dafoe lança un regard furieux à Fellman. J'essaie de sauver la vie de ces bébés, si ça ne vous dérange pas.

Il se préparait à rentrer dans la maison.

— Je dois couvrir cette histoire, docteur, s'excusa Fellman. Si c'est vrai, je dois...

— Comment ça, *si* c'est vrai ? Dafoe était en colère. Je n'ai pas l'habitude de raconter des bobards, fiston.

Fellman ne répondit pas.

— Écoutez-moi. Ce n'est pas une photo dans votre journal qui va sauver la vie de ces bébés, par contre du matériel médical adéquat le pourrait. Si vous voulez écrire quelque chose, lancez un appel à l'aide auprès de vos lecteurs. Nous avons absolument besoin d'une couveuse.

Fellman acquiesça en prenant des notes, mais trouver du matériel n'était pas son affaire. Il voulait plus de détails sur l'histoire.

— Savez-vous quand M. Dionne sera de retour ? J'aimerais vraiment beaucoup lui parler.

— Non, je ne sais pas. De toute façon il ne pourrait pas vous dire grand-chose de plus. Et maintenant, au revoir.

Il allait refermer la porte.

Fellman ne lâcha pas prise.

— Docteur, quand est-ce arrivé la dernière fois ? Je veux dire n'importe où dans le monde.

— Comment voulez-vous que je le sache ?

Et, sur ces mots, Dafoe claqua la porte.

Fellman se dirigea vers la route, essayant d'imaginer comment il présenterait l'histoire. Il ne le savait pas encore, mais c'était certainement un bon fait divers. Avant de remonter sur sa bicyclette, il prit une photo de la maison. Ça remplirait toujours la page.

Fellman retourna à North Bay, bien content que ce soit lui qui ait répondu au téléphone. Les gens aimaient ce genre de nouvelles. Particulièrement en cette période de crise avec tous les problèmes qu'il y avait. Il espérait seulement que les bébés ne mourraient pas avant que son article paraisse.

Pour la dixième fois ce matin-là, Yvan Spear relisait l'entrefilet de cinq lignes en dernière page du *Chicago American*. Cette fois, il le lut à haute voix à Raymond.

— Incroyable ! s'exclama-t-il, absolument jubilant.

Il tenait enfin son tableau vivant.

Raymond aussi était excité, mais il était surtout soulagé. Après des semaines passées à chercher une idée pour sauver de la catastrophe l'Exposition Universelle de Chicago, Spear n'était plus qu'une loque humaine et il avait fait de Raymond une loque aussi.

— Est-ce que tu crois qu'on pourra les engager ? demanda Raymond en pensant que, si c'était le cas, il aurait un vendredi soir de congé pour la première fois depuis un mois.

— Bien sûr qu'on va pouvoir les engager, déclara Spear.

Il chercha une carte du Canada sur son bureau. Il avait des cartes de partout, mais ne trouva pas immédiatement celle qu'il cherchait.

Il beugla :

— Arlene !

La porte du bureau s'ouvrit sans tarder, et Arlene entra.

— Monsieur ?

Elle s'approcha du bureau en désordre et commença à ranger machinalement l'assortiment de magazines, trophées et autres babioles venus on ne sait d'où et qui s'amoncelaient jour après jour.

Spear découpa l'article du journal et le lui tendit.

— Voilà. Trouve où diable peut bien être *Cor...* – il hésitait en prononçant le nom du village – *...beil*. Et réserve-moi une place dans un avion qui se rend là, ou tout près en tout cas. Affrète un avion s'il le faut.

— Quand voulez-vous partir ?

— Tout de suite. Je voudrais être déjà parti.

— À vos ordres.

En quittant la pièce, Arlene rapporta un cendrier plein, quelques magazines et deux ou trois bouteilles vides de Coca-Cola qu'elle avait récupérées sur le bureau de Spear.

Raymond se réjouissait du départ de Spear.

— Je vais faire la revue des journaux pour voir s'il y a des développements pendant que vous serez parti. Vous pourrez me téléphoner quand...

— Comment ça? Tu viens avec moi.

Raymond fronça les sourcils, mais Spear était trop excité pour le remarquer.

— Arlene, hurla Spear, nous aurons besoin de deux places.

Il s'enfonça dans son fauteuil, heureux comme s'il venait de tirer le bon numéro.

— C'est incroyable! Je ne crois pas que ça soit jamais arrivé avant.

Raymond haussa les épaules et prit note.

— Je vais vérifier.

Il se demandait ce qu'il pourrait bien faire au fin fond du Canada. Aller à la pêche? À la chasse à l'ours?

— Cinq bébés filles identiques. Spear prononçait distinctement chaque mot, comme pour s'assurer de la réalité des faits. *Des quintuplées*, gloussa-t-il. Quel coup de chance! Les gens vont faire la file pour voir cette attraction. Penses-y, Raymond. Ici même, à l'Exposition Universelle de Chicago. Nulle part ailleurs au monde. Les profits de l'année dernière vont sembler une bagatelle en comparaison.

— À condition qu'on arrive là-bas avant tout le monde.

— C'est précisément ce qu'on va faire, affirma Spear puis, regardant vers la porte, il insista auprès d'Arlene. Vite, s'il te plaît.

Il se retourna vers Raymond. Toutes sortes d'idées se bousculaient dans son esprit.

— Évidemment, il faudra que ce soit un spectacle permanent. Peut-être devrait-on construire une petite maison, tu vois, plutôt qu'une tente. Avec une belle apparence. Comme si c'était leur maison natale.

Il prit une feuille de papier sur son bureau et commença à dessiner une maison avec une file de personnes faisant la queue.

     — Le spectacle devra avoir beaucoup de classe. Il ne faudrait surtout pas que les gens aient l'impression que c'est une exhibition de monstres.

4

LE PETIT DICTATEUR

Par la fenêtre avant, Oliva observait ce qui se passait et il se sentait prisonnier dans sa propre maison. Il avait rarement vu un tel branle-bas et certainement jamais dans leur petite communauté où l'on pouvait compter sur les doigts d'une main les étrangers qui passaient en une semaine. Ce jour-là, la toute petite cour avant de la maison était pleine de journalistes. Pour les éviter, il pensa se faufiler à l'extérieur par la porte arrière, mais il comprit qu'ils l'attraperaient tôt ou tard. Ils étaient partout.

Et ils étaient arrivés en un clin d'œil. Dès qu'on avait su que leurs minuscules petites, à lui et à Elzire, étaient les premières quintuplées au monde à survivre, l'élite de la presse nord-américaine s'était abattue sur Corbeil. Depuis lors, le flot ne s'était pas tari. De nouveaux groupes de journalistes et de photographes arrivaient régulièrement de Toronto, Montréal, Chicago, Détroit, et même de Londres en Angleterre. Et les bébés n'avaient que trois jours !

Il y avait alors environ cinquante journalistes entassés dans la petite cour. D'un côté, certains bavardaient en groupes et jetaient occasionnellement un œil derrière le camion d'Oliva pour

71

voir s'il se passait quelque chose. Mais la plupart se tenaient près de la galerie et attendaient. Certains d'entre eux, des journalistes américains surtout, étaient arrivés la veille et avaient passé la nuit sous la tente, dans le champ de l'autre côté de la route. D'autres, des renforts envoyés par des journaux de Toronto et de Montréal, étaient en train de stationner sur l'accotement leurs voitures couvertes de poussière à la suite du long voyage sur des routes terreuses. Il y avait aussi des voisins de Corbeil même et des villageois de Callander et des autres paroisses environnantes. Ils étaient venus voir ce qu'il se passait. Certains ne savaient même pas ce dont il s'agissait, mais ils avaient entendu dire qu'il y avait foule à la ferme des Dionne.

Pendant qu'Oliva était à la fenêtre, des voitures continuaient d'arriver. Il regardait chaque personne qui en sortait, avec mépris et curiosité à la fois. L'invasion de sa terre et de sa maison le mettait hors de lui, mais il était quand même fasciné par le spectacle qui se déroulait sous ses yeux. Il n'avait jamais rien vu de comparable. Le regard fixe, les oreilles tendues, il était trop absorbé par toute cette action à l'extérieur pour entendre des pas dans l'escalier ou remarquer que son père l'avait rejoint à la fenêtre.

Aux allées et venues en face de la maison s'ajoutait un grand branle-bas à l'intérieur. À la table de la cuisine, Dafoe tenait une discussion enflammée avec son nouveau personnel infirmier. Le tintamarre de leurs voix avait sans doute empêché Oliva d'entendre le bruit des pas du vieil homme sur le plancher de bois.

Olivier posa la main sur l'épaule de son fils.

— Il y en a un qui vient de dire qu'une compagnie qui réalise les actualités filmées sera ici aujourd'hui, dit Oliva le visage collé contre la vitre pour regarder jusqu'au bout de ses champs.

Olivier étira le cou pour voir ce qu'Oliva regardait. Il aperçut des hommes qui déchargeaient du matériel d'un camion.

— C'est de la folie furieuse ! dit-il, se rappelant qu'à son arrivée plus tôt il avait dû lui-même se faufiler par la porte arrière.

Essayant d'écarter Oliva de la fenêtre, il ajouta :

— Les enfants seront bientôt prêts. Cesse de regarder ça, tu te fais de la bile pour rien.

Oliva laissa retomber le rideau et se tourna vers son père.

— Ça me rend vraiment service que vous gardiez les enfants, papa.

— Il n'y a pas de place pour eux ici actuellement, dit Olivier.

Un mouvement à l'extérieur attira son regard. Une autre voiture venait d'arriver, suivie d'un boghei plein de monde, des enfants surtout.

— Tu es sûr que tu ne veux pas que j'emmène aussi Daniel et Pauline ?

— Ils seront très bien chez tante Adouilda. Et Léon et Marie ont aussi proposé de les garder. Vous en aurez assez sur les bras.

— Ne sois pas ridicule. J'aime bien les avoir avec moi. Je regrette seulement que ta mère ne soit plus là pour voir ça.

— Je le sais.

— Tu devrais parler à Elzire, Oliva. Elle pourrait s'installer chez Léon et Marie le temps de se remettre. Ou du moins le temps que tout ce brouhaha se calme.

— Vous savez bien qu'elle ne voudra pas laisser les bébés, affirma Oliva.

Olivier se rapprocha et dit tout bas, pour que Dafoe ne l'entende pas :

— Oui, mais le docteur ne veut même pas qu'elle les voie, et cette nouvelle infirmière est encore pire.

— À qui le dites-vous !

Oliva partageait entièrement l'opinion de son père sur Louise de Kiriline qui voulait tout régenter plus encore que Dafoe.

— Mais Elzire ne voudra quand même pas s'en aller. Venez avec moi, on va prendre du thé avant que vous partiez.

Oliva se dirigea vers l'arrière de la maison. Assis à table,

Dafoe était en train de donner à la nouvelle infirmière des indications précises sur les proportions de lait et de sirop de maïs à utiliser dans la préparation des biberons des bébés. Penchée sur son épaule, Louise de Kiriline le contredisait à l'occasion.

Dafoe leva les yeux vers Oliva. Il le regardait d'un air qu'il avait souvent ces derniers jours et qui semblait vouloir dire *qu'est-ce que tu veux encore?*

Décidé à passer tout droit pour aller dans la cuisine d'été sans dire un mot, Oliva évita son regard.

— Ne vous en faites pas, murmura-t-il à son père en lui prenant le bras pour faire demi-tour.

Olivier voyait bien que son fils était enragé.

— Calme-toi, Oliva.

Ils retournaient vers la porte avant ne sachant plus trop où aller, quand elle s'ouvrit brusquement.

— Ferme cette porte, hurla Dafoe sans regarder, sûr que c'était Oliva qui sortait.

C'étaient plutôt trois inconnus qui entraient. Ils obéirent sans réplique et s'empressèrent de refermer la porte.

— Bonjour, dit l'un d'entre eux, nez à nez avec Oliva.

Les deux autres, chargés de nombreuses petites boîtes, saluèrent poliment.

— Êtes-vous le docteur Dafoe?

Oliva regarda son père, qui se contenta de lever les épaules, puis l'homme qui venait de lui poser la question.

— Certainement pas!

Il essaya de les empêcher d'avancer plus loin.

— Où croyez-vous aller?

— Nous sommes de la Commission médicale régionale, précisa le chef du groupe en sortant de sa poche un bout de papier plié. Nous avons reçu de Toronto l'ordre de livrer ces choses au docteur Dafoe.

— Est-ce qu'on vous a dit aussi de faire irruption comme...

Le bruit d'une chaise qu'on tire sur un plancher de bois l'interrompit.

— Je suis le docteur Dafoe, dit celui-ci de sa voix haut perchée – Il avait quitté la table – Entrez donc !

— Vous les connaissez ? demanda Oliva, irrité de voir ces hommes si facilement autorisés à envahir sa maison.

— Pas personnellement, répliqua Dafoe qui ne voyait pas où était le problème. Mais je savais qu'ils devaient venir.

— Par là, je vous prie, dit-il en indiquant la cuisine d'été dont la porte, comme celle de la chambre arrière, était bien close. Mettez tout ça sur la table là-bas, puis sortez par la porte arrière.

Il regarda Oliva comme s'il le défiait de le contredire puis fit signe aux hommes de s'exécuter.

— C'est du lait maternel, dit-il à Oliva. Pour tes bébés.

Il reconduisit ensuite les hommes à la porte puis disparut dans la chambre arrière.

Oliva et son père entendirent se fermer de nouveau la porte de la petite pièce qui, jusqu'à maintenant, n'avait été fermée qu'une seule fois en dix ans depuis la construction de la maison. Chaque fois qu'elle se refermait, il devenait de plus en plus évident pour eux que ce n'était plus le domaine d'Elzire. C'était maintenant le domaine de Dafoe. Il l'avait baptisée sa *pouponnière* dès qu'il avait amorcé la transformation de cette pièce douillette et confortable en un laboratoire froid et impersonnel.

Il avait d'abord vociféré des ordres à tout le monde. Oliva. Son père. Moïse, le père d'Elzire. Ses frères. Tante Alma. Léon et Marie. Mme Lebel et tante Adouilda. Les enfants. Les enfants surtout. Il leur avait interdit d'entrer dans la chambre pour éviter la transmission des microbes. Il s'était bien fait comprendre là-dessus dès le premier jour. Plus tard au cours de cette même journée, dès qu'Elzire avait été assez forte pour se déplacer, il avait demandé à Mme Lebel de l'aider à monter à l'étage et il avait chargé tante Alma d'en prendre soin. Il avait ensuite ordonné à Oliva de sortir le lit de la pièce et d'aller en ville pour se procurer une table solide.

— Et tu la nettoieras avant de l'apporter ici.

C'était sans réplique. Il en aurait besoin pour installer la couveuse que son frère lui enverrait de Toronto.

Sus aux microbes! Ça avait été le mot d'ordre à compter de ce jour. Sur les personnes, sur les vêtements, partout. Mme Lebel avait dû ôter les conserves et la nourriture des étagères dans la pouponnière et nettoyer la pièce, de fond en comble. Elle avait négligé de retirer les rideaux de toile des fenêtres. Ils lui semblaient parfaitement propres. Mais Dafoe les arracha lui-même et demanda à Marie d'en faire de nouveaux en simple coton blanc. Il les congédia ensuite toutes les deux.

Tante Alma, fort occupée à prendre soin d'Elzire à l'étage, avait offert au docteur de faire tout ce qu'elle pourrait pour l'aider. Mais le deuxième jour, alors que le plus gros du travail était fait, Dafoe lui dit brutalement que moins il y aurait de monde dans la maison, mieux ce serait. Même tante Adouilda, grande patronne de la tribu des Legros, n'avait été utile qu'un temps. Comme elle avait les mains sûres, Dafoe lui avait demandé de nettoyer et de faire bouillir tous ses instruments, de les mettre dans des bocaux stérilisés, et de les placer sur les étagères avec le reste du matériel qu'il avait réussi à se procurer. Mais à l'arrivée des infirmières Kiriline et Leroux avec une aide-soignante, Tante fut également bannie. La maison Dionne venait de passer sous une nouvelle administration.

Oliva aurait voulu suivre Dafoe jusqu'à la chambre pour lui faire connaître sa façon de penser, non seulement au sujet des trois intrus de tout à l'heure, mais également à propos des libertés que le docteur prenait dans sa propre maison depuis quelques jours. Mais il savait trop bien que l'accès à la chambre lui était interdit. C'était le domaine réservé de Dafoe. Personne ne pouvait y entrer sans sa permission, ni les membres de la parenté, ni les enfants, ni Oliva, ni même Elzire.

— Je ne veux voir personne ouvrir cette porte et laisser entrer les mouches, avait-il déclaré le jour où Elzire avait été installée à l'étage. Et ça s'applique aussi à ta femme, Oliva, avait-il ajouté d'un ton sans réplique. Si elle veut que ses bébés survivent, tout le monde ici va devoir suivre de nouvelles règles.

Le regard que Dafoe lui avait jeté au moment où il accompagnait les trois étrangers dans la cuisine d'été lui avait clairement rappelé ce message.

Oliva regarda avec ressentiment la porte close de la pouponnière, traversa la cuisine d'été en trombe et sortit.

Son père le suivait de près.

— Attends, Oliva. Tout le monde essaie seulement de se rendre utile.

— Se rendre utile?

Oliva marcha d'un pas décidé jusqu'aux abords de la grange, s'arrêta et chercha les journalistes des yeux. Il aurait eu plaisir à en trouver un, ne fût-ce que pour l'insulter.

— Comment ça, se rendre utile? En envahissant ma ferme? En m'obligeant à laisser partir mes enfants? Se rendre utile en envoyant la police?

— La police?

Olivier était intrigué.

— Oui, la police provinciale de l'Ontario.

Oliva rageait à la seule pensée que, à cause de la présence d'hommes en uniforme, sa maison ressemblerait au musée qu'il avait visité à Ottawa avec Elzire pendant leur voyage de noces.

— Pourquoi la police?

— Pour protéger la maison et maintenir l'ordre.

Oliva se croisa les bras et s'appuya contre la porte de la grange, espérant que son père aussi condamnerait cette action.

Olivier se taisait. Même s'il trouvait que dans l'ensemble tout avait été fait pour le mieux, il commençait à penser que les événements se précipitaient.

— Et ça ne va pas s'améliorer.

Oliva venait de s'apercevoir qu'on installait des caméras près de la galerie devant la maison.

— Vous savez, papa, je voudrais que ça ne soit jamais arrivé.

— Ne parle pas comme ça pendant que tes petites sont encore entre la vie et la mort.

Olivier se rendait bien compte que les événements récents avaient été éprouvants pour tout le monde, mais il pensait que le docteur ne faisait que son travail et qu'il le faisait bien. Il réussissait à garder les bébés en vie, et c'était le plus important. Olivier n'avait pas tellement apprécié qu'on chasse cavalièrement Léon et Marie de la maison où leur arrivée avait toujours amené la joie auparavant. Mais il pensait que le docteur devait avoir ses raisons, et que ces raisons étaient probablement plus importantes que les visites de la parenté ou même que l'autorité d'Oliva sur sa maisonnée, pour l'instant en tout cas.

— Sois patient. Tout le monde essaie de se rendre utile, à sa façon.

C'était vrai. Tout le monde essayait vraiment de se rendre utile, d'une façon ou d'une autre. Les reporters avaient peut-être bouleversé le paisible village, mais personne n'était arrivé les mains vides. L'État avait aussi fait sa part en prenant des mesures médicales d'urgence pour que la famille reçoive gratuitement du matériel. Une fausse rumeur assimilant ce soutien à l'assistance publique avait couru, mais l'aide avait quand même été bien réelle.

Les voisins faisaient aussi leur part. Ils apportaient des marmites de gruau et de ragoût de pommes de terre, des tartes et des pains, pour qu'Elzire n'ait pas à faire la cuisine. Mais c'étaient surtout Dafoe et son personnel infirmier qui profitaient de ces largesses. Même les curieux venus de Callander, de North Bay et d'aussi loin que Bonfield et Mattawa, offraient leurs vœux pour la survie des bébés et apportaient de généreux cadeaux, malgré leur pauvreté : une courtepointe, des couches, une carte faite à la main, un peu de laine.

— Ces gens qui viennent de partir, ajouta Olivier, je sais que tu les considères comme des intrus, mais ils ne font qu'exécuter des ordres. Et ces ordres viennent de personnes qui veulent le bien des petites. Même les journalistes apportent des cadeaux.

— Oui, mais il est évident que ce sont des cadeaux intéressés, déclara Oliva. Ils veulent obtenir des entrevues.

S'il avait du ressentiment envers Dafoe qui régentait tout dans sa maison, il était également outré de voir les journalistes transformer sa cour avant en lieu de rassemblement, comme devant les bureaux de l'assistance publique à North Bay.

— Allons, Oliva. Les petites n'auraient sûrement pas survécu jusqu'à maintenant sans l'aide de tout le monde. Tu devrais être reconnaissant. Tu viens juste d'avoir cinq enfants d'un seul coup. Ça ne peut pas laisser les gens indifférents.

Oliva se demandait ce qui l'attendait encore. Mais ça ne servait à rien de continuer à discuter. Il fut content de voir Ernest, Rose et Thérèse sortir en bondissant par la porte arrière et mettre un terme à cette conversation qui ne menait nulle part.

— Êtes-vous prêts ? leur demanda Oliva.

Pendant qu'ils dévalaient l'escalier, il entendit quelqu'un faire claquer la porte dans la cuisine.

— Papa, se lamenta Rose, est-ce qu'il faut vraiment que je parte ? Je voudrais rester ici avec maman.

— Oui, il le faut.

Les mots étaient fermes, mais le ton un peu hésitant. Il essayait de camoufler ce qu'il ressentait. Il savait que Rose et Ernest voulaient rester tous les deux, quoique pour des raisons différentes. Ernest adorait le brouhaha qui régnait à l'avant de la maison. En fait, l'arrivée de la presse l'avait fasciné plus encore que la naissance de ses cinq petites sœurs. Si on l'avait laissé faire, Ernest serait dans la cour en ce moment même, en train de poser des questions à tout le monde. Rose, quant à elle, ne manifestait aucun intérêt envers les visiteurs, mais elle brûlait d'envie d'aider sa mère à prendre soin des minuscules bébés. Elle ne pouvait pas savoir que, même si elle était restée, on n'aurait pas accepté son aide avant longtemps. Thérèse, heureusement, n'avait aucune préférence. Elle voulait toujours faire la même chose qu'Ernest. Son grand frère était son idole et elle pouvait passer des heures à le suivre partout sans poser de questions. Quant à Daniel et Pauline, actuellement chez Tante, ils étaient trop jeunes pour qu'on leur demande leur avis et, de toute façon, on n'en aurait pas tenu compte.

— C'est seulement pour quelques jours, promit Oliva.

— Est-ce que je vais pouvoir monter Lagrise, Pépère, demanda Ernest, essayant de trouver une activité qui lui ferait oublier l'agitation qu'il laissait derrière lui.

— Moi aussi, dit Thérèse.

— À condition que tu me promettes de ne pas taquiner tes sœurs et de ne pas leur tirer les cheveux, l'avertit Olivier. Compris?

Ernest cacha un petit sourire narquois en faisant une galipette. Thérèse se jeta sur lui.

— Pourquoi faut-il qu'on parte? se plaignit Rose.

Oliva n'en pouvait plus. Il se tourna vers son père.

— Vous voyez ce que je veux dire.

— Ne t'inquiète pas, ma chérie.

Pépère se pencha pour regarder Rose dans les yeux.

— Tu auras bien le temps d'aider maman à prendre soin des bébés plus tard.

Il lui tendit une main et, de l'autre, sépara Thérèse et Ernest.

— Allons-y. Viendras-tu nous rejoindre plus tard, Oliva? Tante Alma va venir préparer le repas.

— Si j'ai la permission du docteur.

Le ton était sarcastique.

— Arrête ça!

Olivier semblait avoir oublié que les enfants étaient là, et tout oreilles.

— Le docteur ne fait que son travail, et tu dois le laisser faire. Il veut simplement garder les bébés en vie et c'est ce qui m'importe. Ça devrait être la même chose pour toi.

Oliva baissa les yeux d'un air penaud.

— Prends soin de ta femme. Elle vient de traverser un dur moment.

Il se retourna vers les enfants.

— Venez. On y va.

Ernest pinça Rose et courut devant. Thérèse le suivit, et Rose, l'air piteux, prit la main de Pépère.

— Souviens-toi de ce que je t'ai dit, Oliva. Contente-toi de prendre soin d'Elzire. Les bébés sont entre bonnes mains.

Olivier contourna la maison avec Rose en accélérant le pas, bien décidé à empêcher Ernest de parler aux journalistes. Quand il arriva devant, il aperçut Ernest et Thérèse qui s'approchaient d'un groupe de cinq journalistes rassemblés dans un coin de la cour. Il les en écarta, traversa la foule qui leur jetait des regards curieux en les montrant du doigt et mena les trois enfants sur la route de Corbeil.

Tout le long du trajet, Pépère chantait des vieilles chansons populaires, regardant la route devant lui et observant les enfants. Il remarqua qu'ils se retournaient tous les quelques mètres et qu'ils semblaient aussi bouleversés que leur père par ce qu'il se passait dans leur maison. Il se retourna lui-même une fois et constata que la foule qu'il venait de quitter s'était encore accrue. Il entendit le bruit d'un moteur. Une rutilante Ford noire passa à toute vitesse. Il protégea le visage de Thérèse de la poussière soulevée par la voiture.

Ils se retrouvèrent bientôt en haut de la côte sur le petit chemin qui menait à sa maison. Ils ne voyaient plus les voitures ni la foule, ils n'entendaient plus le bruit des moteurs ni le son des voix. Mais les pensées qui trottaient dans la tête d'Olivier depuis qu'il avait quitté la maison de son fils le poursuivaient comme une migraine tenace. Il pensait avoir donné un bon conseil à Oliva en lui disant de se préoccuper d'Elzire plutôt que des bébés. Il pensait aussi que son opinion à propos du docteur était la bonne. Mais il n'avait pas l'esprit tranquille. Malgré tous les bons soins qu'on prodiguait aux bébés, et même si la gentillesse manifestée par tout le monde était sincère, il ne pouvait s'empêcher de penser que tout cela était un peu ridicule.

Le voyage avait été long et fatigant – avion, train et voiture – mais la vue de la foule qui se pressait devant la ferme des Dionne ragaillardit Spear. Son excitation tomba toutefois presque aussitôt quand il envisagea le pire : quelqu'un était peut-être entré en contact avec les Dionne avant lui. En descendant avec Raymond du taxi qui les avait amenés de North Bay, il regarda avec inquiétude la foule qui envahissait la cour des Dionne.

Raymond jeta un regard circulaire sur les environs désolés et fit la grimace. Il se demandait comment il était possible de vivre ici. Ses yeux se posèrent sur la foule de citadins debout devant ce qui ressemblait à une cabane au fond des bois. Le contraste était frappant.

— Quelle foule! s'exclama Spear en comptant les têtes. Il y a sûrement au moins cinquante personnes.

Raymond observait les mouvements indolents de la foule.

— On dirait qu'ils sont ici depuis quelque temps, dit-il en regardant les visages sans expression.

Spear observait aussi les visages, mais il ne vit pas d'autres promoteurs, seulement des journalistes célèbres qui faisaient les cent pas et qui se demandaient mutuellement avec impatience quand *il* sortirait. Spear pensa qu'ils parlaient du père. Il s'approcha de deux jeunes journalistes qui bavardaient tout en gardant à tour de rôle un œil sur la galerie. Spear les interrompit.

— Je vous demande pardon. Est-ce que vous attendez Oliva Dionne?

La réponse ne se fit pas attendre.

— Vous voulez rire? Qui pourrait s'intéresser à... il se tut en entendant la porte s'ouvrir en grinçant et se retourna tout excité vers son confrère. Hé! Je crois qu'il arrive.

Spear n'avait pas eu le temps de leur demander qui *il* était quand la foule se rua en avant, les entraînant Raymond et lui. Les questions fusèrent de toute part. Un homme courtaud portant lunettes venait d'apparaître, vêtu, malgré la chaleur, d'un complet froissé en laine brune.

Les journalistes jouaient des coudes, stylo et appareil photo à la main et élevaient la voix dans l'espoir d'être les premiers à attirer l'attention du petit médecin de campagne.

Au début, Dafoe semblait nerveux, regardait le groupe et ne savait trop que faire. Dans un effort pour contrôler la cohue qui grouillait devant lui, il leva la main. Mais le silence qui tomba alors que les conversations s'éteignaient, le rendirent encore plus nerveux que le déluge de questions bruyantes qui l'avait précédé. Même si, depuis la veille, il s'était présenté régulièrement devant des journalistes toujours plus nombreux pour leur donner les plus récentes bribes d'information, il n'avait pas encore l'habitude d'être la vedette.

— Puis-je avoir votre attention ? dit-il faiblement. Leur état n'a pas beaucoup changé depuis la dernière fois que je vous ai parlé.

Quelques journalistes à l'arrière lui demandèrent de parler plus fort.

— Leur respiration est un peu meilleure.

Il s'efforçait de hausser la voix.

— Mais elles ne sont pas encore tirées d'affaire. Elles n'ont que quatre jours, vous savez.

La cacophonie des questions reprit de plus belle.

Dafoe s'affola. Il chercha un visage connu dans la foule, mais ce n'était pas facile. Avec l'invasion de Corbeil, c'était la première fois depuis ses années à l'école de médecine qu'il se retrouvait en présence de tant d'étrangers. Il reconnut enfin un visage vers le fond et pointa la personne du doigt.

Le jeune journaliste qu'il avait désigné ne savait trop sur quel pied danser. Il aurait préféré garder l'anonymat. Il se serait contenté d'écouter les questions posées par les autres. Il reconnaissait à peine l'endroit où il s'était rendu à bicyclette quelques jours plus tôt.

Machinalement, le *Nugget* avait envoyé par télégraphe son article de la une. Très vite le téléphone s'était mis à sonner. Des journalistes de partout au Canada et aux États-Unis voulaient avoir plus de détails sur la fermière qui avait donné naissance à cinq bébés. On reçut même, en provenance de Londres, un télégramme demandant des détails. Au *Nugget*, on n'avait jamais reçu de télégramme auparavant. De nulle part, encore moins de Londres en Angleterre. Fellman avait alors dit à Knight que ce qu'il se passait était certainement d'un intérêt capital.

Avant même que le *Nugget* publie un autre article, des journalistes de Toronto avaient commencé à arriver, certains avides d'obtenir des entrevues exclusives avec quiconque connaissait les Dionne, de près ou de loin. La nouvelle avait vite cessé d'être un fait divers local. Et Fellman se retrouvait là maintenant, obligé d'avoir l'air intelligent devant des personnes dont il avait entendu parler et qu'il avait toujours admirées, mais qu'il n'aurait jamais rencontrées s'il avait ignoré le coup de téléphone de Léon Dionne au sujet des paquets-cadeaux accompagnant les faire-part de naissance.

— Est-ce que, euh ! la couveuse est utile ? lâcha Fellman.

— Utile ? C'est ce qui les garde en vie !

Content d'avoir eu à répondre à une question facile, Dafoe se félicitait aussi que son frère lui ait envoyé cette couveuse rudimentaire au kérosène. Un peu plus confiant après cet échange sans heurts, il porta son regard sur l'ensemble du groupe.

— Et je vous demanderais à tous de remercier vos journaux pour leurs dons.

Oliva travaillait en arrière quand il entendit le brouhaha. Il se hasarda sur le côté de la maison qui donnait vers Corbeil et se mit à observer ce qu'il se passait. Mal à l'aise et presque inaperçu, il se demandait pourquoi Dafoe prenait la peine de faire ces mises au point. Ça encourageait les journalistes présents à rester et en incitait d'autres à venir.

Le reporter à qui Spear avait parlé plus tôt venait d'apercevoir Oliva.

— Voilà le père, dit-il en donnant un coup de coude à Spear et en lui indiquant parmi la foule le seul homme qui se tenait à l'écart sur le côté de la maison.

Spear fit signe à Raymond et regarda Oliva de bas en haut. Un homme très ordinaire, pensa-t-il. Pas du tout le résultat d'un croisement entre un paysan et un étalon primé qu'il avait imaginé.

Les journalistes posaient toujours des questions.

— Comment se porte la mère ? cria un des nouveaux

arrivants, un jeune homme volubile et élégant, arborant un panama.

— Mieux. Elle devrait être sur pied dans un jour ou deux.

Dafoe en profita pour ajouter :

— Comme je vous l'ai déjà dit, nous l'avons installée à l'étage et nous avons transformé la chambre arrière en pouponnière temporaire.

— Pourquoi ne sont-elles pas à l'hôpital ? demanda une autre voix.

Dafoe ne pouvait pas voir qui lui avait posé cette question. Il adressa sa réponse à l'ensemble du groupe.

— On ne pouvait pas les déplacer au début, mais...

Son attention fut attirée par une suave voix féminine près de lui.

— Pensez-vous que les Dionne prévoient avoir d'autres enfants ?

Dafoe chercha d'où venait la voix jusqu'à ce qu'il découvre la séduisante jeune femme qui se tenait au premier rang. Il haussa les épaules.

— Ces gens-là ? Quand on sait que la voisine a dix-huit enfants, on ne peut pas s'attendre à ce que les Dionne s'arrêtent à dix.

La plupart des journalistes n'entendirent pas le gloussement qui suivit. Trop absorbés par leurs blocs-notes, ils ne saisirent pas la blague. La femme qui avait posé la question se contenta de sourire et Dafoe baissa timidement les yeux.

Déjà ignoré par Dafoe et son armée de journalistes, Oliva se sentit ridiculisé. Il jeta un regard furieux au docteur et serra la mâchoire pour retenir les injures qu'il aurait voulu proférer en guise de réponse. Pour se défouler, il donna de violents coups de pied par terre en se dirigeant vers l'arrière de la maison.

— Reste ici, ordonna Spear à Raymond. Recueille tous les renseignements que tu pourras, ajouta-t-il tout bas.

Spear se fraya un chemin à travers la foule et poursuivit Oliva à la course.

— Monsieur Dionne, cria-t-il quand il fut à quelques

mètres de lui.

Oliva se retourna.

— Je m'appelle Yvan Spear, dit l'inconnu. Il lui tendait la main en s'approchant.

Oliva le regarda de haut sans lui tendre la main en retour. Il se retourna et poursuivit sa marche vers la grange.

— Monsieur Dionne, je vous en prie, est-ce que je pourrais vous dire un mot?

Oliva s'arrêta de nouveau et se retourna.

— Écoutez, est-ce que vous ne pourriez pas tout simplement nous laisser tranquilles?

Spear avait déjà préparé son boniment.

— Je ne suis pas un journaliste, monsieur Dionne...

Oliva reprit sa marche.

— ...et si vous vouliez m'accorder quelques minutes de votre temps, ajouta-t-il avec insistance, je pense que ce que j'ai à vous dire pourrait grandement vous intéresser.

Dafoe était de plus en plus à l'aise dans son nouveau rôle d'homme célèbre.

— Est-ce difficile de prendre soin des bébés dans ce milieu? cria quelqu'un.

— Je fais tout ce que je peux, répondit Dafoe, mais je vais vous dire quelque chose. Il y a beaucoup de monde là-dedans.

Il montra du pouce la maison derrière lui.

— Et des microbes partout.

Il fit une pause pour l'effet, regarda l'ensemble de la foule d'un air préoccupé et reprit le raisonnement amorcé plus tôt et interrompu par l'intervention de la jolie femme.

— Ces bébés devraient être dans un hôpital, pas dans une ferme.

Il regarda les journalistes qui prenaient fébrilement des notes dans leur calepin et se dit que c'était peut-être le bon moment de mettre fin à la conférence de presse.

— Bon! messieurs, dit-il en souriant, et madame, ajouta-t-il en jetant un regard au premier rang, je dois reprendre mon travail.

Il se retourna et entra dans la maison.

Les journalistes se dispersèrent rapidement. Certains se rendirent directement à leur voiture et se dirigèrent vers Callander pour téléphoner à leur journal. Quelques-uns allèrent jusque chez Voyer pour prendre une bouchée. D'autres s'arrêtèrent pour discuter du grand intérêt de cette affaire, probablement la plus grosse histoire à caractère humain de l'année. D'autres encore restèrent sur place attendant la prochaine séance d'information sous un soleil de plomb.

Un homme seul, vêtu avec plus de recherche que tous les autres, restait bien campé devant la galerie, les yeux rivés sur la porte par laquelle Dafoe venait de disparaître.

Il s'était tenu à l'avant de la foule toute la matinée et avait consciencieusement observé Dafoe pendant chaque conférence de presse. Il avait étudié les réactions du docteur face à la foule, observé comment il se comportait, écouté comment il répondait aux questions et essayé de deviner ses sentiments envers les Dionne. Mais ce n'était pas un journaliste. Non, le bloc-notes de cet homme contenait des renseignements différents et plus sérieux que ceux des journalistes qui l'entouraient ce matin-là. C'était son travail de récolter des informations primordiales. Hepburn le payait pour cela.

Ce qu'Oliva venait d'entendre lui avait tourné la tête. Il en oublia jusqu'aux nouvelles règles de la maison et ouvrit distraitement la porte de la chambre arrière. Quand il entra, Dafoe était penché sur la couveuse avec Mme Leroux. Mme de Kiriline préparait le bain à l'autre bout de la pièce.

— Ferme cette porte, le réprimanda Dafoe tel un père avec un enfant désobéissant. Combien de fois faudra-t-il que je te le dise ?

— J'ai à vous parler.

— Dans un instant. Attends-moi de l'autre côté.

— Et fermez la porte, ajouta Mme de Kiriline d'un ton

autoritaire.

Oliva obéit. Il referma soigneusement la porte et se mit à faire les cent pas dans la cuisine, si absorbé par ce que Spear venait de lui dire qu'il ne voyait même pas l'infirmière en train de stériliser des biberons sur le poêle à quelques pas de lui. Il entra dans la cuisine d'été et jeta un coup d'œil par la fenêtre. Spear était toujours là, à côté de la grange, en conversation avec un autre homme.

Qu'est-ce qu'il devrait faire ? Une demi-heure plus tôt, il n'avait jamais entendu parler d'Yvan Spear et savait à peine ce qu'était une exposition universelle. Puis Spear était apparu, lui avait fait toutes sortes d'offres plus ou moins compréhensibles et lui avait lancé des chiffres qui semblaient trop gros pour être vrais. Même s'il répugnait à le lui demander, il pensait que le docteur pourrait peut-être lui expliquer ce dont il s'agissait. Après tout, il passait son temps à lire des livres et des magazines.

— Qu'est-ce qu'il y a, Oliva ? demanda Dafoe en ouvrant et refermant vivement la porte de sa pouponnière. Je n'ai vraiment pas beaucoup de temps à te donner.

— On m'offre de l'argent, docteur, expliqua Oliva, la voix inquiète.

— Qui ça ?

— Cet homme qui vient de Chicago. Il veut exhiber les bébés là-bas, à l'Exposition Universelle. Il va nous donner cent dollars par semaine et nous pouvons tous y aller, vous, moi, Elzire. Et nous pouvons tout annuler si les bébés ne sont pas assez bien pour y aller.

— Ça ne peut pas être sérieux.

Dafoe fut soudain distrait par l'infirmière qui avait mis une cuillère sale dans la marmite d'eau bouillante faisant office de stérilisateur sur le poêle. Il la réprimanda.

— Ne faites pas cela. Sortez et nettoyez-la d'abord.

Il attendit qu'elle sorte par la porte arrière avant de se retourner vers Oliva.

— C'est ce qu'il a dit, poursuivit Oliva. Je ne sais pas

quoi faire.

— Fermez cette porte, beugla Dafoe alors que Gaëtane, la grande amie d'Elzire, se glissait dans la maison par la porte avant avec une marmite de fèves au lard. Mettez ça là.

Il lui indiqua une table dans un coin de la salle de séjour.

Gaëtane obéit immédiatement, sidérée par le comportement inédit du docteur. Elle déposa rapidement la marmite et s'empressa de repartir.

Dafoe se retourna vers Oliva.

— Écoute, Oliva, je suis très occupé. Fais ce que tu veux. L'argent supplémentaire serait sûrement le bienvenu.

Avant qu'Oliva ait pu s'assurer de son accord, Dafoe était de retour dans la chambre et refermait la porte en hochant la tête.

— À présent, ils veulent exhiber les bébés à l'Exposition Universelle, dit-il à Mme de Kiriline.

L'idée lui semblait ridicule.

— J'aurai tout entendu! Ça sera déjà beau si les bébés sont encore en vie demain, alors l'Exposition Universelle...

Elzire tenta de se redresser dans le lit mais en fut incapable. À peine s'était-elle appuyée sur les coudes et avait-elle plié les genoux pour se retourner qu'une douleur lancinante dans le ventre la força à se rallonger.

Tante Alma était assise sur la chaise recouverte de tapisserie au pied du lit. Chaque fois qu'Elzire essayait de se lever, elle hochait la tête.

— Elzire, tu n'écoutes personne.

— J'en ai assez d'être au lit. Je dois prendre soin de ma famille. Trois chez Pépère. Les autres chez Tante. Il y a longtemps qu'elle n'a pas gardé un enfant d'un an, vous savez!

— Ne t'inquiète pas pour Adouilda. Il faut que tu prennes du repos. Tu sais ce que le docteur a dit.

— Ah! le docteur.

Elzire écarta la remarque d'un geste comme on chasse une mouche.

89

— Il ne me laisse même pas voir mes propres bébés. Chaque fois qu'il monte me voir, c'est le même refrain.

Elle en avait plein le dos d'entendre Dafoe lui dire que sa maison était pleine de microbes et qu'elle était trop faible pour prendre les petites alors qu'à elles cinq elles pesaient à peine plus que n'importe lequel des autres bébés qu'elle avait eus.

— Vous avez vu le premier jour quand Tante les a mises toutes les cinq dans le lit avec moi. Elles allaient bien, Dieu merci.

— Je le sais.

Tante Alma ne trouvait rien d'autre à dire.

— Ça fait presque une semaine maintenant, se plaignit Elzire.

Elle tenta de se redresser de nouveau mais la douleur lancinante l'en empêcha.

— Où est papa?

Elzire n'avait vu ni son père ni ses frères, depuis la veille.

Tante Alma détourna les yeux. Comment pouvait-elle expliquer à Elzire pourquoi sa famille n'était pas venue la voir ce jour-là? D'une part, papa Moïse, un rude travailleur agricole, n'avait pas aimé se faire dire par Dafoe qu'il devrait dorénavant se laver avant d'entrer dans la maison. Quant à ses frères, à cet instant même, il y en avait trois qui tentaient à leur façon de rétablir l'ordre à l'extérieur en menaçant les journalistes avec des fourches pour les chasser de la propriété.

— Ils vont venir un peu plus tard, j'en suis sûre, finit par dire tante Alma, heureuse d'avoir trouvé une façon de cacher la vérité.

Elle se leva pour remonter le drap qui avait glissé quand Elzire avait essayé de se redresser. Elle tapota les deux oreillers et offrit à Elzire la tasse de thé chaud qui était sur la table de chevet.

— Tiens, bois un peu.

— Vous, vous voulez m'endormir, plaisanta Elzire en sentant l'odeur du whisky qui avait été versé dans la tasse.

Elle but une gorgée et fit la grimace.

Tante Alma se leva de nouveau et se dirigea vers la fenêtre.

— Il fait chaud ici.

— Non, ma tante. Je vous en prie. Il y a trop de bruit, dit Elzire avec une grimace.

— Je le sais bien, mais tu as besoin d'air frais.

Elle ouvrit la fenêtre par laquelle entra une faible brise accompagnée d'un bourdonnement de voix et de moteurs de voitures. Elle baissa aussitôt un peu la guillotine pour assourdir les bruits désagréables qui s'élevaient.

Elzire sembla tout à coup prise de panique. Elle supplia tante Alma.

— Je veux voir mes bébés et je veux que mes autres enfants reviennent à la maison. Rose et Daniel s'ennuient beaucoup quand leur maman n'est pas là.

Tante Alma ne quittait pas la fenêtre parce qu'elle aimait mieux ne pas voir combien Elzire était effrayée et désemparée. Elle savait qu'aucune des modestes demandes d'Elzire ne lui serait octroyée. Pas maintenant. Comment pourrait-elle expliquer à Elzire que la frustration qu'elle éprouvait actuellement n'était rien par rapport aux insultes qu'elle devrait endurer quand elle serait sur pied? Comment pourrait-elle même faire allusion au fait que l'accès à son garde-manger lui serait maintenant interdit? Que sa cuisine était contrôlée par Louise de Kiriline et ses deux acolytes? Que le docteur était devenu un vrai dictateur?

D'un côté, tante Alma espérait un prompt rétablissement, mais d'un autre, elle pensait qu'en restant à l'étage, Elzire s'épargnait un plus grand malheur : se sentir exclue dans sa propre maison. En haut, elle était encore la coriace fille Legros qui avait épousé un fier Dionne. Par contre, la famille qui vivait maintenant en bas relevait clairement de Dafoe.

Elzire commençait à somnoler quand Oliva entra dans la chambre. Il semblait préoccupé. Fatigué aussi. Comme s'il avait fait une grosse journée de travail aux champs et transporté un chargement de gravier jusqu'au chantier de la nouvelle route à North Bay. Mais il n'était pas encore midi et, si cette journée ressemblait à celle de la veille, il n'abattrait pas beaucoup de travail.

— Qu'est-ce qui ne va pas, Oliva ? s'écria Elzire, inquiète de sa mine. Les bébés !

Oliva la rassura.

— Les petites vont bien.

— Dieu merci, soupira tante Alma, aussi soulagée qu'Elzire.

— Elles sont coriaces. Tout comme leur maman, ajouta Oliva.

Le bruit d'une voiture qui arrivait s'éleva au-dessus des voix assourdies des journalistes.

— Je voudrais bien que tout ce bruit s'arrête, dit Elzire.

Oliva alla fermer la fenêtre. Il tira les rideaux roses sur la vitre et s'assit sur le bord du lit. Il prit la main d'Elzire.

— Il y a un homme de Chicago qui est venu me rencontrer.

— Chicago ?

Tante Alma pensa aussitôt à Al Capone.

— Il veut nous donner un tas d'argent. Plus qu'on n'en a jamais vu.

— Pourquoi ?

— Pour que les gens là-bas puissent voir les bébés à l'Exposition Universelle.

Ces mots avaient encore moins de signification pour Elzire que pour Oliva.

— Je ne comprends pas.

— Ça n'est jamais arrivé avant, Elzire. Cinq bébés d'un coup. Ça intéresse les gens. Ça l'intéresse, lui.

— Tout ce que je veux, c'est qu'elles survivent. Je ne veux rien savoir d'autre.

— Moi aussi, mais le docteur dit qu'il est d'accord. Il n'aurait pas dit cela s'il ne pensait pas qu'elles vont s'en sortir ?

Tante Alma se mêla à la conversation.

— Oliva, parles-en à ton père.

Il approuva.

— Le docteur a dit qu'elles vont s'en sortir? demanda Elzire, pleine d'espoir.

Il fit signe que oui.

— Nous pouvons y aller tous les deux, et le docteur aussi. Ils vont payer pour que nous y allions tous. Et là-bas il y aura du monde pour aider à prendre soin des bébés.

Elzire n'avait entendu qu'une chose.

— Elles vont s'en sortir.

Elle poussa un grand soupir et ferma les yeux un instant.

— Dieu merci.

Elle fit le signe de la croix et tenta de nouveau de se lever.

Oliva la retint par les épaules.

— Qu'est-ce que tu veux faire?

— Si elles vont assez bien pour voyager, elles vont assez bien pour que je les voie, raisonna-t-elle.

— Pas encore, Elzire.

Il l'aida à se recoucher.

— Le docteur ne nous laisse pas encore les voir.

— Mais il est prêt à les laisser aller à Chicago.

Tante Alma ne comprenait pas non plus.

Oliva regarda tante Alma, puis Elzire.

— Je ne comprends pas plus que vous, mais je ne le ferais pas si je ne pensais pas que c'est la chose à faire.

— Je sais bien, Oliva, mais...

— On a besoin de l'argent, répliqua-t-il, un peu mal à l'aise.

Tout comme son père, il n'avait de toute sa vie jamais eu de dettes. Même avec le chômage actuel, il amassait à grand peine assez d'argent pour ne pas avoir recours à l'assistance publique.

— Je me demande vraiment comment je vais réussir à vous nourrir tous.

Elzire le regarda. L'histoire de Chicago l'avait laissée perplexe, mais elle lui serra la main.

— Fais ce que le docteur dit, proposa-t-elle, mais demande aussi l'avis du père Routhier. Les petites sont dans les mains de Dieu. Si elles survivent, c'est peut-être leur destin d'y aller.

Roy Tarnovski s'éloigna du gros chêne où il s'était appuyé et s'étira. Il regarda sa montre, s'efforçant de lire l'heure à la lueur qui filtrait à travers les rideaux de la maison des Dionne. Il grimaça. Minuit passé. Il y avait déjà trois heures qu'il attendait. Quelques autres journalistes étaient là, tout aussi impatients que lui et prêts à attendre aussi tard que lui pour intercepter le docteur au moment de son départ.

Dafoe sortit enfin de la maison des Dionne, tenant sa trousse d'une main et se frottant les yeux de l'autre. Encore une longue journée qui s'était poursuivie tard dans la nuit. Il s'arrêta avant de descendre les marches, remit ses lunettes et alluma sa pipe.

Tarnovski se démarqua de l'ensemble du groupe au moment où le docteur s'engageait dans l'escalier. Il le héla.

— Docteur !

Deux policiers, de service depuis peu, les empêchèrent d'approcher, lui et les autres journalistes.

Tarnovski éleva la voix.

— Je suis Roy Tarnovski, du *Chicago Tribune*.

En entendant le nom de Chicago, Dafoe se raidit. Il se souvenait à peine de la conversation qu'il avait eue avec Oliva. Mais on était maintenant en plein gâchis. La même manchette dans tous les journaux : *Les quintuplées vendues comme attractions par leur père*. Pour Dafoe, ces mots étaient synonymes d'ennuis. Il avait immédiatement compris qu'il devrait se dissocier le plus possible du père des bébés. C'était le problème d'Oliva, pas le sien. Il marcha plus vite que d'habitude pour rejoindre la route.

Derrière les policiers, Tarnovski talonnait Dafoe.

— Je me demandais simplement si vous iriez à l'exposition avec les bébés.

À ces mots, Dafoe s'arrêta un instant, mais il décida qu'il ferait mieux d'ignorer la question. Il poursuivit sa marche.

Tarnovski vit l'effet produit par ses paroles et contourna rapidement les policiers. Il se retrouva à côté du docteur en une fraction de seconde. Les policiers se précipitèrent pour le retenir, mais Dafoe leva la main pour les arrêter. Agitant nerveusement le doigt sous le nez de Tarnovski, il balbutia :

— Écoutez-moi, jeune homme, je ne vais qu'à un seul endroit pour le moment, c'est dans mon lit, et cela dès que vous aurez fini de m'embêter.

Il monta dans sa Dodge, fier d'avoir eu le courage de tenir tête à l'envoyé d'un puissant journal urbain.

— Voulez-vous dire que vous ne laisserez pas les bébés y aller ? demanda Tarnovski en retenant la portière.

Dafoe répondit plus calmement cette fois, et assez fort pour que tous l'entendent.

— Je viens de passer une autre longue journée avec ces petites et je peux vous dire qu'elles ont de la chance d'être encore en vie.

Il fit démarrer le moteur.

— On ne pourrait même pas les faire sortir de leur couveuse. Comment pourraient-elles aller à Chicago ? Impossible !

Il fit lâcher prise à Tarnovski et ferma la portière.

— Et qu'est-ce que Dionne dit de tout cela ? demanda Tarnovski par la vitre ouverte. Après tout, il a signé un contrat.

Dafoe regarda Tarnovski droit dans les yeux.

— Je me fous de ce que Dionne a signé ou pas, dit-il candidement. Il peut aller à Chicago s'il veut, mais les bébés n'iront nulle part. Pas tant que je serai le patron.

Sur ces mots, Dafoe embraya et partit en poussant un soupir de soulagement. Il avait l'impression d'avoir bien fait valoir son point de vue.

5

LA TUTELLE

Mitchell Hepburn aimait que les choses soient faites à sa façon et l'aménagement de son nouveau bureau le prouvait bien. Il y avait à peine une semaine qu'il avait été élu Premier ministre de l'Ontario et déjà il s'était débarrassé du décor traditionnel dont il avait hérité pour procéder à une rénovation totale correspondant à son goût du luxe et du modernisme. Un nouveau décor pour une nouvelle administration, ainsi justifiait-il cette dépense des fonds publics.

Hepburn estimait qu'il fallait tout faire en grand. D'ailleurs, c'était un grand homme qui avait des projets plus grands encore pour cette province au bord de la faillite dont il devait maintenant assurer l'avenir et la prospérité. Il savait que ses décisions et ses actions susciteraient beaucoup d'opposition, mais ça ne l'inquiétait pas. Pas du tout. À trente-sept ans, il avait passé la moitié de sa vie à convaincre les autres qu'il avait raison. Il ne voyait pas de différence entre un cabinet de parlementaires et un syndicat agricole. On cherchait toujours un leader.

Hepburn avait appris la nouvelle de la naissance des

quintuplées le lendemain de leur naissance alors qu'il faisait campagne à North Bay, et il avait aussitôt dépêché son assistant, Richard Slocum, pour recueillir toute l'information possible. La campagne électorale touchait à sa fin et il était d'ores et déjà certain que Hepburn serait élu. Il était évident aussi que, au lendemain de l'élection, le premier sujet à l'ordre du jour du nouveau gouvernement serait les quintuplées Dionne. Le gouvernement conservateur de George Henry avait donné le coup d'envoi en fournissant une assistance médicale, en prolongeant temporairement un câble électrique de Callander jusqu'à la petite ferme et en postant deux agents de la police de l'Ontario pour maintenir l'ordre. Hepburn savait que les libéraux devraient faire encore plus.

Slocum était assis de l'autre côté du bureau de Hepburn et lui faisait un rapport sur son dernier voyage à Corbeil. Tout en parlant, il feuilletait des journaux. Il s'arrêta sur le *New York Times*. Il retourna le journal pour que le Premier ministre puisse voir l'article. Il parlait avec excitation.

— Les Américains affirment qu'il s'agit du plus gros fait divers de la décennie. Je suis surpris que ça ne se soit pas encore calmé. Ça fait déjà un mois.

Hepburn jeta à peine un coup d'œil au journal.

— Moi, ça ne me surprend pas. Après tout, la probabilité est tellement faible. Cinquante-sept millions de chances contre une, n'est-ce pas ?

— Oui, quelque chose comme ça.

Slocum réfléchit puis gloussa.

— Mais ce qui me surprend le plus, c'est Dafoe. On pourrait penser qu'avec toute l'attention qu'on lui porte, ce vieux bonhomme serait dépassé par les événements.

— Et ce n'est pas le cas ?

— La première fois que je l'ai vu, il était nerveux. Mais il se débrouille plutôt bien maintenant.

— As-tu réussi à lui parler cette fois-ci ?

— Très brièvement. J'ai à peine eu le temps de lui faire part de notre projet avant que sa vieille chipie de gouvernante le demande au téléphone.

— Et ?

— C'est bel et bien ce qu'il veut, mais... – Slocum
gloussa de nouveau – ...il dit qu'il le croira quand il le verra.

Hepburn fronça les sourcils.

— Pas mal impertinent le bonhomme ! On devrait le
nommer au cabinet.

— Et ce n'est pas tout.

Slocum sourit au souvenir de sa brève conversation de la
veille avec Dafoe chez lui à Callander.

— Il dit qu'il n'a pas confiance en vous.

— Quoi ?

Droit comme un i sur son siège, Hepburn ajouta :

— Je m'étonne qu'il sache même qui je suis.

— Oh ! il le sait très bien. Tout le monde vous connaît,
monsieur le Premier ministre.

— Alors, pourquoi n'a-t-il pas confiance en moi ?

— Il dit n'avoir confiance en personne qui soit né et ait
été élevé au sud d'Ottawa. Pour lui, les Ontariens du sud sont
comme des Américains.

— Incroyable !

Hepburn était abasourdi et intéressé tout à la fois.

— Il les appelle des *capitalistes*.

— Très profond, railla Hepburn.

— Oui. Surtout venant de quelqu'un qui ne reconnaît
même pas certains des plus grands journalistes du pays quand il
les voit face à face. Quand Gordon Sinclair s'est présenté à lui
la première fois, il a cru qu'il était l'envoyé de la Croix-Rouge.

Hepburn pouffa de rire.

— Il est à peu près temps que quelqu'un remette Gord à
sa place.

— Il faut cependant reconnaître qu'il est habile. Qu'il les
reconnaisse ou pas, il les fait tous manger dans sa main.

— Je connais son frère depuis très longtemps, tu sais.

— Ah ! oui ?

— C'est William Dafoe, de l'hôpital Toronto General. Je

n'avais jamais su que Will avait un frère avant cette histoire.

— Non?

Mais Slocum n'était pas du tout surpris. Il avait pu constater au cours des dernières semaines qu'Allan Roy Dafoe n'était vraiment pas la personne la plus connue au pays.

À l'occasion de ses visites récentes à Callander et à Corbeil, Slocum avait demandé à des voisins ce qu'ils savaient de Dafoe. Pas grand-chose, comme il put s'en rendre compte. Même si tout le monde, ou presque, avait fait son éloge au plan professionnel, personne ne connaissait beaucoup sa vie personnelle. Ses antécédents demeuraient un mystère. Tout le monde savait qu'il était venu d'une petite ville voisine de Peterborough, environ vingt-cinq ans plus tôt. On savait aussi qu'il avait épousé une infirmière de la région et qu'il y avait près de huit ans qu'elle était morte. La mort de sa femme semblait l'avoir anéanti et, depuis lors, il menait une vie solitaire, passant de longues heures à écouter des émissions étrangères sur ondes courtes.

Slocum avait parlé brièvement avec Mme Henderson la veille, pendant que Dafoe était au téléphone, mais la fidèle gouvernante ne lui avait pas dit grand-chose. Elle protégeait Dafoe comme si c'était son fils préféré et elle avait mis fin abruptement à la conversation en lui claquant la porte au nez. Tout ce qu'elle lui avait appris, c'est que Dafoe avait lui-même un fils, Bill, actuellement en pension dans un collège. Est-ce que Dafoe allait le voir souvent? Non. Son travail était toute sa vie.

— Alors, tu es sûr qu'il approuvera notre projet?

— Aussi sûr qu'on peut l'être, insista Slocum, il veut ce qu'il y a de mieux pour ces bébés. Et, pour lui, ça veut dire les faire sortir de cette maison.

Hepburn se leva.

— Bon, il ne devrait pas y avoir de problème alors.

Il boutonna son veston qu'il portait avec une grande élégance et se passa la main dans les cheveux. Il sortit de son bureau et, bras ballants, emprunta à grandes enjambées les imposants corridors de l'Assemblée législative. Il devançait Slocum qui devait presser l'allure pour ne pas se laisser distancer. Ils se trouvèrent devant une double porte de chêne portant l'inscription « Salle de conférences ». Slocum le devança et lui ouvrit la porte.

Dans la salle, une odeur de bois ciré flottait dans l'air. Tout était en bois ou presque. Les murs. Le plafond. La lourde table qui occupait à peu près tout l'espace. Les chaises. La seule chose qui n'était pas en bois était le tapis qui couvrait la plus grande partie du plancher. Il exhalait une odeur de fumée de tabac refroidie. La fumée qui, depuis des années, s'était élevée des cigarettes, des cigares et des pipes des hommes puissants assis autour de cette même table pour prendre des décisions importantes, décisions dont souvent toutefois ils n'avaient pas à subir les conséquences.

Le tout nouvel aréopage politique de la province siégeait ce jour-là autour de la lourde table de chêne. Est-ce que le relent de leur fumée imprégnerait la pièce pendant de nombreuses années ? Hepburn, leur chef charismatique, était sans doute seul à le savoir. Individuellement, chacun des hommes qu'il avait soigneusement choisis pour composer son cabinet était un important personnage politique à sa façon. Mais, collectivement, le groupe devrait se plier aux caprices et aux désirs du Premier ministre, quels qu'ils soient.

Quand Hepburn s'approcha de la table, ils se levèrent tous. Il les salua et fit un grand sourire à deux ou trois d'entre eux en passant.

— Messieurs.

Il s'assit et les regarda s'asseoir à leur tour puis il joignit les mains sur la surface polie de la table.

Slocum remarqua les mains jointes et sourit intérieurement. Ce n'était pas la première fois qu'il observait ce geste. Il savait ce que ça voulait dire. Hepburn avait tout arrangé avant même le début de la réunion. Il jeta un coup d'œil rapide à l'autre bout de la table pour voir si Clayton l'avait aussi remarqué. C'était la seule autre personne dans la pièce qui connaissait assez bien Hepburn pour pouvoir interpréter son geste. Mais Clayton, qui était occupé à parler avec son voisin, n'avait rien vu.

Hepburn s'éclaircit la voix.

— Messieurs. Comme vous le savez, nous devrons décider au cours de cette réunion si notre gouvernement accédera à la demande d'Allan Dafoe concernant un hôpital privé. Vous savez tous, bien sûr, ce qui se passe depuis quelques semaines dans la région de North Bay.

Bernard Stokes, un vieux routier de la politique, prit la parole le premier.

— Si vous voulez mon avis, dit-il d'un ton agressif en tirant sur sa pipe, je pense que toute cette histoire n'est que balivernes.

Il se cala sur sa chaise.

— Les conservateurs n'ont pas réussi à créer assez de camps de travail à Sudbury pour tous les mineurs en chômage. On s'attend à ce que nous fassions mieux.

La tête parfaitement immobile, certains manifestèrent leur assentiment silencieux à ce point de vue rationnel qui témoignait d'une préoccupation du bien public. Stokes poursuivit.

— À mon avis, nous perdons notre temps à discuter de cinq créatures pas plus grosses que des rats. Je ne vois pas à quoi ça rime.

Hepburn ne s'attendait pas à obtenir l'appui de Stokes. Il l'avait appelé au cabinet pour faire plaisir à la vieille garde du parti, mais ça ne voulait pas dire que tout le monde devrait se soumettre à lui.

— Merci, monsieur Stokes, dit-il en écartant à la fois l'homme et ses opinions, mais il ne s'agit pas de cela pour l'instant. *Créatures* ou pas, les petites sont en vie. Et les yeux du monde entier sont tournés vers elles, pas vers les mineurs de Sudbury.

Il planta son regard dans les yeux de Stokes.

Slocum regardait son patron avec admiration. Il savait que ces yeux profonds et perçants pouvaient déconcerter autant que séduire. Hepburn se servait de son regard comme d'une arme. Il pouvait réduire n'importe qui au silence, même Stokes qui avait baissé les yeux et secouait vigoureusement sa pipe dans un cendrier.

Hepburn arrêta son regard hypnotique sur quelques-uns de ses ministres.

— Nous devons maintenant déterminer, et très vite dirais-je, quelles décisions notre gouvernement doit prendre. Et je n'ai pas besoin de vous rappeler que nous n'avons pas droit à l'erreur. Il y a trop peu de temps que nous sommes au pouvoir.

Hepburn lançait cet avertissement dans l'intérêt de son nouveau gouvernement, bien sûr, mais aussi pour rappeler à tous que leur réputation était en jeu. Si le parti libéral avait remporté les élections haut la main la semaine précédente, c'était en grande partie à cause du charme personnel de son chef. La Dépression durait depuis cinq ans et les électeurs canadiens ne faisaient plus confiance aux politiciens traditionnels. Excellent orateur, Hepburn émaillait ses discours de paroles en faveur des petites gens et de promesses de création d'emplois. Il avait obtenu l'adhésion de beaucoup de monde partout en Ontario. Il avait remporté la victoire haut la main et il était devenu le plus jeune Premier ministre de la province. Partout au monde, les observateurs de la scène politique voyaient en cet ancien organisateur d'un syndicat agricole le futur Premier ministre de tout le Canada.

Un des ministres que Hepburn avait fixé des yeux, Rudy Walters, leva la main.

— Oui, Rudy?

— Je suis d'accord avec vous, monsieur.

Hepburn le savait déjà. Walters ajouta :

— Nous devons agir rapidement. Je suis certain que Dick vous a décrit la pagaille qui règne à Corbeil. Je m'y suis arrêté, en route pour aller voir mes parents à Sturgeon Falls le week-end dernier, et je ne pouvais pas en croire mes yeux. Les journalistes. Les actualités filmées. Des promoteurs de partout. Celui de Chicago n'était que le premier en lice. Il y aurait même sur la table une proposition en provenance d'un cirque.

— Merci, Rudy.

Hepburn était reconnaissant. L'argument était convaincant.

Slocum se pencha et souffla la réplique suivante au Premier ministre qui déclara :

— Sachez aussi que Spear, ce filou, se prépare à poursuivre Dionne pour rupture de contrat. Si nous ne prenons pas la situation en main, il pourrait gagner.

Il regarda autour de lui pour identifier les visages qui manifestaient le plus d'intérêt.

— Nous devons faire savoir aux Américains qui commande ici.

Walters approuva.

— Si nous ne construisons pas l'hôpital de Dafoe, quelqu'un d'autre le fera. C'est certain.

D'autres ministres acquiescèrent. Mais pas Stokes. Il savait que l'élan patriotique du Premier ministre camouflait son désir de tout contrôler.

— Je continue de penser...

— Monsieur Stokes, je pense que vous ne comprenez pas, dit Hepburn pour le ridiculiser. La population de cette province s'attend à ce que nous protégions les quintuplées.

Il fit une pause pour que son idée fasse son effet dans l'esprit des autres et pour que Stokes comprenne qu'il avait déjà perdu le débat.

— Les gens veulent absolument qu'on intervienne.

Et c'était vrai. Si Hepburn évaluait bien l'opinion publique – son instinct le trompait rarement – son projet soulèverait très peu d'opposition et beaucoup de louanges. Tout le monde en Amérique du Nord semblait avoir adopté les quintuplées. On voulait les protéger contre leur mère arriérée et leur père cupide et leur assurer les meilleurs soins possibles. Que ce soit par réel souci du bien-être des bébés ou, comme Hepburn était tenté de le croire, pour se redonner espoir en ces temps désespérants, c'était un sentiment puissant. C'était en quelque sorte le fondement qui justifiait la création de l'hôpital que Dafoe voulait, et ce, avant même que la décision de construire ait été prise.

Hepburn en remit :

— Les Dionne ne savent rien faire d'autre que traire les

vaches et avoir des bébés. Et Dafoe ne peut pas prendre en charge tout seul une affaire d'une telle envergure. Les Américains s'en mêleraient aussitôt.

— Je suis d'accord.

C'était Bill Linton, un autre ministre. Il se retourna et regarda Clayton, assis à côté de lui au bout de la table.

— Nous devons faire tout ce qui est possible pour venir en aide à ces bébés. Ce n'est pas seulement notre devoir comme gouvernement, mais une obligation morale.

Il y avait de l'émotion dans sa voix. Satisfait du commentaire opportun de Linton, Hepburn renchérit.

— Voilà exactement ce que je ressens. Je propose que nous construisions immédiatement son hôpital à Dafoe.

La plupart des membres du cabinet approuvèrent d'un signe de tête. Quelques-uns murmurèrent leur accord. D'autres restèrent silencieux, gardant leurs objections pour eux. Ils savaient que, s'ils manifestaient leur opposition à cette occasion, ils risquaient de perdre l'appui dont ils auraient besoin pour des questions plus importantes quant à leurs portefeuilles respectifs. Ils regardaient tous le ministre paisiblement assis au bout de la table en face de Hepburn. Après tout, les questions dont on discutait relevaient de son ministère, les Affaires sociales.

Hepburn se tournait justement vers ce fidèle ministre et il lui adressa un sourire.

— Nick, dit-il, il y a des mesures qui s'imposent avant de se concentrer sur la construction de l'hôpital.

Nick Clayton leva les yeux.

— Je voudrais qu'on nomme un conseil de tutelle, Nick.

Le silence tomba dans la pièce.

Clayton regarda Hepburn. Leurs regards se croisèrent un instant puis Clayton baissa les yeux et fixa le fond de sa tasse de café vide. Il n'aimait pas ce qu'il entendait, mais il ne savait pas pourquoi. Le projet d'hôpital l'avait un peu agacé, mais ça pouvait se justifier, compte tenu du genre de soins dont les bébés avaient besoin. Il était peu probable qu'un épisode à la Spear se reproduise, mais il croyait néanmoins qu'il serait utile, peut-être même nécessaire, de fournir aux Dionne des conseils sur la conduite à tenir dans de telles situations. Non, ce n'étaient pas les mots utilisés par Hepburn qui l'agaçaient. Ce qui l'irritait et l'effrayait même, c'était plutôt le fait que le Premier ministre les ait prononcés avec délectation. Il releva la tête et regarda de nouveau son vieil ami et nouveau chef.

— Oui, monsieur, répondit-il consciencieusement. Qui y verriez-vous ? À part les parents, bien sûr.

— Dafoe prendra tout en charge.

Hepburn proclama le nom comme si les nominations au conseil relevaient de lui seul.

— Dafoe ? dit une voix rauque en amorçant une quinte de toux.

Rudy Walters en profita pour se mêler à la conversation en formulant une évidence.

— Bien sûr. C'est grâce à lui qu'elles ont survécu.

— Il a également la sympathie du public, ajouta Hepburn, touchant ainsi à l'essentiel. Mais je veux qu'il y ait aussi des hommes à nous.

— Malgré tout le respect que je vous dois, monsieur le Premier ministre, je ne pense pas que ça soit une bonne idée.

Clayton n'hésitait pas à émettre des opinions que les autres ministres n'auraient pas osé exprimer. Dans le comité préélectoral déjà, Hepburn avait toujours apprécié que Clayton dise ce qu'il pensait même si, Premier ministre à venir, il ne se sentait pas obligé d'en tenir compte par la suite.

— Nous voulons tous agir, ajouta Clayton, mais il ne faut pas oublier que ces gens sont des Canadiens français. Catholiques, de surcroît. Pensez-vous vraiment que Dionne va nous laisser faire ? Vous le savez sans doute, Dafoe et lui ne sont pas actuellement les meilleurs amis du monde.

— Après la combine qu'il a tramée avec Spear, souligna Hepburn, Dionne n'aura pas le choix. Nous ne le nommerons pas au conseil.

Des murmures coururent dans la pièce, de protestation cette fois. Un ministre écrasa rageusement la cigarette qu'il venait à peine d'allumer.

— Pas pour l'instant du moins, ajouta Hepburn. Pas avant que nous maîtrisions complètement la situation.

— C'est une mesure draconienne, Mitchell, dit Stokes en fronçant les sourcils. Cet homme est leur père, nom de Dieu !

Hepburn lui lança un regard perçant.

— Oui, c'est leur père. Et c'est lui aussi qui, pour une poignée de dollars, voulait expédier à Chicago ses propres petites, alors qu'elles étaient encore entre la vie et la mort.

Stokes avait encore perdu. S'il avait eu vingt ans de moins, il aurait remis à sa place en deux temps trois mouvements ce jeune fat devenu Premier ministre. Mais il se tut en tirant par à-coups sur sa longue pipe.

— Je ne pense pas que nous devions nous préoccuper de la réaction du public, répéta Hepburn, assuré maintenant que Stokes ne s'opposerait pas de nouveau à ses propositions. Nous pourrions faire de ces bébés des pupilles de la couronne, et personne ne dirait rien.

— L'Église va faire tout un boucan, affirma Clayton.

Slocum chuchota un autre rappel opportun à Hepburn.

— L'Église ? Hepburn cracha presque le mot. Ce vieux prêtre là-bas... comment s'appelle-t-il ?

— Routhier, glissa Slocum.

— Routhier. Oui, c'est ça.

Il prononça le nom lentement, avec mépris.

— Il pensait toucher une commission de sept pour cent sur le marché conclu avec Spear. C'est à peine croyable ! Il voulait devenir l'imprésario de Dionne.

Il y eut quelques ricanements, mais la plupart des ministres gardèrent les lèvres serrées. L'état d'esprit avait changé dans la pièce. Tous avaient bien senti qu'il se préparait quelque chose de louche quand ils avaient été convoqués à cette réunion au sujet des bébés Dionne. Mais ils n'avaient pas soupçonné à quel train d'enfer seraient prises ces décisions qui affecteraient tant de vies humaines. Les habitués de la nicotine tiraient des bouffées nerveusement et un lourd nuage de fumée se formait peu à peu au-dessus de la table.

— Non, je ne suis pas du tout inquiet de la réaction de l'Église, déclara le Premier ministre. Alors, sommes-nous d'accord pour la mise sur pied d'un conseil de tutelle ? demanda-t-il. Ou non ? ajouta-t-il, une nuance de menace dans la voix.

Deux ou trois ministres dirent oui. Les autres se contentèrent d'acquiescer d'un signe de tête pour ne pas mettre leur nouvelle carrière en jeu par leur opposition.

— Bien, dit Hepburn en se retournant vers Clayton. Nick, je voudrais que ton service prépare un communiqué à ce sujet dès ce matin.

Clayton acquiesça à regret.

Hepburn se leva.

— Merci, messieurs. Ce sera tout.

Les hommes présents dans la pièce se levèrent à tour de rôle pour sortir. Ils faisaient preuve de prudence en prenant bien soin de ne pas discuter entre eux de leurs opinions personnelles avant d'être hors de portée des oreilles de Hepburn.

Clayton s'approcha du Premier ministre avant de partir.

— Je vais demander à mon service de préparer une déclaration dès maintenant.

— Nick, je voudrais que tu restes ici un moment.

Quand tous les autres furent sortis, Slocum ferma la porte et s'assit sur une chaise près de la porte.

— Ça va, Dick, dit Hepburn. Tu peux y aller. Je te rejoins dans un instant.

Slocum hésita.

— Bien sûr, monsieur. Si vous avez besoin de moi, je serai dans mon bureau.

Il jeta un coup d'œil par-dessus son épaule en sortant, regrettant de ne pouvoir rester.

Hepburn invita Clayton à s'asseoir et prit lui-même un siège une fois que Slocum eut refermé la porte.

— Toute une discussion ! fit remarquer Clayton.

Mais celle qui se préparait le préoccupait beaucoup plus.

— Oui, en effet, approuva Hepburn.

Il attendit quelques secondes avant de déballer ce qu'il voulait dire.

— Nick, quelle est ta position au sujet de nos projets ?

Il ne tiendrait peut-être pas compte de l'opinion de Clayton au moment de prendre ses décisions, mais il savait qu'il pouvait compter sur lui pour en évaluer honnêtement les conséquences.

— Je pense que la question de l'hôpital ne devrait pas soulever de problème. Comme Stokes l'a dit, certains s'opposeront peut-être à ce que nous dépensions de l'argent pour construire un hôpital dans lequel il n'y aura que cinq patientes. Mais le pays tout entier, ou peu s'en faut, est emballé par cette histoire. Les gens seront d'accord.

— Et le conseil de tutelle ?

— Ça dépendra des personnes qui en feront partie. Dafoe, bien sûr, mais écarter Dionne ? Je ne pense pas que l'affaire de Chicago soit une raison suffisante.

Hepburn réfléchissait, l'esprit en éveil.

— Tu penses donc qu'il pourrait y avoir un problème ?

Clayton haussa les épaules.

— Nous aurions avantage à prévoir de bons arguments.

Mais Hepburn aurait préféré ne pas avoir à se justifier pour éviter de susciter un débat.

— Tu sais, Nick, je pense qu'un conseil de tutelle n'est peut-être pas suffisant.

— Qu'est-ce que vous voulez dire ?

— Nous devrions tout prendre en charge. Faire de ces petites des pupilles de la couronne. Personne ne pourrait plus s'interposer.

— Ce n'est pas sérieux !

Clayton trouvait que, par ses propos antérieurs, Hepburn montrait bien qu'il prenait ses désirs pour la réalité. Dans ses déclarations, pensait-il, ses rêves dépassaient de beaucoup ses possibilités d'action réelles.

— Nous devons les soustraire à la garde de leurs parents avant qu'il ne soit trop tard, affirma Hepburn.

— Trop tard pour quoi ?

Clayton ne comprenait pas l'obsession du Premier ministre à propos des quintuplées. Après tout, une fois qu'elles seraient en sécurité dans un hôpital, il n'y aurait plus de problème. Le gouvernement aurait fait son devoir. Il pourrait ensuite s'attaquer à d'autres dossiers chauds, le chômage endémique, par exemple.

— Mitch, la mise sur pied d'un comité de tutelle est une chose, mais soustraire les bébés à la garde de parents tout à fait convenables... sans raison ?

— Sans raison ?

Déjà prêt à se justifier, Hepburn lança un regard mauvais à Clayton.

— Je vais t'en donner une raison. Sans notre intervention, les bébés vont mourir, purement et simplement. Nous allons leur sauver la vie, Nick. Ces petites ont besoin de nous. Imagine un peu le tollé si elles mouraient maintenant, les conséquences que ça aurait pour notre gouvernement.

Clayton ne répondit pas. Il ne voyait pas le rapport entre la survie des bébés et le démembrement d'une famille.

— Avec toute l'attention que leur a prodiguée la presse ? De quoi aurait-on l'air si elles mouraient sans qu'on ait pris toutes les précautions nécessaires ? Ce serait notre perte.

Clayton alluma une cigarette.

— Nick, je voudrais que tu ailles à Corbeil pour rencontrer Dionne. Parle-lui. Fais-lui part de notre sollicitude.

— Que dois-je lui dire ? répliqua Clayton, se demandant bien comment annoncer à un père qu'il était sur le point de perdre la moitié de ses dix enfants.

— Dis-lui simplement que nous allons construire un hôpital pour les bébés, pour les garder en vie, comme je disais. Et parle-lui du conseil. Qu'il sera mis sur pied pour les aider à prendre les bonnes décisions, lui... et... euh !... Eliza.

Clayton avait un regard interrogateur. Il se demandait si le Premier ministre croyait vraiment ce qu'il disait.

— Ils sont incapables de s'en sortir seuls, Nick. Crois-moi. Ils nous seront reconnaissants un jour, tu verras.

Hepburn cligna des yeux et hocha la tête comme s'il pouvait prévoir l'avenir.

— Si vous le dites.

— Mais ne leur mentionne pas tout de suite qu'ils ne feront pas partie du conseil. On leur fera cette annonce quand ils auront encaissé les premières nouvelles. Fais en sorte que Dionne comprenne que nous ne nous préoccupons que du bien de toute la famille.

— Quand voulez-vous que j'y aille?

— Il faudrait régler cela le plus rapidement possible.

— Demain, ça ira?

— Parfait! Autre chose, ajouta Hepburn mine de rien – comme s'il venait tout juste d'y penser – il faudrait aussi nommer un administrateur chevronné au conseil.

— Pourquoi? demanda Clayton, ne s'étonnant plus de rien.

— Dans l'intérêt de la famille. De cette façon, les offres qu'ils recevront passeront toutes par nous. Nous sommes évidemment mieux placés qu'eux pour négocier avec des types comme Spear. Nous ne voulons pas d'autre faux pas comme l'affaire de Chicago.

Clayton acquiesça. L'argument était aussi bon que tous ceux qu'il avait déjà entendus ce jour-là.

Assise près de la fenêtre, Elzire, inquiète, vit une grosse voiture noire toute rutilante s'arrêter devant la maison. Elle espérait que ce n'étaient pas encore des journalistes qui venaient persécuter Oliva pour le faux pas qu'il avait fait avec Spear. Même si elle l'aurait bien persécuté elle-même.

Depuis que l'histoire était connue, le feu n'avait pas cessé. Les journalistes les harcelaient sans cesse tous les deux aussi bien par écrit que de vive voix. Chaque jour, il en arrivait de nouveaux, prêts à bondir sur Oliva ou sur tout autre membre de la famille qui osait s'aventurer devant la maison. Oliva et elle avaient interdit aux enfants de sortir de la maison par la porte avant. Pour qu'ils n'entendent pas les injures affreuses proférées par la foule à la barrière. Pour qu'ils ne ramassent pas un journal que quelqu'un aurait méchamment lancé sur la galerie. On aurait dit que de nouveaux articles paraissaient tous les jours, plus haineux les uns que les autres. Pis encore, de parfaits étrangers leur envoyaient des lettres de menaces, les traitant, elle et Oliva, de tous les noms. Elle ne comprenait pas que des millions de personnes discutent si librement de leur cas alors que moins d'une centaine de personnes au monde les connaissaient véritablement.

Elzire vit trois hommes, sobrement vêtus de vestons foncés à larges revers, sortir de la voiture et se diriger vers la maison. Elle se dit que les policiers les arrêteraient. Mais elle s'étonna elle-même de cette pensée. Il n'y a pas si longtemps, elle se serait précipitée pour accueillir chaleureusement des visiteurs, même inconnus. Mais maintenant, l'arrivée de n'importe quel étranger, même s'il apportait des cadeaux pour ses nouveau-nés, lui semblait une intrusion dans sa vie privée. Pour quelqu'un d'aussi accueillant, c'était un changement incompréhensible. Et tout ce qui lui arrivait était aussi difficile à accepter.

Au cours du dernier mois, Elzire avait vécu la pire période de sa vie depuis la mort de sa mère, dix-huit ans plus tôt. À l'exception de sa foi en Dieu, tout ce qui avait donné un sens à sa vie jusque-là était ébranlé : un fort sentiment de liberté malgré les épreuves, une foi inaltérable dans la solidarité, une confiance absolue en la nature humaine, un bon équilibre entre les relations de bon voisinage et l'intimité du foyer. C'était comme si elle était morte en accouchant et que, au lieu de se retrouver au milieu des nuages floconneux et des chœurs angéliques, elle était restée dans un monde bizarrement tordu, assez semblable à celui qu'elle avait toujours connu, mais dont la trame était de froideur et de méfiance.

Ce qui rendait la situation encore plus intolérable, c'est qu'elle et Oliva n'étaient plus maîtres dans leur propre maison.

Dafoe en avait fait une réplique réduite de l'hôpital froid et guindé où elle avait rendu visite à Tante après une opération, l'année dernière à North Bay. Le docteur lui-même passait peut-être de moins en moins de temps dans la maison, mais il avait bien dressé son équipe d'infirmières.

Les trois femmes qui constituaient cette équipe avaient chacune leur rôle dans la maison Dionne. Yvonne Leroux prenait soin des bébés. L'aide-soignante préparait les biberons et s'occupait du ménage. Et l'infirmière en chef, Louise de Kiriline, dirigeait toute la maisonnée d'une main de fer. Elles travaillaient à merveille. Elles formaient une véritable équipe, surtout quand il s'agissait de dénigrer Elzire. Un jour qu'elles bavardaient autour d'une tasse de thé, Elzire les avait entendues dire qu'elles étaient peut-être parfois un peu dures à son endroit. Elles n'en continuaient pas moins de la harceler et de trouver à redire sur tout ce qu'elle faisait. Elle est trop rude avec elles, disait Yvonne Leroux à Louise de Kiriline les rares fois où Elzire avait la permission de prendre une de ses petites filles. Elle est toujours dans mes jambes, se plaignait surtout l'aide-soignante qui lui avait à toutes fins utiles volé le contrôle de sa cuisine. Et ce dont Louise de Kiriline ne cessait jamais de se plaindre et qu'elle rapportait régulièrement à Dafoe, c'était qu'elle amenait les autres enfants dans la pouponnière. C'était là un crime impardonnable.

Un matin, Dafoe avait coincé Elzire. Il lui avait déclaré carrément qu'elle devrait se dégrossir si elle voulait qu'il continue d'être le médecin des bébés. Surtout pas de microbes dans la pouponnière. Ce qui voulait dire ne pas ouvrir la porte pour jeter un coup d'œil rapide. Ne pas laisser Ernest, le nez toujours fourré partout, passer la tête pour fouiner. Ne pas y amener Thérèse pour qu'elle caresse ses nouvelles petites sœurs. Et ce n'était pas tout. Pas de bruit qui pourrait réveiller les bébés. Pas d'invités pour le baptême hâtif, lequel passa quasiment inaperçu. Pas d'ingérence dans le travail de ses infirmières. Pas de lavage de couches avec les vêtements des autres enfants... La liste des interdits était interminable et Elzire n'avait plus de place nulle part dans la maison. Tout ce qu'elle faisait était remis en question. Tout ce qu'elle faisait était mauvais. Il lui semblait pourtant que c'était plutôt tout le reste, à l'exception de ce qu'elle faisait, qui était mauvais.

Elzire se sentit rassurée en voyant les policiers s'approcher des trois inconnus. Mais, après un court échange, ils les laissèrent passer. C'était étrange. Ils avaient pourtant reçu la consigne de ne laisser personne approcher de la maison, sauf les gens qui livraient du matériel médical. Un seul des trois hommes avait un sac, qu'il portait en bandoulière. Les autres ne portaient rien. Elzire laissa retomber le rideau et se précipita vers la porte arrière.

— Il y a quelqu'un en avant, annonça-t-elle l'air préoccupé en passant à la course à côté de l'aide-soignante qui, assise à la table dans la cuisine d'été, mangeait du gruau avec Rose et Thérèse.

L'aide-soignante était plongée dans le catalogue de la maison Eaton qu'elle avait apporté de chez elle pour passer le temps. Sans lever les yeux de sa revue, elle marmonna tout en avalant une autre bouchée de gruau.

Elzire ouvrit la porte arrière à la volée et vit Daniel assis sur les marches. Il avait un jeu de cartes et séparait les rouges des noires. Le chien était couché à côté de lui, à moitié endormi. Elzire chercha Oliva des yeux et l'aperçut finalement qui sortait de la grange avec un plein seau de grain. Ernest tenait aussi l'anse comme pour aider son père.

— Oliva, appela Elzire.

Il leva les yeux.

— Viens ! Vite !

Ernest lâcha le seau et courut à fond de train vers le côté de la maison. Le chien, aux pieds d'Elzire, dressa les oreilles en se relevant.

— Ernest ! cria Oliva.

Le chien se précipita pour rejoindre le garçon qui courait.

— Vite ! le pressa Elzire. Les policiers ont laissé passer trois hommes.

La porte de la pouponnière s'ouvrit et Mme Leroux passa

la tête dans la cuisine d'été.

— Chut! madame Dionne. Je vous en prie. Les bébés.

Elzire la regarda avec rancœur.

— Je vous en prie, répéta l'infirmière en refermant vivement la porte.

— Qui est-ce, maman? demanda Rose toujours assise à la table.

— Je ne sais pas.

L'aide-soignante leva enfin les yeux.

— D'autres journalistes tout simplement, je suppose.

Elle haussa les épaules et tourna une page de son catalogue.

Pauline, qui jouait avec des cuillères en bois au pied de l'escalier, se mit à pleurer. Elzire détestait demander de l'aide, mais elle était encore trop faible pour soulever un enfant.

— Pourriez-vous la prendre, demanda-t-elle à l'aide-soignante en lui désignant Pauline.

Elle retourna rapidement vers l'autre bout de la maison jusqu'à la fenêtre avant. Rose la suivit et se blottit contre sa mère dans le grand fauteuil sous la fenêtre, en attendant qu'Oliva vienne chasser les intrus.

Malgré le ton de panique dans la voix d'Elzire, Oliva ne se pressait pas. Qu'est-ce que ça changerait? Peu importe qui étaient ces hommes. Ils ne pouvaient pas être pires que les autres qui assaillaient sa maison depuis quelque temps, piétinant tout, fourrant leur nez partout et proférant des insultes. C'était ironique, pensait-il, que ceux qui lui reprochaient un seul geste impulsif se rendaient coupables de bien pis encore. La seule critique qu'on faisait de lui et qui contenait une part de vérité, c'est qu'il était un simple fermier dans un bled perdu. Mais, de cela, il était fier. Et maintenant que le monde entier le savait, pourquoi ne le laissait-on pas exploiter sa ferme en paix et couler des jours heureux avec sa famille dans leur petite maison de ce bled perdu? Mais on ne pouvait ni ne voulait le laisser tranquille. C'était comme si ses cinq petites filles étaient trop exceptionnelles pour qu'on les laisse partager le genre de vie que son éducation l'avait amené à considérer comme honnête et respectable.

Après avoir tourné le coin de la maison, il aperçut Ernest qui regardait à l'intérieur d'une rutilante Cadillac neuve, flanqué du chien qui aboyait à tout rompre. D'autres enfants qui avaient fait de la cour avant leur terrain de jeu quotidien l'avaient rejoint. Oliva vit alors les trois hommes qui inquiétaient tant Elzire. Après avoir échangé quelques mots avec un des journalistes, ils s'engagèrent dans le petit chemin qui menait aux marches. À la barrière, plusieurs journalistes qui les avaient reconnus essayaient de convaincre les policiers de les laisser passer.

Des curieux du voisinage ou d'ailleurs, venus en voiture pour voir la maison maintenant célèbre, observaient aussi la scène et échangeaient des regards inquiets. Ils craignaient une altercation, surtout quand ils virent Oliva s'avancer pour barrer la route aux trois hommes qui s'apprêtaient à passer sur sa galerie.

Oliva se dirigea droit sur eux, mais Clayton parla le premier.

— Monsieur Dionne?

Oliva remarqua qu'Ernest tournait autour de la grosse voiture en échangeant ses impressions avec les autres enfants.

— Ernest, cria-t-il, rentre à la maison!

Ernest s'approcha en courant, le chien sur les talons. Il était tout excité.

— Papa, je voudrais monter dans la voiture.

Il n'en avait jamais vu de semblables si ce n'est en photo, chez Voyer et à l'école.

— Ne te gêne pas, jeune homme.

Clayton sourit et se tourna vers Oliva.

— Il m'a demandé la permission et je lui ai dit que j'étais d'accord.

Ernest se préparait à retourner vers la voiture mais Oliva l'empoigna.

— À la maison!

Ernest hésitait.

— Tout de suite !

Ernest monta les marches à regret et se glissa dans la maison où il rejoignit le reste de la famille à la fenêtre. Le chien le suivait, mais il s'arrêta à la porte pour se coucher sur le paillasson.

— Ça ne m'aurait vraiment pas dérangé, vous savez, dit Clayton, doucereux.

Oliva n'aimait pas ce ton flagorneur et s'en méfiait.

— Mais moi, ça me dérange, déclara-t-il.

Il monta sur la première marche afin de pouvoir à la fois les arrêter et les dominer.

— Si vous voulez voir Dafoe, il n'est pas ici.

— Non, c'est vous que nous voulons voir.

Oliva était nerveux, mais pas intimidé.

— Peu importe ce que vous vendez, je ne suis pas intéressé.

— Je ne suis pas un vendeur, monsieur Dionne.

Mais il l'était. Et il était évident que son boniment devrait être encore meilleur que celui que Hepburn lui avait servi la veille.

— Puis-je vous appeler Oliva ?

Pas de réponse.

— Je m'appelle Nick Clayton, dit-il en tendant la main. Je suis le ministre des Affaires sociales de la province.

Oliva n'était pas impressionné et ne prit pas la main tendue.

Clayton était mal à l'aise d'avoir été rabroué. Il jeta un coup d'œil par-dessus son épaule pour voir si quelqu'un l'avait remarqué, puis laissa retomber la main et fit un geste vers la maison.

— Pourrions-nous discuter à l'intérieur ?

Il ne voulait pas que les journalistes entendent leur conversation avant que le gouvernement soit prêt à faire une déclaration officielle. Il ne lui semblait pas non plus normal d'annoncer les nouvelles qu'il avait été chargé de transmettre à Oliva devant une telle foule.

— Nous serons très bien ici, dehors, dit Oliva. Que voulez-vous ?

— D'accord, dit Clayton.

Il était un peu agacé d'être traité si cavalièrement. Sa mission était déjà assez ardue comme ça. Il poursuivit les présentations.

— Voici Jack Sharkey, dit-il en désignant le plus grand des deux autres hommes, et voici Fred Davis.

C'était celui qui portait en bandoulière un gros étui contenant un appareil photo.

— Enchanté de faire votre connaissance, dit Sharkey.

— Monsieur Dionne, ajouta Davis.

Clayton n'avait pas eu beaucoup de temps pour les mettre au courant du dossier. Mais Hepburn avait tenu à ce qu'ils l'accompagnent quand même. Pour qu'ils connaissent celui qu'ils auraient l'occasion de rencontrer régulièrement par la suite.

— Bon ! dit Oliva en les dévisageant l'un après l'autre. Maintenant que je sais qui vous êtes, auriez-vous l'obligeance de me dire enfin ce que vous voulez ?

Clayton se demandait comment présenter la chose. Oliva ne serait certainement pas très réceptif. Il avait la mine renfrognée, de la colère dans les yeux et de l'amertume dans la voix.

— Nous sommes venus vous faire part de bonnes nouvelles, dit-il. Madame Dionne est-elle ici ?

— Je ne suis pas certain de vouloir connaître vos bonnes nouvelles.

Oliva jeta un coup d'œil vers Elzire qui était à la fenêtre, l'air inquiet.

Clayton crut qu'il l'invitait à le suivre et s'approcha, un pied sur la première marche.

Oliva se retourna vivement.

— Holà ! où croyez-vous aller ?

Le chien se releva et grogna.

— Je voudrais seulement...

— Je me fous de ce que vous voulez. Moi, je veux que

vous fichiez le camp. Je vous ai déjà dit que nous ne voulions rien entendre de ce que vous avez à nous dire.

— Monsieur Dionne, nous ne sommes pas venus pour vous embêter.

Clayton essayait d'emprunter le pouvoir de séduction de Hepburn.

— Nous voulons mettre fin à tout ce cirque.

— Ouais! Comment?

— Vous avez sans doute entendu parler de l'hôpital que le docteur Dafoe nous a demandé de construire pour vos bébés.

Comment Oliva aurait-il pu ne pas être au courant? Dafoe avait demandé à tous les journalistes qu'il avait pu trouver d'écrire un article à ce sujet. Mais Oliva aurait bien voulu savoir ce que les petites pourraient avoir de plus dans un hôpital qu'ici même à la maison. Surtout depuis que Dafoe avait transformé la chambre arrière en une pièce qui avait tout d'un hôpital sauf le nom. Si cela n'apparaissait pas suffisant, Oliva avait même proposé de construire un prolongement à la maison. Il était prêt à tout pour éviter le démembrement de sa famille.

— On n'a pas besoin d'un hôpital, affirma-t-il. On n'a besoin de l'aide de personne.

— Laissez-moi vous expliquer.

— Partez, je vous en prie, dit Oliva en s'efforçant d'être poli. Vous avez effrayé ma femme en débarquant ici dans votre grosse voiture. Regardez tout ce à quoi nous devons déjà faire face.

Désignant la foule des badauds attentifs et avides de ragots, il s'animait en parlant.

— Vous ne trouvez pas que c'est assez? Je ne peux plus travailler en paix. Je ne peux plus sortir avec mon camion sans qu'on m'arrête. Personne ne veut plus louer ma presse à foin, par peur de venir ici. Qu'est-ce que vous voulez faire? Me ruiner?

Clayton se retourna pour regarder la foule qui les observait. Il aurait bien voulu être dans la maison, pas seulement pour que les gens ne l'entendent pas, lui, mais surtout pour qu'ils n'entendent pas Oliva lui parler sur ce ton. Hepburn n'aurait jamais toléré qu'on le traite de cette façon, pas en public en tout cas.

En se retournant vers Oliva, il aperçut Elzire et trois visages enfantins blottis l'un contre l'autre qui observaient ses moindres mouvements par la fenêtre. Il se sentait cerné par des regards inquisiteurs et ça le mettait mal à l'aise.

— Je comprends ce que votre femme doit ressentir, dit-il avec sympathie, mais vos bébés doivent recevoir les soins adéquats.

— Vous touchez enfin juste, monsieur Clayton, railla Oliva, la moutarde lui montant au nez. Nos bébés. Pas les vôtres. Pas ceux de Dafoe. Les nôtres. Et nous sommes parfaitement capables d'en prendre soin sans votre aide.

Il se retourna vers la maison et commença à monter l'escalier.

— Fichons le camp, grommela Sharkey en brisant le silence.

Clayton prit son courage à deux mains. Du courage à la Hepburn.

— Je vous demande pardon, monsieur Dionne, mais je pense que vous ne saisissez pas l'importance de vos petites. Pensez-vous vraiment que vous pouvez leur donner tout ce dont elles ont besoin?

Il montra du doigt l'humble ferme en rondins puis les champs arides. Pour la première fois depuis la veille, alors que Hepburn l'avait sermonné, il se disait que le Premier ministre avait peut-être raison.

— Sans aide? demanda-t-il en se faisant l'écho des paroles du Premier ministre et avec plus de condescendance que de sympathie.

— Oui, je le peux, cria Oliva depuis la galerie. Si tout le monde voulait seulement nous laisser tranquilles. Je vous ai déjà demandé de partir. Est-ce que je dois vous le répéter?

Clayton perdait son sang-froid. Hepburn lui-même n'aurait pas réussi à faire entrer quelque chose dans le crâne de ce fermier.

— Je suis désolé, monsieur Dionne, s'excusa-t-il d'un ton

où il n'y avait plus aucune sympathie. J'aurais voulu que nous parlions calmement de tout ceci, mais je constate que ce n'est pas possible. Nous allons partir, mais vous devez savoir que nous avons décidé de construire un hôpital pour vos bébés.

— Fichez le camp! cria Oliva avec mépris, le sang lui montait à la tête. Déguerpissez!

Clayton se retourna et fit un pas vers sa voiture. Il vit les journalistes qui, l'air affairé, griffonnaient des notes dans leurs calepins, les curieux qui observaient attentivement la scène et les deux policiers qui ne savaient pas quoi faire. Il vit rouge. Il avait essayé d'être compréhensif, mais personne ne devrait avoir à supporter le genre d'affront qui venait de lui être fait. Publiquement surtout. Hepburn lui avait souvent expliqué comment se comporter avec le petit peuple. Tu peux essayer de les aider, disait-il, mais s'ils ne veulent pas entendre raison, montre-leur qui est le patron.

Il s'arrêta et se tourna vers Oliva, les narines palpitantes.

— À propos, monsieur Dionne, dit-il, la voix claire, coupante et aigre, nous allons nommer un conseil de tutelle pour nous assurer que les bonnes décisions seront prises pour vos bébés. Et vous ne serez pas...

Dans sa colère, il avait presque trahi le secret.

— ...euh! C'est M. Sharkey qui se chargera de cette affaire, ajouta-t-il. Quant à M. Davis, il travaille au *Star* et il sera le photographe officiel des quintuplées. Vous aurez certainement l'occasion de les rencontrer très souvent tous les deux à partir de maintenant.

— De... de quoi voulez-vous parler?

La voix tremblante, Oliva essayait de donner un sens à ce qu'il venait d'entendre.

— Il est évident que vous ne pourrez pas faire ce qui s'impose pour le bien des bébés. Le gouvernement, oui.

Après avoir lancé cette flèche, il se dirigea vers sa voiture.

Oliva descendait l'escalier à toute vitesse.

— Comment osez-vous dire une chose pareille?

121

Clayton entendit les pas lourds de colère dans l'escalier. Il voulut allonger le pas, mais avant qu'il ait eu le temps de réagir, Oliva l'avait déjà fauché.

— Fichez le camp !

On tambourinait contre la vitre derrière eux. Le chien se remit à grogner, debout sur ses pattes et prêt à s'élancer du bord de la galerie.

Les policiers se précipitèrent vers Clayton qui trébuchait à quelques pas du petit chemin. Les journalistes et les autres spectateurs s'approchèrent aussi, mais reculèrent aussitôt, effrayés par le regard furibond d'Oliva et par son expression menaçante.

— Fichez le camp ! Tous !

Un par un d'abord, puis deux ou trois à la fois, les badauds reculèrent à regret. Même les policiers reculèrent. Ils ne savaient plus trop qui était leur patron. Le gouvernement qui les payait. Ou l'homme dont on les avait chargés de protéger la propriété.

— Viens, Nick, dit Sharkey en lui prenant le bras. Allons-y. Cet homme est fou à lier.

— D'accord, d'accord.

Clayton s'arracha à l'étreinte de Sharkey.

Elzire frappait toujours contre la vitre, mais Oliva ne leva pas les yeux. Il regardait simplement les trois hommes qui traversaient enfin la barrière. Il donna un coup de pied à la première marche de l'escalier et se dirigea d'un pas lourd vers le côté de la maison.

Les journalistes hélèrent Clayton comme il atteignait la route. Il essaya d'abord de se frayer un chemin, mais la clameur s'amplifia. Il leva les deux mains pour demander le silence, puis écarta les journalistes en passant, même ceux qu'il connaissait. Le regard droit devant lui, il essayait de garder sa dignité en se dirigeant vers sa voiture.

— Il n'a pas fini d'en entendre parler, dit-il bouillant de colère, furieux d'avoir subi un affront, mais pleinement conscient des pouvoirs dont il disposait pour se venger.

6

LE MÉDECIN DE CAMPAGNE

Il était debout au beau milieu de la scène à Carnegie Hall, devant un public imposant. Les projecteurs étaient braqués sur lui et la foule applaudissait à tout rompre. C'était encore mieux que tout ce qu'il avait pu imaginer.

Il se préparait à remercier les gens d'être venus si nombreux quand Mme Henderson apparut dans l'embrasure de la porte de la chambre. Dafoe sursauta, mal à l'aise d'avoir été surpris dans son monde imaginaire.

Il se détourna de la psyché qui était dans un coin de la chambre.

— Savez-vous où sont mes bons souliers ? demanda-t-il en feignant d'être occupé à les chercher.

Il marcha à pas feutrés jusqu'à la commode.

Immobile, Mme Henderson considérait l'air idiot du docteur qui se reflétait dans le petit miroir accroché sur le mur au-dessus de la commode d'acajou, juste en face d'elle. Elle baissa les yeux et aperçut une paire de boutons de manchette en argent sur la commode. À sa droite, elle vit le veston de tweed du docteur, accroché à une colonne du lit, et le couvre-lit qui disparaissait presque sous un amoncellement de chemises, de cravates et de pantalons. Les portes de la penderie étaient grandes ouvertes et la moitié des cintres en bois étaient vides. Elle n'avait jamais vu un tel désordre dans la pièce. Jamais, depuis qu'elle habitait chez le docteur.

Elle s'approcha et renifla.

— Êtes-vous certain d'avoir retiré les boules de naphtaline des poches ?

— Très drôle !

Elle se rapprocha davantage pour examiner son pantalon de tweed. Il y avait des siècles qu'il ne l'avait pas porté. Elle recula instinctivement en agitant la main devant son nez.

— Qu'est-ce que vous vous êtes mis ? Vous sentez l'apothicaire !

— Ce n'est pas si mal que ça.

— Non, bien sûr. Je trouve que vous devriez en mettre plus.

Elle se pencha au pied du lit, à la recherche des souliers.

— Ça va chasser l'odeur de la naphtaline en tout cas.

Un autre jour, sa langue de vipère aurait bâillonné Dafoe. Mais ce n'était pas un jour comme les autres pour lui. Il demanda pompeusement :

— Ne pensez-vous pas que l'inauguration du chantier pour la construction de son propre hôpital soit l'occasion rêvée de s'endimancher ?

Son triste sourire s'effaça et elle le regarda.

— De toute façon, vous ne voulez pas savoir ce que je pense.

Ça l'attristait qu'il ne partage pas son inquiétude devant les événements. Elle passa à côté de lui et partit à la recherche des souliers dans la penderie. Elle se mit à quatre pattes et leva les yeux vers lui. Il était en train de nouer sa cravate.

— Je pense que toute cette histoire est une vraie honte.

Il tirait toujours sur sa cravate, les yeux fixés sur le miroir.

— Vous avez bien raison. Je ne veux absolument pas

savoir ce que vous pensez.

Sa préoccupation majeure en cet instant était de réussir son nœud de cravate. Il n'arrivait jamais à en venir à bout correctement. Du coin de l'œil, il vit qu'elle continuait de regarder vaguement autour d'elle pour trouver les souliers.

— Ils sont peut-être sous le lit.

— Non, ils n'y sont pas.

Elle se releva. Elle pensait qu'il y avait dans la vie des choses plus importantes qu'une vieille paire de souliers.

— Est-ce que vous ne voyez pas à quel point tout ceci blesse les Dionne? Ce sont des gens aimables. Ils ne méritent pas ce qui leur arrive.

Elle savait qu'elle gaspillait sa salive. Depuis quelques semaines, à cause des lèche-bottes envoyés tous les jours par le gouvernement pour préparer la cérémonie avec lui, le docteur Dafoe flottait sur un nuage. Il ne parlait plus que de l'inauguration du chantier. Pas une seule fois il ne s'inquiéta de l'effet que cela pourrait produire sur les Dionne. Mais en fait, tout le monde à Callander semblait les avoir oubliés, ainsi d'ailleurs que l'insignifiance de la vie quotidienne. *Notre Mitch* allait visiter ce bon vieux Corbeil et on ne parlait plus de rien d'autre. Rien n'était plus important. Selon ses valeurs à elle, tout le monde avait perdu l'esprit.

— Démembrer ainsi une famille, c'est terrible.

— Personne ne veut faire de mal aux Dionne.

Le petit médecin de campagne, toujours prêt jusque-là à braver les éléments pour se rendre au chevet de ses patients, glissa les deux boutons de manchette dans les boutonnières.

— Pensez-vous vraiment qu'ils seraient capables de prendre soin de ces bébés sans notre aide?

— Dans ce cas, aidez-les!

Elle vérifia si les souliers n'étaient pas sous le fauteuil rembourré près de la fenêtre.

— Vous n'êtes pas obligé de leur enlever les petites. Elles n'ont même pas deux mois, elles réclament encore leur mère à cor et à cri. Elles ont encore besoin d'elle.

— Qu'est-ce qui vous tracasse tant? demanda Dafoe. Nous ne les envoyons pas en Chine. Elles seront juste de l'autre côté de la route.

Elle le savait bien. Mais ce qui l'inquiétait surtout, c'était l'effet que produiraient les événements de l'après-midi. Comme si ce n'était pas déjà assez de faire sortir les bébés de la maison de leurs parents, on en faisait une cérémonie juste en face. Une célébration. Et son docteur Dafoe en était la vedette. Mais il ne semblait pas voir le problème. S'il ne le voyait vraiment pas, c'était inquiétant. Et s'il faisait seulement semblant, c'était encore plus inquiétant.

— Pauvre Elzire, dit Mme Henderson en apercevant enfin les souliers sous la table de chevet. Il n'y a pas de femme plus gentille sur terre.

Elle ramassa les souliers et se releva.

— Comment avez-vous pu laisser faire tout ça?

Il avait enfin noué sa cravate.

— Arrêtez d'en faire un drame. Elzire pourra voir les bébés autant qu'elle le voudra.

Il se détourna du miroir, en ajustant soigneusement son col et ses manchettes.

— De quoi ai-je l'air?

Il vit qu'elle avait ses souliers à la main, mais fit semblant de ne pas remarquer son regard furibond.

— Vous les avez trouvés. Bien.

— Oh!... qu'est-ce que ça peut faire?

Elle laissa tomber les souliers.

— Qu'est-ce qui vous prend?

— La prochaine fois, dit-elle en sortant en trombe de la pièce, vous chercherez vos souliers tout seul.

Dafoe regarda l'embrasure de la porte un instant, haussa les épaules et pouffa de rire. Après huit ans, ces petites scènes ne l'impressionnaient plus.

Il ramassa les souliers, les fit vigoureusement reluire avec un chiffon de flanelle et les chaussa. Il décrocha ensuite son veston de la colonne du lit et l'enfila. Il revint vers la commode et prit un mouchoir de soie dans le tiroir du haut. Il fit quelques mimiques variées dans le petit miroir, s'exerçant à avoir l'air un peu moins excité et un peu plus digne. Puis, en se retournant pour sortir, il jeta un regard par-dessus son épaule vers son reflet dans l'autre miroir.

Il avait les yeux brillants. Il se voyait déjà à Carnegie Hall.

Les fonctionnaires avaient travaillé toute la matinée à la préparation de la cérémonie. Ils avaient choisi l'emplacement de l'estrade et l'endroit où se tiendraient les membres de la presse et les invités. Ils essayaient de deviner qui viendrait. Ils prirent une décision rapide pour les invités de marque : une inscription à l'endos d'une affiche de soda Canada Dry les inviterait à s'asseoir à une place de choix, juste devant l'estrade. Le grand public, quant à lui, devrait se tenir à l'extérieur de l'espace délimité par des cordons.

Tout se passa bien pendant la répétition, à l'exception d'un instant de panique quand Slocum s'aperçut que l'estrade n'était pas bien d'aplomb. Il dit aux fonctionnaires que Hepburn serait furieux et ordonna à deux d'entre eux de la consolider. Le problème fut vite réglé. Slocum ne s'inquiétait plus que du ciel gris. Il espérait que la pluie, annoncée pour la première fois depuis des semaines, ne tomberait pas avant la fin de la cérémonie.

Mort Fellman fut le premier invité à arriver. Son rédacteur en chef, Knight, l'avait exhorté à arriver tôt et à prendre beaucoup de photos pour illustrer l'important article qui serait en première page du journal. Il n'aurait pas pu se permettre d'arriver en retard, ou de ne pas se présenter, comme il le faisait souvent pour les événements locaux. Knight voulait qu'il soit là pendant toute la cérémonie.

Dans la grande chaleur du mois de juillet, Fellman s'amusait à observer les fonctionnaires qui se démenaient pour régler des problèmes de dernière minute, réels ou imaginaires. Il essaya de leur parler pour savoir qui on attendait, mais trop occupés, ils lui dirent de revenir plus tard. Il se contenta de les photographier.

Il finit par se retrouver parmi les gens venus sans invitation. Plusieurs étaient arrivés encore plus tôt que lui, espérant trouver une place d'où ils auraient une bonne vue de l'estrade. Des gens des environs bien sûr, mais aussi des gens venant de plus loin, Mattawa et Sturgeon Falls, entre autres. Il y en avait même qui, en cette occasion, avaient fait route de Sudbury ou d'Ottawa. Il prit d'autres photos et demanda à quelques-uns d'entre eux pourquoi ils étaient venus. La plupart répondirent que c'était pour voir Mitch Hepburn et le Dr Dafoe en chair et en os. Une personne, en particulier, fit référence à Dafoe en l'appelant *le docteur*. C'était une charmante vieille dame de Corbeil qui était venue voir si Dafoe accepterait de prendre soin de son mari malade. Mais il n'était pas encore là.

D'autres journalistes arrivaient, entre autres ceux qui traînaient depuis les premiers jours devant la maison des Dionne. Parmi eux, en plus de Fellman lui-même, Gordon Sinclair, Charlie Blake et certains journalistes de New York. Et les gens des actualités filmées de Pathé qui, avant que le spectacle commence, cherchaient le meilleur emplacement pour installer leurs caméras.

Quand les voitures des invités commencèrent à s'arrêter sur le bord de la route, l'appareil photo de Fellman se mit à crépiter. Le maire de North Bay aperçut l'inscription et conduisit les édiles de Callander et de Corbeil vers les sièges réservés aux invités de marque. Clic ! Michael Peters, le député du comté, en profita pour prendre un bain de foule, traquant tout ce qui ressemblait à un fermier. Clic ! Dafoe apparut, l'air nerveux en l'absence de Mme Henderson, et complètement désorienté. Clic ! clic ! Hepburn arriva, fort de toute l'assurance qui faisait défaut au médecin de campagne, et désigna à Dafoe l'endroit où Clayton était assis. Clic !

Le maire de Corbeil monta sur l'estrade pour s'adresser à la centaine de personnes réunies dans le champ.

— Mesdames et messieurs, c'est un honneur pour moi de

vous présenter aujourd'hui le Premier ministre de l'Ontario, l'honorable Mitchell Hepburn.

Hepburn qui était assis entre Dafoe et Clayton se leva et prit place derrière le lutrin. Il avait la mine resplendissante dans son habit clair et se rengorgeait comme un paon au son des applaudissements nourris. Des douzaines de flashes éclatèrent pendant qu'il offrait aux journalistes son sourire satisfait et, à l'équipe des actualités filmées, son fameux regard hypnotique.

Dafoe l'observait attentivement. Il admirait la calme assurance du Premier ministre, mais il attendait nerveusement que son tour vienne. Il savait que cette même foule l'applaudirait bientôt et il espérait qu'il saurait se comporter avec autant d'aisance que Hepburn. Ses relations avec les journalistes, au cours des semaines précédentes, lui avaient permis d'acquérir de l'expérience, mais la situation était différente. Les personnes présentes n'étaient pas là pour poser des questions au sujet des bébés. Elles étaient là pour célébrer l'événement avec lui. Pour le voir procéder à l'inauguration de la construction de son propre hôpital. Il se rappelait combien il était calme à Carnegie Hall dans son rêve. Mais ici et maintenant, son cœur s'emballait et il avait la gorge sèche.

— Merci, dit Hepburn d'une voix forte et claire. Merci d'être venus ici aujourd'hui. Cette journée est extrêmement importante pour moi – il s'adressait à la foule avec assurance – car le gouvernement se fait un point d'honneur d'assurer aux quintuplées Dionne les meilleurs soins possibles.

Les mots lui venaient d'autant plus aisément que la construction de l'hôpital ne suscitait aucune opposition. Pas de ce côté-ci de la route en tout cas. Tout le monde l'écoutait attentivement broder sur la courageuse lutte des quintuplées pour leur survie et affirmer le devoir sacré du gouvernement de leur assurer santé et prospérité. Il parlait avec fougue et ses silences étudiés étaient comblés par les applaudissements. À la fin de son discours, il y avait même des gens en pleurs dans l'assistance.

— Et maintenant, sans plus de cérémonie, j'invite le docteur Allan Dafoe à lever la première pelletée de terre du chantier de l'hôpital Dafoe.

Dafoe se figea sur place. Il se sentait incapable de faire face à la foule. Mais Hepburn avait fini son discours et tout le monde attendait. Les applaudissements le rassuraient un peu, mais ils prendraient fin bientôt.

Il pensa à son père qui aurait sûrement été bien surpris de voir tous ces gens applaudir ce garçon dont on avait pensé qu'il ne ferait jamais rien de bon dans la vie. Ce fils qui avait terminé parmi les derniers à l'école de médecine. Ce frère aîné qui avait toujours vécu dans l'ombre de son cadet. Ce mouton noir qui avait refusé de reprendre le cabinet de son père à Madoc. Il se demandait si le vieil homme, où qu'il soit, serait enfin fier de lui.

Cette rêverie lui parut durer des heures, mais il ne lui avait fallu que quelques secondes pour se lever et traverser l'estrade. Les applaudissements ne s'étaient pas encore arrêtés. Il essaya de sourire sans être sûr d'y réussir. En s'approchant du lutrin, il pensa que le sourire de Hepburn, fendu jusqu'aux oreilles, suffirait pour deux.

Slocum passa une pelle au Premier ministre qui arborait toujours son grand sourire, et celui-ci la remit à son tour à Dafoe.

Les mains habiles du docteur tremblaient quand il prit l'outil, mais Hepburn l'encouragea du regard et lui donna une tape amicale dans le dos en descendant de l'estrade. Dafoe s'enhardit tant bien que mal et commença à creuser. Hepburn lui donna une autre tape dans le dos. Il creusa plus profondément cette fois. Puis de plus en plus, beaucoup plus que nécessaire.

De l'autre côté de la route, Oliva entendit le grincement de l'acier mordant le sol caillouteux, mais il ne prit même pas la peine de regarder. Il s'affairait à installer un écriteau de bois sur le grand chêne dans la cour devant la maison. Les petites étaient encore sous son toit et, tant que l'hôpital ne serait pas construit, elles y resteraient.

Les policiers surveillaient Oliva qui sortit un marteau de la poche de sa salopette. Ils avaient la consigne de ne pas le quitter des yeux. Slocum, en personne, les avait prévenus que

Hepburn ne tolérerait pas d'esclandre ce jour-là, surtout après ce qu'il s'était passé le mois précédent avec Clayton.

Oliva regardait droit devant lui en essayant de garder toute sa dignité. Il cloua à l'arbre l'écriteau sur lequel il venait d'inscrire : ACCÈS INTERDIT.

Les deux écriteaux qui se faisaient face de part et d'autre de la route ce jour-là présageaient d'une certaine façon l'avenir. D'un côté, Dafoe et Hepburn amorçaient l'ascension qui les rendrait sous peu célèbres, aux yeux du monde entier. De l'autre, les Dionne ne savaient pas encore qu'ils connaîtraient bientôt un isolement qui dépasserait leurs vœux.

Assis à son pupitre, Fellman lisait le numéro de février de la revue *Trend*. Il y avait en première page un portrait flatteur de Dafoe, l'air doux, le regard compatissant. Sous la photo, ces mots : DOCTEUR MIRACLE. D'elle-même la revue s'ouvrait à la page de l'article que tout le monde dans la salle de rédaction avait déjà lu.

Le texte du *Trend* disait : « Maintenant que les quintuplées sont bien installées à l'hôpital Dafoe, sous l'aile protectrice du docteur, on peut être assuré que les jumelles Dionne réussiront à sortir des épreuves qu'elles ont endurées. Le courage inébranlable de Dafoe, ses compétences médicales sans précédent et son attitude bienveillante sont une source d'inspiration pour nous tous. »

Fellman se sentit mal. Il referma la revue et s'approcha du bureau de Knight.

— As-tu lu ça ? lui demanda-t-il en lui montrant la couverture de la revue et en l'agitant sous son nez.

— Pas mal, n'est-ce pas ?

— Je ne peux pas le croire. Un généraliste de Callander âgé de cinquante ans. *Docteur miracle*, se moqua-t-il. Il a réduit une fracture de la cheville qu'avait subie ma sœur il y a quelques mois et ma sœur boite encore. Il n'a pas fait de miracle dans son

131

cas.

— Tu penses qu'il a seulement eu de la chance avec les petites ?

— Voyons ! Ne trouves-tu pas que cela devient disproportionné ? Proposé pour le prix Nobel d'abord, et maintenant cet article. Qu'est-ce que ce sera ensuite ? La canonisation ?

Knight gloussa.

— À l'heure qu'il est, il doit être sur le point d'arriver à New York.

— C'est vrai. La visite officielle, bougonna Fellman. Mais il y a quelque chose que je ne comprends pas. Ce type prétend qu'il ne veut pas attirer l'attention, qu'il ne fait que son travail et qu'il ne veut pas d'augmentation de salaire, ni rien d'autre. Alors, pourquoi s'est-il précipité à New York ? Après tout, on est en plein cœur de l'hiver, et la moitié de ses patients ont le rhume.

— Je n'y comprends rien non plus – Knight haussa les épaules – mais je sais qu'on a prévu de lui faire tout un accueil ! Jette un coup d'œil sur le télégraphe pour voir s'il y a quelque chose à ce sujet.

Fellman se dirigea vers le téléscripteur. Il essayait encore de comprendre le comportement de Dafoe, mais ce n'était pas facile. Même s'il lui avait souvent parlé, généralement au téléphone pour avoir les dernières nouvelles des bébés et quelquefois chez lui autour d'une tasse de thé pour préparer un article de fond, il n'avait pas appris grand-chose de lui. Il avait tenté à l'occasion d'obtenir des confidences, mais Dafoe ne lui avait jamais rien dévoilé de sa vie privée.

Il avait réussi à retrouver à l'école de médecine un camarade de Dafoe qui avait finalement jeté un peu de lumière sur le passé du docteur. La conversation avait été brève, mais elle avait convaincu Fellman que c'était pour échapper à son passé que Dafoe s'était installé à Callander vingt-cinq ans plus tôt. Son refus de reprendre le cabinet de son père à Madoc avait été à l'origine d'une dispute terrible. C'était la première fois que le jeune Allan s'opposait à son père et un fossé infranchissable s'était creusé entre les deux hommes. Dafoe avait quitté Madoc peu après et avait émigré vers le nord.

Son camarade d'études avait perdu sa trace à ce moment-là, mais Fellman avait obtenu des renseignements supplémentaires par de vieilles connaissances de Dafoe, des gens qui l'avaient connu au moment de son installation à Callander.

À son arrivée à Callander, Dafoe avait rencontré le médecin du village qui prenait sa retraite et voulait vendre son cabinet. Dafoe avait sauté sur l'occasion, acheté la clientèle pour cent dollars, versé un acompte sur la maison, puis s'était installé définitivement. Il n'était, semble-t-il, jamais retourné à Madoc qui n'était pourtant qu'à trois cents kilomètres de là et, pendant tout ce temps, avait communiqué avec sa famille uniquement par correspondance. Jusqu'à ce jour, il paraissait comblé par la vie paisible qu'il menait dans l'ombre, apprécié et respecté comme jamais il ne l'avait été dans sa famille.

Fellman regarda la feuille qui se déroulait du téléscripteur. Il n'y avait encore rien sur le voyage à New York. Seulement un communiqué optimiste, émis par le gouvernement, sur les neuf mois des quintuplées et les mornes bulletins habituels sur l'échec des camps de travail et des programmes de réforme. Quelques bonnes nouvelles et beaucoup de mauvaises. Pas surprenant que les adorables quintuplées aient séduit tant de gens. Pour eux, les petites représentaient beaucoup plus qu'une anomalie du genre humain. Elles étaient l'image de l'espoir et de la survie au creux de la période la plus sombre de leur vie. Si les bébés pouvaient faire mentir les prévisions et survivre, tout le monde le pouvait. Pour plusieurs, chaque journée de survie des bébés représentait leur seule lueur d'espoir. Et c'était Dafoe qui maintenait cet espoir en vie. Pour le public, il était beaucoup plus qu'un saint. Il était un vrai Messie.

Fellman attendit des nouvelles de New York pendant plus d'une heure, mais il n'y eut rien. Il était passé cinq heures, et tout le monde était parti. Il ne restait que son duffle-coat suspendu au portemanteau près de la porte. Il mit ses bottes et s'emmitoufla pour se protéger des grands froids de février. Avant de sortir, il prit sur le bureau de Knight un exemplaire du *Trend*

133

pour sa femme Doris qui le lirait après le souper.

Le magazine était ouvert à la double page de l'imposant article sur cette histoire dont on ne cessait de parler. Sur une photo, on voyait Dafoe qui se tenait nerveusement à côté de Hepburn lors de la cérémonie d'inauguration du chantier. Quelle paire ! pensa Fellman. L'obscur médecin de campagne qui était devenu la coqueluche du monde entier, mais qui avait l'air timide et gauche sur presque toutes les photos. Et le Premier ministre plus grand que nature qui affichait un air suffisant.

Dès que le train entra en gare à Grand Central Station, Dafoe fut sidéré par le spectacle de la ville de New York. Le quai d'abord, couvert de gens qui l'accueillaient en l'acclamant. Certains brandissaient, bien au-dessus de la multitude des têtes, des affiches lui souhaitant la bienvenue. Les agents de police faisaient tout ce qu'ils pouvaient pour contenir la foule. L'organisateur de sa tournée, un dénommé Applebaum, rejoignit Dafoe et l'escorta jusqu'à une grande limousine noire.

Assis sur la banquette arrière de la voiture, Dafoe dit à Applebaum :

— Vous savez, le soir, par temps clair, je réussis parfois à capter sur ondes courtes l'une ou l'autre de vos stations de radio.

Les gens à Callander étaient toujours surpris quand il leur disait d'où provenaient les émissions qu'il avait réussi à capter la veille. Et jusqu'à maintenant, ces voix lointaines avaient été ses seuls amis.

Applebaum fit un signe poli de la tête. Comme la plupart des vedettes, pensa-t-il. Pas grand-chose à dire.

Les deux motos de l'escorte s'arrêtèrent devant le Waldorf-Astoria, le tout nouvel hôtel chic de Manhattan. Là aussi, il y avait foule dans l'allée en arc de cercle menant à l'entrée principale de l'hôtel. On aurait dit que tous les habitants de la ville s'étaient réunis pour fêter l'arrivée de Dafoe. Il faut dire que l'itinéraire de sa visite avait été publié dans tous les journaux. Ses admirateurs savaient donc où ils pouvaient le voir à toute heure du jour.

Grelottant de froid, plusieurs attendaient devant l'hôtel, depuis des heures, dans la cohue. Mais la longue attente et le froid glacial furent vite oubliés dès l'arrivée de Dafoe dans sa limousine. Les applaudissements éclatèrent et la foule se pressa autour de la voiture, d'aussi près que les policiers le permettaient.

Quelques agents réussirent à ouvrir un passage jusqu'à la porte d'entrée. Applebaum descendit de la voiture et fit signe à Dafoe de le suivre. Des gens réclamaient un autographe, d'autres demandaient à Dafoe de se retourner pour une photo, et d'autres poussaient simplement des cris d'excitation.

Dafoe tournait la tête chaque fois qu'il entendait son nom. Ce genre d'ovation était généralement réservé aux athlètes et aux vedettes de cinéma, pas aux médecins. C'était curieux, mais ça lui faisait quand même plaisir. Il se sentait admiré.

Il suivit Applebaum dans le hall où d'autres badauds l'acclamèrent et prit l'ascenseur jusqu'à la salle de réunions de l'hôtel, aménagée pour la conférence de presse.

À son entrée, la soixantaine de journalistes et la douzaine de photographes présents s'affairèrent aussitôt. Si la plupart l'avaient déjà vu à Corbeil, certains le voyaient pour la première fois. Mais tous le connaissaient d'une manière ou d'une autre. Et c'était normal puisque c'étaient eux qui avaient créé son personnage. Grâce à leurs articles, à leurs reportages à la radio et aux actualités filmées, il était devenu en neuf mois le médecin le plus célèbre au monde. Qu'il soit un humble généraliste, un médecin de campagne dévoué, ignorant des usages des hôpitaux des grandes villes et des instituts de recherche, ne ternissait pas du tout son image. Au contraire. C'était justement l'angle sous lequel la presse avait choisi de le présenter.

Dafoe, traqué par plus de soixante-dix paires d'yeux, prit place à une table chargée de microphones. Il regarda le groupe d'un air modeste.

Les journalistes le considéraient avec respect. Il correspondait parfaitement au personnage qu'ils avaient créé.

— Messieurs – Applebaum essayait de se faire entendre par-dessus le vacarme – et mesdames, je vous remercie d'être venus.

Le brouhaha se transforma en un murmure étouffé.

— Comme d'habitude, nous avons peu de temps. Je vous demanderai donc de poser des questions brèves. Je suis certain que le docteur Dafoe aimerait répondre au plus grand nombre possible d'entre vous.

Les journalistes se mirent à crier tous ensemble. Certains bondirent, d'autres levèrent la main. L'organisateur donna la parole à un élégant journaliste du *New York Times*.

— Docteur Dafoe, quelles sont les dernières nouvelles des bébés ?

Dafoe se pencha vers la forêt de microphones, comme il l'avait fait lors de la cérémonie d'inauguration. Un an plus tôt, ce genre d'installation lui aurait été parfaitement inconnu. Maintenant, il savait exactement comment s'approcher juste assez pour que sa petite voix grêle porte aux quatre coins de la pièce.

— Je suis heureux de vous dire qu'elles commencent à ressembler à des bébés normaux et en bonne santé. Elles ne sont pas encore tirées d'affaire, mais elles prennent régulièrement du poids et se développent bien.

— Qui s'en occupe pendant que vous êtes ici ? demanda un homme plus âgé, journaliste au *Mirror*.

— J'ai une bonne équipe d'infirmières à l'hôpital et elles me feront un rapport quotidien par téléphone. S'il y avait un problème, je pourrais être de retour en moins d'une journée.

Quelques photographes se glissèrent devant la première rangée de chaises et s'accroupirent pour prendre des photos. L'éclair des flashes fit cligner les yeux de Dafoe.

Applebaum le remarqua et leur demanda poliment :

— Heu ! messieurs, pourriez-vous attendre la fin pour prendre vos photos ? Merci.

Il se tourna vers son invité pour recueillir son approbation, mais Dafoe, que les photographes ne dérangeaient pas vraiment, n'avait pas remarqué sa délicate attention.

— Docteur, cria agressivement un correspondant de *NBC*, pensez-vous que les quintuplées sont maintenant hors de danger ?

— C'est difficile à dire. Comme vous le savez, c'est la première fois que des quintuplés vivent plus de quelques jours. Il n'y a pas d'antécédents pour nous dire ce à quoi nous devons nous attendre. Il est toujours possible que de nouveaux problèmes surgissent et nous devons donc prendre les choses au jour le jour. Du moins jusqu'à ce qu'elles aient un an révolu.

Les journalistes prenaient fébrilement en note ces généralités comme s'il s'agissait d'un brillant discours médical.

— Avez-vous été étonné d'être proposé pour le prix Nobel ? demanda le rédacteur en chef du *World*.

Dafoe arbora une expression perplexe qui correspondait parfaitement à son image médiatique.

— C'est évidemment un honneur pour moi, mais je n'ai pas fait de grandes découvertes ni rien d'extraordinaire. J'ai seulement mis des bébés au monde.

Séduits par sa réponse, les journalistes se remirent à écrire avec encore plus de fébrilité.

Dafoe sourit. Il savait que sa naïveté leur plaisait.

— Ce n'était pas la première fois et, connaissant mes patients canadiens-français, j'ai l'impression que ce ne sera pas la dernière.

Les journalistes s'esclaffèrent. Ils appréciaient le sous-entendu.

— Pendant votre séjour, avez-vous l'intention de donner des conférences dans certains hôpitaux sur les techniques que vous avez utilisées pour garder les quintuplées en vie ?

C'était la voix puissante du journaliste du *Herald-American*.

— Mes techniques ?

Il pensa que les gens de la ville compliquaient toujours tout.

— La seule technique que j'ai utilisée, c'est le gros bon sens. Je ne pense pas que je puisse apprendre grand-chose à vos médecins.

Même s'il était sincère, certains journalistes crurent qu'il plaisantait. Ils trouvaient qu'il jouait parfaitement son rôle.

— Que prévoyez-vous faire pour votre première soirée à New York? demanda le journaliste du *Daily News*.

— Euh! dit-il timidement, je crois que vous avez de bons spectacles de variétés à l'affiche. J'aimerais bien en voir un – il jeta un coup d'œil vers Applebaum. – Je n'en ai jamais vu.

Applebaum n'eut pas besoin d'en entendre davantage. Il modifia immédiatement le programme de la soirée pour remplacer le concert de violon à Steinway Hall par le spectacle d'Ethel Merman à Broadway.

— Oui, bien sûr. Nous irons à un spectacle ce soir.

— J'ai entendu dire que notre patron vous avait invité à sa réception de la Saint-Valentin.

C'était la journaliste qui travaillait pour Hearst au *Journal*.

— Oh! oui.

Dafoe se rengorgeait, mais il n'avait aucune idée de ce à quoi pouvait ressembler une réception offerte par un magnat de la presse.

— J'imagine que vous y serez tous.

Ils crurent qu'il plaisantait et éclatèrent de rire. Mais en voyant l'air perplexe de Dafoe, certains se dirent qu'il était peut-être sérieux. Pouvait-il être vraiment aussi naïf? Ils s'interrogèrent du regard et, dans le doute, s'esclaffèrent de nouveau.

Le docteur, de plus en plus perplexe, se joignit à eux.

Dafoe n'avait jamais vu une maison aussi somptueuse que l'hôtel particulier de William Randolph Hearst à New York. Le hall circulaire était trois fois plus grand que l'entrée de l'église de Callander. Des lustres de cristal descendaient des hauts plafonds. De larges portes-fenêtres donnaient sur d'immenses pièces au sol de marbre blanc. Où qu'il regardât, il voyait des choses qu'il n'avait pu qu'imaginer jusque-là. Même les photos de palais royaux et d'hôtels particuliers de Hollywood, dont les pages du *Mayfair* étaient pleines, ne lui avaient pas permis de se représenter une maison comme celle-ci.

La salle de bal où se tenait la réception débordait de sons et de couleurs. Sous un flot de ballons rouges et de découpages en forme de cœur, des smokings noirs accompagnaient sur la piste de danse des robes du soir parsemées de paillettes d'or et d'argent. Des pianistes, drapés de soie rouge de la tête aux pieds, jouaient inlassablement à l'unisson *Anything goes* sur des pianos à queue placés aux deux extrémités de la pièce. De nombreux invités chantaient en chœur. Certains se contentaient de boire et de manger. D'autres tripotaient les napperons et les serviettes rouges qui jonchaient les tables et regardaient autour d'eux pour identifier les invités. D'autres encore bavardaient avec de vieilles connaissances dans l'attente, et dans l'espoir, d'une rencontre avec l'invité d'honneur.

Hearst faisait le tour de la pièce avec Dafoe et l'exhibait à quelques amis triés sur le volet, comme un cheval primé. Ils ignorèrent plusieurs invités insignifiants, faire-valoir des célébrités, qui assistaient à toutes les réceptions de Hearst. Ils se contentaient de sourire au passage de Dafoe. Ils savaient ce qu'on attendait d'eux : faire du bruit, braver les convenances, prendre un verre et surtout donner aux autres invités le sentiment de leur importance. Même s'ils le regrettaient, ils savaient qu'ils ne seraient pas présentés à l'invité d'honneur qu'on dirigeait maintenant ailleurs vers des personnages plus importants qu'eux.

Hearst et Dafoe s'approchèrent d'un homme de l'âge du médecin, à l'allure distinguée.

— Docteur, je vous présente William Astor.

— Je suis enchanté de faire votre connaissance, docteur, dit Astor en lui serrant la main. Vous devez être très fier de ce que vous avez accompli.

Il prit une gorgée de vin rouge.

— Merci, répondit modestement Dafoe.

— M. Astor est le propriétaire de l'hôtel où vous êtes descendu, docteur.

— Vraiment ?

— J'espère que vous appréciez votre séjour, répliqua Astor en souriant.

— C'est un très bel hôtel.

— Je vous remercie. C'est ce que nous pensons, mais nous aimons l'entendre dire par nos clients de marque.

Hearst aperçut des visages marqués d'impatience à l'autre bout de la pièce. Il leur fit signe que leur tour viendrait bientôt.

— Je regrette que ma femme ne soit pas là – Astor fit des yeux le tour de la salle. – Elle s'est encore volatilisée, comme d'habitude. Elle aurait tant aimé vous rencontrer.

Déjà, Hearst entraînait Dafoe ailleurs.

— Je ferai les présentations si nous la rencontrons.

Il désigna quelqu'un un peu plus loin.

— Jeff, comment ça va ?

Ils se dirigèrent vers un homme qui tenait un cocktail d'une main et un canapé en forme de cœur de l'autre. À côté de lui, se trouvait une grande femme séduisante, au hâle éclatant et vêtue d'une robe rouge vif.

— Je pensais que tu n'arriverais jamais jusqu'à moi, dit Jeff à Hearst.

— Tout le monde veut rencontrer notre homme, répondit Hearst avec un grand sourire. Docteur, je vous présente Jeff Casey.

Casey engloutit son canapé et tendit la main.

— Enchanté de vous connaître.

— Et sa femme, Jane.

— C'est vraiment un plaisir – Mme Casey serra la main de Dafoe. – Nous nous passionnons tous pour vos filles.

— Merci, madame.

— Ça c'est vrai, cria une voix derrière eux. Mais quels affreux parents !

— Les quintuplées ont de la chance d'être entre les mains de quelqu'un d'aussi attentionné que vous, ajouta Mme Casey.

Dafoe se contenta de sourire.

— Jeff est le président de Colgate, lui précisa Hearst.

C'était le premier nom familier que Dafoe entendait prononcer ce jour-là.

— J'utilise régulièrement votre dentifrice, vous savez.

— Bien ! Je suis heureux de vous l'entendre dire.

— Ces bébés sont tout ce qu'on peut imaginer de plus mignon, ajouta Mme Casey. Nous suivons leur évolution tous les mois aux actualités filmées. C'est comme si nous regardions grandir nos propres petites.

— C'est drôle que vous me parliez de cela, plaisanta Dafoe. Je disais justement hier aux gens de chez Pathé que les moindres faits et gestes des petites n'intéressaient pas tout le monde.

— Au contraire, ça nous intéresse, insista Mme Casey. Et c'est aussi le cas de toutes mes amies.

— Nous pourrions peut-être nous revoir un peu plus tard, suggéra Jeff. Je voudrais discuter de quelque chose avec vous.

— Bien sûr. Pourquoi pas ?

Dafoe était prêt à discuter de n'importe quoi avec n'importe qui.

Hearst se dirigeait ailleurs dans la salle et il invita Dafoe à le suivre.

En traversant la pièce, ils entendirent derrière eux une sensuelle voix féminine.

— Monsieur Hearst.

Ils se retournèrent. Le visage séduisant était familier à Dafoe, mais il ne se souvenait pas où il l'avait vu.

— Vous me présentez ? demanda la femme à Hearst.

— Bien sûr, répondit Hearst, bon enfant. Docteur, voici Sally Rand.

— C'est ça ! Je savais bien que je vous avais déjà vue. Je ne vous avais pas reconnue sans vos...

— Je sais – Sally souriait chaleureusement. Je suis très émue de faire votre connaissance.

— Eh bien, je vous remercie, mademoiselle Rand.

Il lorgna ses longues jambes et ses formes harmonieuses en espérant qu'elle ne le remarquerait pas.

— Je constate que M. Hearst vous réserve son traitement de faveur.

— Oui, répondit Hearst à la place de Dafoe. Et le docteur

doit encore rencontrer beaucoup d'autres personnes. Si vous voulez bien nous excuser.

Un peu blessée, Sally comprenait quand même l'impatience de Hearst. L'année précédente, elle avait été la vedette de cette même réception et il l'avait alors trimballée toute la soirée pour la présenter à tous ses invités chic. Cette année, c'était Dafoe qui était l'étoile montante.

— Bonne chance, dit-elle à Dafoe en fronçant le nez.

— Merci.

Il la regarda s'éloigner et donna un coup de coude à Hearst.

— Pas mal, murmura-t-il en faisant un clin d'œil à Sally qui se fondait dans la foule.

Hearst aperçut Al Smith, l'ancien gouverneur de l'État de New York, qui lui faisait signe.

— Le voici, le docteur Allan Dafoe.

Smith saisit la main de Dafoe et la serra fermement.

— Nous suivons tous attentivement les progrès de vos quintuplées. Je suis très heureux de rencontrer l'homme qui leur a sauvé la vie.

— Je n'ai fait que mon travail, monsieur Smith.

— Tu entends ça, Bill? dit Smith avec un petit rire. Il n'a fait que son travail!

— Vous êtes un homme modeste, docteur, ajouta Hearst.

— On m'a dit que vous alliez rencontrer un de mes anciens adversaires au cours des prochains jours, observa Smith.

Dafoe le regarda, l'air perplexe.

— Roosevelt.

Dafoe ne saisissait pas le rapport et il n'essaya pas de comprendre.

— Ah! oui. Et j'ai hâte.

Il n'arrivait pas encore à croire qu'il allait rencontrer le président des États-Unis.

— Vous le saluerez de ma part, s'esclaffa Smith. Mais j'espère que vous aurez un peu de temps libre, avant de vous sauver à Washington pour que je puisse vous emmener au sommet de l'Empire State Building.

— Pourquoi pas ? dit Dafoe en haussant les épaules.

Son désir de tout voir et de tout faire était aussi intense que celui d'un enfant qui explore un château enchanté.

— Pourquoi pas ? gloussa Smith en s'éloignant.

Hearst se tourna vers Dafoe.

— Est-ce que vous vous amusez ?

— Oh ! oui, dit Dafoe avec exubérance. Vos amis sont très gentils.

— Je ne dirais pas cela, répondit Hearst, amusé.

Il se dirigea tout droit vers d'autres regards impatients.

Ils continuèrent de circuler parmi la foule pour rencontrer des politiciens, des personnages du monde du sport, des vedettes de cinéma, des magnats de la finance accompagnés de leurs femmes forcément plus jeunes qu'eux et couvertes de diamants, des ambassadeurs, quelques mannequins, les charmants visages des habitués de la tournée des réceptions chic.

Il s'amusait de tout. La couleur. Les futilités. Les gens. Leur allure. Leurs paroles. Et surtout l'attention qu'on lui portait. Pour Hearst, c'était seulement sa réception annuelle de la Saint-Valentin. Mais, pour Dafoe, c'était en quelque sorte son avènement. Et même si ce monde où il faisait ses débuts lui était complètement inconnu, il le trouvait enchanteur.

Chaque fois qu'Elzire voulait voir ses bébés, elle devait sortir de la maison, traverser la route, remonter l'allée menant à l'hôpital Dafoe, frapper à la porte, attendre qu'une infirmière lui réponde et demander la permission d'entrer. C'était la marche à suivre à laquelle elle s'était conformée tous les jours sans exception depuis six mois. Mais, même si elle s'y conformait, elle ne pouvait l'accepter.

Tout dans l'hôpital lui déplaisait. L'odeur de désinfectant. L'atmosphère aseptisée. Les infirmières anglophones guindées qui l'accompagnaient dans la pouponnière pour s'assurer qu'elle n'y reste pas trop longtemps. Les règles qui régentaient tout, sauf l'heure à laquelle les bébés salissaient leurs couches. Et surtout, le simple fait que ses petites y soient. Qu'elles soient dans un hôpital plutôt que dans leur maison.

Ce jour-là, il soufflait un vent cinglant. Après avoir cogné à la porte à grands coups, Elzire attendait sur la galerie qu'on lui réponde. Il faisait un froid mordant et, même juste pour traverser la route, elle s'était bien emmitouflée.

Il avait neigé abondamment la nuit précédente et Oliva avait dégagé pour elle un petit chemin entre leur porte d'entrée et la route. À partir de là, il n'y avait plus de problème, étant donné que le gouvernement assurait régulièrement le déneigement tout l'hiver. Les camions qui faisaient sans cesse des livraisons à l'hôpital devaient y avoir un accès rapide et facile. Le gouvernement en avait fait une de ses priorités.

Quand la porte s'ouvrit, Elzire se trouva face à face avec une des nouvelles infirmières qu'elle n'avait rencontrée qu'une ou deux fois auparavant. *Harper* pouvait-on lire sur son uniforme.

— Bonjour, madame Dionne.

— Bonjour. Est-ce que mes petites sont réveillées ?

— Oui, bien sûr.

— Bon.

Elzire s'avança, mais Mme Harper retint fermement la porte de la main.

— Heu ! Le docteur Dafoe ne vous a rien dit avant son départ ?

— À quel propos ? demanda Elzire, un peu inquiète. Est-ce que les bébés vont bien ? Il ne serait pas parti sinon.

— Vous savez bien, voyons ! insinua l'infirmière, très mal à l'aise. Le rhume de Daniel.

— Quoi ?

— Vous connaissez la hantise du docteur pour les microbes, dit-elle en essayant de distraire Elzire de sa colère. Avant de partir, il nous a bien averties de ne pas vous laisser entrer, ni vous ni M. Dionne. Pas avant qu'il soit de retour et qu'il ait examiné tout le monde.

À cet instant, Elzire était trop gelée pour se fâcher en entendant de telles stupidités.

— Je crève de froid. Laissez-moi entrer.

— Je regrette, madame Dionne.

— Mais je n'ai pas le rhume, moi, dit Elzire avec frustation. Et de toute façon, grommela-t-elle, je vous ferai remarquer qu'on n'autorise jamais mes autres enfants à venir ici.

— Je vous en prie, madame Dionne. Si le docteur Dafoe était ici, il vous donnerait peut-être l'autorisation, mais il a laissé des consignes très strictes. Vous devrez attendre son retour.

Elle commença à refermer la porte, lentement pour ne pas paraître impolie.

— C'est absolument ridicule !

Elzire tenta de nouveau d'entrer en forçant la porte.

— Laissez-moi entrer.

L'infirmière lui barra le passage.

Elzire essayait de se glisser à l'intérieur.

— Madame Dionne, je vous en prie.

L'infirmière était embarrassée, mais elle retenait toujours la porte aussi fermement que possible.

— Excusez-moi.

Elzire s'efforçait encore de garder son calme.

— Je vous en prie, madame Dionne. Je ne veux pas avoir d'ennuis. Je ne fais qu'obéir aux ordres du docteur Dafoe.

— Eh bien, pas moi, assura Elzire. Maintenant, écartez-vous de là.

Elle repoussa l'infirmière et passa rapidement à côté d'elle. Elle dépassa le bureau à sa gauche, emprunta le large couloir qui menait à la cuisine, et entra dans la pouponnière.

Mme Harper la suivait de près et, sidérée, la vit refermer la porte derrière elle. Elle entendit le bruit d'une porte et, levant les yeux, elle vit Mme Leroux qui sortait de la salle de jeu des enfants. Mme Harper fixa sa collègue du regard, sans voix, ne sachant pas si elle devait avouer sa faute. Elle se retourna vers la porte de la pouponnière et frémit. Le docteur Dafoe n'allait pas être content du tout.

7

BON ANNIVERSAIRE !

En revenant à Callander, Dafoe fut étonné de constater combien les endroits familiers lui semblaient maintenant étrangers. Le lac froid et gelé qu'ils avaient longé. La petite gare où le train était arrêté. Le terrain vague à côté de la gare où seule sa voiture couverte de neige était stationnée. Les cinquante, plutôt que cinq cents, personnes venues l'accueillir. Et à la fin du long voyage, sa maison, plutôt que l'hôtel particulier de Hearst.

Il s'extirpa de la voiture devant la petite bâtisse de brique rouge où il habitait. Le souffle coupé par le froid, il se redressa et fut frappé par la hauteur des amas de neige de chaque côté de l'entrée. Davantage de neige et de froid qu'à New York, pensa-t-il, en essayant de prolonger encore un instant les sensations du voyage.

Son esprit était encore plongé dans des souvenirs de foules immenses, d'applaudissements soutenus, de pièces luxueuses et de célébrités obséquieuses, quand Mme Henderson se précipita à sa rencontre, un gros manteau de chat sauvage sur les épaules.

— Soyez le bienvenu à la maison, docteur !

Vraiment contente de le revoir, elle arborait un large

sourire.

— Comment allez-vous, madame Henderson ? lui demanda-t-il sèchement – par politesse plus que par gratitude pour son accueil. – Je suis content d'être de retour.

— Surtout, n'essayez pas de me cacher quoi que ce soit ! J'ai tout entendu à la radio.

Elle étendit le bras vers la banquette arrière de la voiture et s'empara de la grosse valise noire qu'il avait achetée exprès pour ce voyage.

— C'était tout simplement merveilleux, dit-il d'un air songeur. Savez-vous où j'étais il y a à peine deux jours ? Je prenais un café avec le président Franklin D. Roosevelt en personne.

Il fit une pause pour laisser sa déclaration faire son effet.

— Dans le bureau ovale ! Vous savez bien, celui qui est en rond.

— Quel genre de personne est-ce ?

— Quelqu'un de très bien. Exactement comme vous et moi.

Son ton dégagé voulait suggérer qu'il avait eu un entretien familier avec le Président. Elle savait qu'il n'en était rien, mais elle sourit quand même.

— Nous avons discuté pendant un quart d'heure, ajouta-t-il fièrement.

— Vous allez tout me raconter. J'ai préparé un bon souper. Je veux savoir aussi tout ce qu'il s'est passé à New York.

Il se demandait comment il pourrait tout lui expliquer et comment elle pourrait comprendre. Le voyage se ramenait beaucoup plus à des émotions qu'à une suite d'événements, si importants qu'ils fussent. Il pourrait évidemment lui décrire les endroits qu'il avait vus, lui parler des gens qu'il avait rencontrés et des choses qu'il avait faites, mais tout cela ne traduirait pas l'essentiel. Combien il s'était senti important et le bonheur pur et simple que cette reconnaissance lui avait apporté.

— Je vous raconterai tout plus tard.

— Qu'est-ce que vous avez là-dedans ? demanda-t-elle, surprise du poids inattendu de la valise.

Il tendit la main pour l'aider.

— Cela ne vous regarde pas, dit-il en pensant au peignoir en chenille bleu clair qu'il lui avait rapporté.

Les yeux de Mme Henderson étaient brillants.

— Vous le saurez bien assez vite. Pour l'instant, je vais faire un saut à l'hôpital.

Il traîna sa valise le long de l'allée qui menait à la maison, mais Mme Henderson lui saisit le bras. Il y avait une chose qu'elle ne lui avait pas encore dite pour ne pas gâcher le retour du héros, mais elle n'avait plus le choix maintenant.

— Docteur, dit-elle d'un ton hésitant. Avant d'entrer, je dois vous dire qu'Oliva Dionne vous attend à l'intérieur. Ça fait presque une heure qu'il est là.

La seule mention du nom d'Oliva fit éclater son rêve. Il s'arrêta au milieu de l'allée en laissant retomber la valise sur le sol gelé.

— Qu'est-ce qu'il veut encore?

Il était de mauvaise humeur. Il pouvait s'agir de mille choses différentes dont il ne voulait surtout pas s'occuper pour l'instant.

— Il n'a rien voulu me dire. Mais il a l'air d'être très fâché.

— Il ne manquait plus que cela, soupira Dafoe. Je me disais bien que j'aurais dû rester à New York. On me respectait au moins là-bas.

— Ne commencez pas à faire le prétentieux avec moi. Je lui ai dit que je n'étais pas certaine que vous reviendriez aujourd'hui.

Elle ne mentait pourtant pas à tout propos.

— Il est évident qu'il ne vous a pas crue, répondit Dafoe.

— Essayez de vous mettre à sa place – elle l'implorait. – Imaginez un peu comment il doit se sentir.

Dafoe reprit sa marche dans l'allée, agacé à la pensée de la discussion qui allait suivre.

— C'est sa faute. D'abord, il se plaignait de ne pas être membre du conseil. Maintenant, il en est membre, avec un salaire rondclct cn plus, et il n'assiste pas aux réunions. À qui la faute ? À moi peut-être ?

— Mais c'est vous qui êtes responsable, lui fit-elle remarquer.

— Pas autant que vous croyez, répondit-il mollement en se demandant si cette remarque n'était pas plus vraie qu'il ne l'aurait souhaité. C'est vraiment la fin du voyage, marmonna-t-il en se dirigeant vers la maison.

— Et soyez poli avec lui, ordonna-t-elle même si elle savait que c'était probablement trop lui demander.

Depuis neuf mois, elle observait la détérioration des relations entre les deux hommes. Leurs conversations finissaient toujours en disputes. Oliva se plaignait du comportement des infirmières et Dafoe lui disait de s'occuper de sa ferme et de lui laisser la médecine. Oliva disait que ses autres enfants devraient avoir le droit de voir librement leurs sœurs ; Dafoe répétait que la grande quantité de microbes trimballés par les enfants était dangereuse. Oliva soulignait que l'instinct maternel d'Elzire et sa manière tout à fait naturelle de prendre soin des bébés étaient ridiculisés par tout le monde à l'hôpital ; Dafoe se moquait de la manie des catholiques de se faire des idées à propos de rien. Ils ne s'entendaient jamais.

Mme Henderson lui ouvrit la porte et Dafoe inspira profondément.

Oliva patientait dans la petite salle d'attente donnant sur le vestibule, à droite de la porte d'entrée. Il était assis bien droit sur la chaise de bois placée près de la fenêtre dans un coin de la pièce. Dafoe comprit qu'Oliva avait choisi cette chaise pour guetter son arrivée. Autrement, il aurait fait ce que faisaient tous les autres visiteurs : il se serait assis dans le confortable canapé brun placé contre le mur et aurait passé le temps en consultant la passionnante collection de revues disposées sur la table. Ça rendait la visite chez le médecin un peu moins pénible. On ne pouvait trouver la plupart de ces revues, *Harper's*, le *Saturday Evening Post*, *Mayfair* et *The Ladie's Home Journal*, nulle part ailleurs dans les parages.

Oliva bondit de sa chaise et Mme Henderson se retrouva debout entre les deux hommes comme l'arbitre d'un combat de boxe. Et le docteur et le père se comportèrent en fait comme des pugilistes. Ils se toisèrent, échangèrent des regards pleins de méfiance et hésitèrent à attaquer.

— Oliva – Dafoe fit un effort pour sourire. – J'espère que tu n'as pas attendu trop longtemps.

Il aurait voulu garder un ton poli, mais il ne croyait pas qu'Oliva en serait capable.

— Tiens, tiens ! se moqua Oliva. Si ce n'est pas le docteur miracle ! j'ai entendu dire que... « vous aviez attendri le cœur de pierre de Manhattan ».

Si Oliva était aussi sarcastique à propos du voyage si réussi de Dafoe, c'était un peu à cause des mauvais souvenirs qu'il gardait de son propre voyage à Chicago le mois précédent. Des amis avaient cru que ce serait une bonne opération de relations publiques qui pourrait redorer l'image de la famille après l'affreuse histoire avec Spear. Il y était allé avec Elzire. Mais le plan avait échoué. Et ils avaient eu l'air encore plus ridicules qu'avant. Ce qui prouvait, selon Oliva, que l'histoire des Dionne était écrite d'avance et que les rôles des bons et des méchants avaient déjà été distribués.

— Vous avez dû bien vous amuser, dit Oliva au héros.

Les efforts de Dafoe pour rester poli tournèrent court. Son sourire forcé se changea en grimace.

— Qu'est-ce que je peux faire pour toi, Oliva ?

Le ton était devenu froid et professionnel.

— Pourquoi avez-vous dit à votre infirmière d'empêcher ma femme d'entrer dans l'hôpital ? lui demanda Oliva.

— Quoi ?

— Ne jouez pas à l'innocent avec moi, prévint Oliva.

Il y avait une lueur mauvaise dans ses yeux sombres et ses bras et son cou étaient contractés.

Mme Henderson hocha la tête en se retirant du feu de l'action.

— C'est reparti, marmonna-t-elle.

Elle espérait que, pour une fois, Dafoe prendrait le temps d'écouter ce qu'Oliva avait à dire. Plus souvent qu'autrement, elle était d'accord avec Oliva et elle le disait au docteur. Mais il n'écoutait pas les gens qu'il considérait comme inférieurs à lui, elle pas plus que les autres.

— Écoute, Oliva, soupira Dafoe d'un ton las en retirant son manteau à col de renard, j'ai fait un long voyage. Ne pourrait-on pas parler de tout cela à un autre moment ?

— Je me fiche de votre voyage. Je veux en parler tout de suite.

— Madame Henderson, dit Dafoe qui regardait toujours Oliva, voudriez-vous aller défaire ma valise, s'il vous plaît ? Et téléphoner à l'hôpital pour dire que j'arrive.

— Oui, docteur.

Elle prit la valise à deux mains et sortit lentement de la pièce. Elle jeta un coup d'œil par-dessus son épaule puis hissa le bagage dans le long escalier raide, marche après marche.

Dafoe attendit que Mme Henderson se soit suffisamment éloignée pour ne plus les entendre.

— Bon, quelles sont ces sottises à propos de mon infirmière ?

Pour éviter de regarder Oliva, il tripotait son manteau qu'il portait sur le bras.

— Elle a voulu empêcher Elzire d'entrer à cause du rhume de Daniel.

Dafoe ne répondit pas. Il se retourna et accrocha son manteau à la patère près de la porte. Il ne voulait pas faire face à l'homme en colère.

— Elle a dit que vous aviez donné des ordres.

— Ah ! ça oui.

Dafoe se souvenait maintenant et il se tourna vers Oliva. Il entendit un bruit de pas rapides.

— Docteur, comment avez-vous pu laisser une chose pareille arriver ?

Mme Henderson avait descendu l'escalier à toute vitesse et était revenue dans la pièce, portée par une vague de sympathie.

— Pauvre Elzire.

Dafoe décida qu'il pouvait se passer de cette complicité.

— Madame Henderson, la prévint-il, vous feriez mieux de sortir d'ici.

— Eh bien ! je pense que c'est la pire...

— Je me moque éperdument de ce que vous pensez, hurla Dafoe. Je vous ai dit d'aller défaire ma valise.

— Bon, bon. Ce n'est pas nécessaire de crier comme ça.

Elle quitta la pièce aussi vite qu'elle y était entrée.

Dafoe soupira, sachant qu'il connaîtrait son point de vue de long en large un peu plus tard. Il en avait assez de l'entendre, comme il en avait assez d'avoir toujours à répéter les mêmes choses à Oliva.

— Je t'ai expliqué des centaines de fois ce que les microbes pouvaient faire aux bébés.

Il avait l'impression qu'il pourrait le lui expliquer encore des centaines de fois et qu'Oliva ne comprendrait toujours pas.

— J'en ai par-dessus la tête d'entendre parler de microbes, dit Oliva les dents serrées. Quand mes autres enfants sont malades, je ne les enferme pas à l'écart de tout le monde.

— Justement, sermonna Dafoe. Les quintuplées ne sont pas comme tes autres enfants. Elles ne sont comme aucun autre enfant au monde. On ne peut pas prendre le risque de les exposer à quelque microbe que ce soit, même pas à celui d'un petit rhume.

— Pourquoi ne me laissez-vous pas m'occuper de ça ?

Oliva n'aimait pas qu'on insinue qu'il ne pouvait pas prendre soin des quintuplées aussi bien que de ses cinq autres enfants.

— Pensez-vous que je leur ferais du mal ?

— Tu n'es pas médecin.

Dafoe se glissa jusqu'à son bureau dans le cabinet de consultation attenant.

— Elles ont besoin d'une surveillance médicale, peux-tu comprendre ça ?

Il était certain d'avoir toujours pris les bonnes décisions d'ordre médical pour les bébés.

— Ce que vous voulez dire, c'est qu'il faut les protéger contre nous.

Il lança un regard furieux à Dafoe qui ne lui répondit pas.

— Elzire est entrée quand même, vous savez. Et il n'est rien arrivé.

— Quoi!

Il se rappela les consignes précises qu'il avait données aux infirmières. Il s'occuperait de ça plus tard. Mais pour l'instant, il fallait au moins couper court à ce ridicule entretien.

— De quoi te plains-tu alors?

— Pourquoi ne reconnaissez-vous pas que vous adorez nous mener tous au doigt et à l'œil?

— Ce n'est pas ce que tu penses. Pas du tout.

Dafoe manipulait des papiers sur son bureau.

— Regarde toutes ces lettres du gouvernement. Ne comprends-tu pas que les quintuplées appartiennent maintenant au monde entier?

Il laissa dériver son esprit jusqu'à New York et revit des visages intéressés et approbateurs.

Oliva n'en croyait pas ses oreilles.

— Mais de quoi parlez-vous?

— Même *Time* veut les avoir en première page, dit rêveusement Dafoe.

C'était vrai. À la réception donnée par Hearst, il avait rencontré Henry R. Luce en personne. Luce avait traité Dafoe avec les mêmes égards que s'il avait été un chef d'État dont les quintuplées auraient été les loyaux sujets.

— La revue *Time*, insista Dafoe. Est-ce que tu te rends compte?

Dans son délire, il pensait que cette nouvelle impressionnerait Oliva autant que lui. Celui-ci resta bouche bée en voyant l'air égaré de l'individu qui lui faisait face.

— Et les actualités filmées, ajouta Dafoe, ravi. Leur équipe sera ici sous peu pour produire quelque chose à l'occasion du premier anniversaire des petites.

— Mais leur anniversaire n'est que dans trois mois.

Oliva était déconcerté par ce que Dafoe disait, mais il n'était pas surpris. Il voyait bien que le docteur divaguait.

— Je le sais bien, mais il faut tourner le film d'avance pour que les actualités passent dans les cinémas le jour même de leur anniversaire. On va juste devancer un peu la fête.

Dafoe disait cela comme si c'était parfaitement logique. C'était ce qu'il avait pensé quand les gens de chez Pathé l'avaient approché à New York. Il aurait pu refuser s'il l'avait voulu, mais pour quelle raison? Les yeux du monde entier étaient fixés sur les quintuplées. Comment aurait-il pu laisser passer la merveilleuse occasion de se trouver avec elles sous les feux des projecteurs?

— Et vous trouvez que tout cela est plus important que de laisser Elzire voir les bébés? demanda Oliva. Ses propres enfants?

— Les temps changent, Oliva. Pourquoi ne profites-tu pas tout simplement de ce qui arrive?

— En profiter? répondit Oliva estomaqué. Vous êtes devenu complètement fou!

D'une certaine façon, c'était vrai, mais Dafoe aimait ça et profitait pleinement de chaque instant. Mme Henderson, encore à portée d'oreilles, ne put se retenir plus longtemps.

— Pourquoi n'écoutez-vous pas ce qu'il vous dit? cria-t-elle depuis le haut de l'escalier – interrompant le rêve éveillé du médecin, pour la deuxième fois depuis son retour. – Ce sont les premières paroles sensées que j'entends dans cette maison depuis longtemps.

Dafoe comprit qu'il était vraiment de retour à Callander.

— Écoute, ça ne sert à rien de continuer à discuter. Il est évident que tu n'apprécies pas ce qu'on fait pour tes filles.

— Je ne peux pas le croire – le visage d'Oliva était rouge de colère. – Vous n'avez pas écouté un mot de ce que j'ai dit.

Il tourna les talons et sortit de la pièce.

Mme Henderson descendit l'escalier.

— Il a raison, vous savez, lança-t-elle à Dafoe qui était encore dans son cabinet de consultation. Vous n'avez pas écouté un mot de ce qu'il a dit. Je ne le blâmerais pas s'il refusait de vous adresser à nouveau la parole.

— J'en serais très heureux, cria Dafoe.

Ça le mettait en colère qu'un homme dans sa position doive supporter de tels propos. Ou ceux d'Oliva, d'ailleurs. Ils ne semblaient comprendre ni l'un ni l'autre que tout ce qui arrivait était pour le mieux. Il sortit dans le vestibule à la suite d'Oliva et le gronda.

— Ne sois pas stupide!

Mais Oliva sortait déjà et il se heurta à Mort Fellman qui allait frapper à la porte d'entrée.

Fellman salua Oliva et le suivit des yeux alors qu'il s'éloignait rapidement sans dire un mot.

Dafoe se demanda si Fellman avait surpris une partie de la conversation.

— Mort. Entrez donc!

Il referma la porte dès que Fellman fut entré.

— Comment allez-vous?

— Je vais très bien.

Fellman était tellement préoccupé par ce qu'il venait de se passer qu'il en avait presque oublié la raison de sa visite.

— Je constate que Dionne est heureux de vous voir de retour.

— Si vous saviez tout ce que je dois supporter, soupira Dafoe.

Il se retourna pour voir si Mme Henderson était toujours dans les parages. Elle l'était et elle lui jeta un regard glacial.

— Avez-vous fini de défaire ma valise?

— J'allais le faire, dit-elle l'air revêche et elle monta de nouveau l'escalier.

Dafoe conduisit Fellman jusqu'à la salle de séjour. La pièce était encombrée de meubles sans caractère qu'il avait hérités de son prédécesseur. Les tables de noyer étaient couvertes de piles de livres et de revues portant sur tous les sujets imaginables. Contre un des murs, il y avait un gros récepteur de radio RCA. Sur une table voisine, son poste à ondes courtes. Un lampadaire de cuivre éclairait une bergère brune dont le siège était défoncé. Dafoe s'y effondra. Fellman s'installa juste en face sur le canapé.

— De quoi s'agissait-il ? demanda Fellman intrigué par le départ précipité d'Oliva et la mine renfrognée de Mme Henderson.

— Ça ne vaut même pas la peine d'en parler, Mort. C'est toujours la même chose, vous savez.

— C'est ce que je pensais.

Fellman était bien au fait de l'animosité croissante entre les Dionne et Dafoe. Même si Dafoe et lui n'étaient pas devenus de vrais amis, le docteur se confiait de plus en plus au jeune journaliste. Il avait besoin de quelqu'un à qui parler, surtout que de plus en plus de personnes, à l'hôpital et autour, commençaient à s'opposer à certaines de ses décisions. Fellman lui-même éprouvait des sentiments partagés au sujet de la bataille qui s'était engagée à propos des quintuplées. Il lui arrivait même de trouver parfois que Dafoe exagérait. S'il avait été Dionne, il se serait probablement plaint lui aussi.

— C'est leur père, docteur. C'est normal qu'il veuille ravoir ses enfants.

— Ne parlons plus de ça.

Dafoe en avait assez pour la journée.

— Je souhaiterais franchement que cette famille disparaisse simplement de ma vie, ajouta-t-il distraitement. Ça éviterait bien des complications.

Fellman fut moins surpris du franc-parler de Dafoe que de la véhémence de sa remarque. Dafoe était à l'évidence convaincu qu'il devrait avoir pleins pouvoirs sur la destinée des Dionne. Fellman n'approuvait pas du tout ce que le docteur venait de dire, mais il choisit de se taire. Il haussa simplement les épaules.

— Assez parlé d'Oliva Dionne, conclut Dafoe. Vous ne me demandez pas des nouvelles de mon voyage ?

— C'est pour ça que je suis venu, dit Fellman avec entrain – mais il aurait préféré ne pas changer le sujet de la conversation. – J'ai eu les nouvelles par téléscripteur tous les jours. Ça avait l'air pas mal excitant.

— Un vrai tohu-bohu !

Dafoe se leva.

— Mais avant d'en parler, annonça-t-il nonchalamment, je vais vous préparer un Alexander. Savez-vous ce que c'est, Mort ?

Fellman haussa les épaules. Dafoe disparut dans la cuisine et revint avec une petite bouteille contenant un liquide crémeux.

— Je gage que c'est une de ces boissons originales que vous avez goûtées à New York, répondit Fellman.

— C'est Walter Winchel, le chroniqueur, qui m'a montré comment les préparer, dit Dafoe complètement emballé.

Tournant le dos à Fellman, Dafoe dosait ses mélanges sur le buffet.

Fellman haussa de nouveau les épaules en pensant qu'il y avait des choses plus importantes et plus dignes d'être publiées que la recette d'un cocktail new-yorkais. Il aurait voulu découvrir davantage les sentiments de Dafoe envers les Dionne. Mais il savait, pour l'avoir appris très tôt dans sa carrière, que le mieux est l'ennemi du bien. Et il ne voulait pas éveiller la méfiance de Dafoe avant d'en avoir appris davantage.

La pièce était aménagée comme pour une fête, avec beaucoup de décorations. Mais tous les rubans multicolores et tout le papier gaufré du monde ne pouvaient camoufler la nature de l'hôpital Dafoe, avec ses murs blancs comme neige, son linoléum gris étincelant et ses ampoules nues et aveuglantes. Il y avait partout des gens qui jacassaient et arboraient de grands sourires mais qui faisaient seulement semblant de participer à une véritable fête.

Curieux, Fellman fit, des yeux, le tour de la pièce bondée.

Le terme réjouissance n'était certainement pas approprié pour décrire cet événement, mis en scène à l'occasion du premier anniversaire des quintuplées. L'ironie de la chose, pensait Fellman, c'est qu'un peu moins d'un an plus tôt, son rédacteur en chef avait pensé à déplacer l'article sur la naissance des quintuplées en deuxième page à cause d'une nouvelle de dernière heure à propos d'un cambriolage à la maison du maire de North Bay. La célébration d'aujourd'hui ferait certainement la une de tous les journaux du monde.

Fellman trouvait que l'idée de devancer l'anniversaire de deux mois était déjà étrange, mais l'absence totale d'invités qu'on retrouve normalement à une fête d'enfants le rendait encore plus perplexe. Pas d'autres enfants, pas de membres de la famille et pas d'amis. Seulement une meute de journalistes, une équipe des actualités filmées, des fonctionnaires du gouvernement et quelques personnes élégamment vêtues que personne ne semblait connaître. L'homme qui portait un sac de la Twentieth Century-Fox, par exemple. Il avait l'air de faire partie de l'équipe des actualités filmées – c'est ce que Dafoe avait dit en tout cas –, mais Fellman en doutait. C'est Pathé qui avait les droits exclusifs, pas Fox-Movietone. Qui plus est, l'homme n'avait apparemment rien à faire.

Mais, pour la plupart des invités, cette réception était un événement. C'était la première fois que le public était admis à l'hôpital et que la majorité des journalistes allaient voir les quintuplées en chair et en os. Une grande excitation se lisait sur tous les visages.

— Voyez comme tout le monde est émoustillé, chuchota Dafoe à Fellman. On dirait une bande d'enfants.

Fellman reconnut que le babillage qui régnait dans la pièce était étourdissant.

— Nous avons tous gardé un côté enfant, répondit-il en se demandant si c'était la chose à dire. Je suis moi-même pas mal excité, ajouta-t-il.

— Ce ne sera pas long, Mort, promit Dafoe. L'équipe des actualités filmées est prête. Nous attendons seulement que Fred

Davis rentre. Il fait quelques photos à l'extérieur pendant qu'il y a encore de la neige. Les Américains adorent voir leurs quintuplées photographiées sur fond de neige.

— Où sont les photographes du *Time*? demanda Fellman en les cherchant des yeux. Je pensais que tout ceci avait été organisé pour eux.

— Euh... c'est pour les actualités filmées aussi, dit Dafoe. Mais vous savez que c'est Davis qui a le droit exclusif de photographier les bébés. Le *Time* devra donc lui acheter les photos qu'il voudra publier.

— Seul un politicien pourrait comprendre toutes ces combines, ironisa Fellman.

— Ce n'est pourtant pas si compliqué que ça, voyons.

Dafoe se retourna et salua l'homme portant un sac de la Twentieth Century-Fox qu'il venait d'apercevoir.

— Qui est-ce? demanda Fellman, en désignant non pas l'homme portant le sac, mais une femme debout près de la porte.

— Qui?

Dafoe vit que Fellman regardait la femme bien roulée qui portait une robe de soie mi-longue et qui avait des épaules en portemanteau.

— Oh! elle. Elle représente Corn Brand, vous savez, le sirop de maïs. Tout le monde voudrait nous avoir pour des réclames ces temps-ci. On voudrait même que je laisse les petites faire de la publicité pour des produits qu'elles n'utilisent pas. Inimaginable!

Fred Davis entra à ce moment précis. Une foule s'attroupa aussitôt autour de lui. Les chroniqueurs du *Time* sans doute, pensa Fellman. Il remarqua qu'ils s'étaient tous habillés comme pour aller au travail plutôt que pour assister à une fête. C'était tout à fait de circonstance.

— Excusez-moi, Mort, dit Dafoe. Je vais aller y mettre un peu d'ordre avant qu'il ne soit submergé.

Il partit comme une flèche.

Dafoe ne l'avait pas sitôt quitté que Fellman aperçut Jack Sharkey, l'habile agent d'affaires des quintuplées, en grande discussion avec le réalisateur de chez Pathé. Debout dans un coin de la pièce, ils semblaient avoir un vif échange. Il s'approcha juste assez pour saisir leur conversation.

Les deux hommes discutaient en long et en large du choix des invités à la réception. Le réalisateur trouvait que plus il y aurait de monde, plus le film ressemblerait à une vraie fête. Sharkey, pour sa part, pensait que la majorité des personnes présentes n'auraient même pas dû être invitées, encore moins autorisées à figurer dans un film aux côtés des quintuplées.

Fellman s'éloigna. Qu'est-ce que ça pouvait bien faire? Qu'ils figurent dans le film ou non, la plupart des invités n'étaient pas à leur place de toute façon.

Fellman jeta un coup d'œil vers Dafoe qui essayait sans succès de disperser la poignée de gens qui traquaient Fred Davis. Quiconque savait se rendre indispensable auprès des quintuplées semblait devenir illico l'homme du jour. Quand les petites étaient entre la vie et la mort, c'était Dafoe. Maintenant qu'elles allaient bien et qu'elles étaient jolies comme des cœurs, c'était Davis avec ses photos qu'on s'arrachait. Demain, ce serait autre chose et quelqu'un d'autre attirerait l'attention.

La porte s'ouvrit doucement. Toutes les têtes se tournèrent pour voir entrer cinq infirmières portant chacune une des quintuplées. Le silence se fit jusqu'à ce que les pleurs d'une des petites suscitent un tonnerre d'applaudissements, suivi d'un flot de paroles animées.

Dès que les quintuplées eurent fait leur entrée solennelle, le réalisateur des actualités filmées hurla son premier ordre.

— Mettez-les là!

Il désigna les cinq chaises hautes placées contre un mur où on avait installé une toile de fond imitant un papier peint fleuri.

Les invités essayaient de s'approcher, les yeux fixés sur le spectacle étonnant et merveilleux qui s'offrait à eux.

Sharkey circulait parmi la foule en demandant aux personnes qu'il ne reconnaissait pas de reculer.

Pendant ce temps, Dafoe s'affairait autour des bébés sans

quitter des yeux l'objectif de l'appareil photo de Fred Davis.

— Dépêchons-nous de tourner avant qu'elles se mettent à pleurer, commanda froidement le réalisateur à son équipe.

Les éclairagistes allumèrent leurs lampes à arc et les dirigèrent vers les quintuplées qui clignèrent des yeux et détournèrent la tête.

— Il ne manquait plus que ça, se plaignit le réalisateur en se tournant vers Dafoe. Pourriez-vous faire quelque chose pour qu'elles changent d'expression, docteur?

Jouant maternellement au régisseur, Dafoe supplia les petites de le regarder et de sourire pendant que les caméras tournaient. Mais c'était une tâche ardue, d'autant plus qu'il essayait en même temps de garder son propre visage tourné vers l'objectif.

— Ça va, dit le réalisateur pas particulièrement satisfait de la scène des chaises hautes. Les cadeaux maintenant.

— Et le gâteau? demanda Dafoe. Est-ce qu'on ne devrait pas faire les choses dans l'ordre. D'habitude, on souffle les bougies avant d'ouvrir les cadeaux.

Il sourit à l'évocation de ses propres souvenirs d'enfance.

— Mille pardons, docteur, dit poliment le réalisateur pendant que les cameramen et les éclairagistes déplaçaient leur équipement vers un autre coin. Il ne peut pas y avoir de bougies. Pas avec notre éclairage. Et j'aimerais mieux tourner la scène des cadeaux avant que les mains des petites soient pleines de gâteau et de glace. Comprenez-vous?

— Je suppose que vous avez raison, dit Dafoe, réflexion faite. Ainsi va la vie d'artiste sans doute, ajouta-t-il en riant, mais le réalisateur qui parlait à un de ses cameramen quelques mètres plus loin ne l'avait pas entendu.

Dafoe regarda quelques journalistes dans l'espoir de leur faire partager ses pensées, mais ils semblaient tous préoccupés. La rumeur circulait que Jimmy Stewart était à la porte et voulait entrer voir les quintuplées. C'était impossible, Dafoe en était convaincu, sinon quelqu'un l'aurait certainement averti.

La caméra se fixa sur une pile d'une vingtaine de

cadeaux. Dafoe s'agenouilla et en prit un au hasard.

Les cinq infirmières s'approchèrent et posèrent les bébés par terre près de lui. Elles se déplaçaient lentement, avec attention, et prenaient la pose avant de disparaître du champ de la caméra. Fellman se dit que c'était drôle de penser que ces infirmières de village, destinées à travailler dans de petits hôpitaux de campagne et à épouser des fermiers ou des chômeurs, deviendraient des idoles du public dans quelques semaines.

Dafoe était assis par terre, jambes écartées, assailli par les bébés. Il ouvrait les cadeaux l'un après l'autre et les montrait à la caméra et aux petites. À la fin de la scène, il regarda les chroniqueurs du *Time* droit dans les yeux en leur désignant les cadeaux déballés.

— Vous avez bien vu, pas un seul cadeau des Dionne.

Fellman, qui se préparait à partir, dévisagea Dafoe d'un air incrédule. Il se demandait si le docteur croyait vraiment que les Dionne enverraient un cadeau ou s'il voulait seulement se faire bien voir des gens du *Time* pour le grand reportage à la une qu'ils préparaient.

En quittant la réception, Fellman se dit que c'était aussi bien que les Dionne ne soient pas venus. Il n'y avait pas de place pour eux dans le scénario.

Elzire se présenta à la porte de l'hôpital Dafoe vers huit heures ce soir-là. Elle avait attendu que l'équipe des actualités filmées ait emballé le matériel et soit partie. C'était cinq heures plus tard que son habituelle visite de l'après-midi et elle avait hâte de voir ses bébés.

— Elzire !

C'est Dafoe, sur le point de partir avec son manteau sur le dos, qui lui ouvrit la porte.

— On ne t'a pas vue à la réception, observa-t-il, comme si on avait vraiment regretté qu'elle ne soit pas là.

— Je fêterai l'anniversaire de mes bébés en temps et lieu, répondit-elle froidement. Et par ailleurs, je n'ai pas besoin d'attendre une invitation pour voir mes propres enfants.

Oliva et elle n'en étaient pas revenus quand ils avaient reçu l'invitation. C'était déjà assez de l'avoir envoyée, mais est-ce qu'on avait vraiment cru qu'ils viendraient?

— Eh! bien, il aurait été plus convenable que tu sois là – Dafoe lui faisait la morale. Il me semble que tu aurais dû comprendre ça.

Elzire ne saisit pas l'occasion qui s'offrait à elle. Elle ne voulait pas de dispute. Pas en ce moment. Elle voulait seulement voir ses enfants.

— Je voudrais voir les petites quelques minutes, demanda-t-elle poliment.

— J'aimerais mieux qu'on ne les dérange pas maintenant. Elles étaient très agitées après toutes ces émotions. Les infirmières ont eu beaucoup de difficulté à les calmer.

Elle ne s'étonna pas réellement du refus. Elle avait déjà eu l'occasion de constater à quel point le docteur avait changé depuis la naissance.

— Pourquoi vous ne voulez pas que je les voie? demanda-t-elle en essayant de garder son calme. Avez-vous peur que je leur fasse du mal?

— Pourquoi ne reviens-tu pas demain?

— Je voudrais seulement les embrasser avant qu'elles s'endorment.

Dafoe plissa les yeux.

— Ecoute, Elzire, je ne suis pas comme mes infirmières. Je ne me laisserai pas marcher sur les pieds. Tu aurais pu les voir plus tôt comme tout le monde.

— Mais c'est maintenant que je veux les voir, insista-t-elle.

La frustration qu'elle éprouvait d'être à la merci de quelqu'un pour voir ses propres enfants lui fendait le cœur.

— Je t'ai déjà dit qu'elles dormaient. Je ne peux tout de même pas te laisser entrer et les réveiller quand le cœur t'en dit.

Il allait refermer la porte et Elzire était trop bouleversée pour s'y opposer.

— Tu aurais vraiment dû venir à la réception, répéta-t-il

en fermant la porte.

Elzire pensa d'abord recommencer à marteler la porte et continuer jusqu'à ce qu'elle s'ouvre. Mais au moment où elle levait la main, elle entendit le verrou claquer à l'intérieur et Dafoe s'éloigner à petits pas dans le couloir. Il allait sans doute donner de nouvelles directives à ses infirmières avant de retourner chez lui. Les yeux pleins de larmes, Elzire n'arrivait pas à comprendre ce qu'il venait de se passer. Elle venait de se faire arracher, en un clin d'œil, le peu de contrôle qu'elle croyait encore avoir sur ses petites. Elle lâcha la double porte qui se referma en claquant et retraversa la route en pleurant.

Dès qu'elle entra dans la maison, Oliva vit bien que ça n'allait pas du tout.

— Qu'est-ce qui est arrivé ?

Il était inquiet de la voir si bouleversée.

Elle se laissa tomber sur une chaise et lui raconta son entretien avec Dafoe.

— Ce salaud pense qu'il peut se comporter à sa guise avec toi.

Fou de rage, il arpentait la cuisine. Puis il saisit sa veste en laine.

— Il va avoir affaire à moi.

— Chut ! Oliva, je t'en prie, supplia Elzire en pensant aux enfants endormis dans leurs lits. Laisse tomber, je les verrai demain.

— Pour qui se prend-il ?

Enragé, Oliva n'écoutait pas Elzire.

— Viens !

Il se dirigea vers la porte d'entrée.

— Où ?

— Nous allons voir les bébés, déclara-t-il. Personne ne décidera plus à ta place quand tu peux ou non leur rendre visite. Plus jamais.

Elzire restait assise.

— Non, Oliva, on va juste s'attirer plus d'ennuis.

Son appréhension irritait Oliva.

— Veux-tu les voir tes enfants ou non ?

Elzire se tourna vers lui sans oser dire un mot. Surtout pas « laissons les choses telles qu'elles sont. » Ça mettrait Olivia en furie.

— Viens, on y va.

Oliva s'approcha de la table, saisit Elzire par la main et l'entraîna dehors.

— Non, Oliva, je t'en prie !

D'un pas décidé, Oliva franchit la route, sorte de frontière entre la maison et l'hôpital, tirant Elzire derrière lui. Alors qu'ils approchaient de l'hôpital, Elzire le retint par le bras et le supplia de retourner à la maison, au moins jusqu'à ce qu'il se soit calmé.

— De quoi as-tu si peur ? lui demanda-t-il en s'arrêtant un instant.

— Je ne pourrai pas supporter une autre bataille, dit-elle complètement épuisée par la dispute antérieure.

— Il n'y aura pas de bataille – il la traînait le long de l'allée. – Nous allons voir les petites, c'est tout.

Oliva frappa à grands coups à la porte de l'hôpital. L'infirmière de garde ouvrit, mais Oliva ne la laissa pas placer un mot.

— Nous sommes venus voir nos petites, annonça-t-il.

— Elles dorment.

L'infirmière regardait Oliva avec inquiétude. Il semblait prêt à arracher la porte de ses gonds si elle ne le laissait pas entrer aussitôt. Puis elle aperçut Elzire cachée derrière lui.

— Il me semble que le docteur Dafoe l'a déjà dit à Mme Dionne.

— C'est vrai, répondit sèchement Oliva.

Mais il ne voulait pas discuter cette fois. Il ouvrit la porte à la volée et passa à côté d'elle en entraînant Elzire le long du couloir jusqu'à la pouponnière.

L'infirmière, dans un état d'agitation extrême, le suivait à la trace.

— Arrêtez ! hurla-t-elle. Vous ne pouvez pas entrer là.

Oliva arrêta devant la porte.

— Non? dit-il en se retournant et en la faisant battre en retraite du regard. Essayez donc de m'arrêter.

L'infirmière était complètement déroutée, comme Elzire avec Dafoe plus tôt.

Oliva ouvrit doucement la porte de la pouponnière et poussa Elzire devant lui.

L'infirmière se précipita vers l'appareil téléphonique posé sur le bureau dans le vestibule. La main tremblante, elle décrocha le récepteur et attendit que la standardiste lui réponde. Son cœur battait la chamade, mais elle ne savait pas vraiment pourquoi. Elle ne savait pas non plus si elle craignait davantage le père en colère et la mère désespérée qui venaient d'entrer de force ou le docteur qui serait absolument outré quand il apprendrait qu'elle avait laissé les Dionne s'introduire dans son hôpital.

Mme Henderson hocha la tête en reposant le récepteur. Elle entendit le bruit d'une voiture à l'extérieur et vit par la fenêtre Dafoe arriver. Elle courut dans l'entrée et, debout dans l'embrasure de la porte, le regarda sortir de la voiture.

— On vient tout juste de téléphoner de l'hôpital, lui cria-t-elle nerveusement. Vous devez y retourner immédiatement.

— Qu'est-ce qui ne va pas? demanda-t-il. Les bébés?

— Retournez-y tout de suite, répéta-t-elle. Je savais bien que ça arriverait tôt ou tard.

— Quoi?

— Les Dionne sont entrés de force.

Dafoe remonta dans la voiture et démarra.

— Et je ne peux pas le leur reprocher après tout ce que vous leur avez fait, poursuivit-elle. Votre petite infirmière est dans tous ses états. Ça lui apprendra à travailler dans cette espèce de prison qu'est devenu votre hôpital. Elle va sans doute démissionner comme toutes les autres.

Dafoe était déjà reparti et prenait la route à toute vitesse quand elle lui cria :

— Soyez prudent!

Elle avait déjà senti le besoin de protéger ce petit homme, mais c'étaient maintenant les autres qu'elle croyait devoir protéger contre lui.

Quand Dafoe arriva à l'hôpital, il était fou de rage. Satané Oliva! Pourquoi ne pouvait-il pas laisser les choses comme elles étaient?

Il bondit hors de la voiture, gravit l'escalier, ouvrit la porte et passa en trombe à côté des deux infirmières qui l'attendaient.

— Est-ce qu'ils sont encore là? demanda-t-il en se hâtant autant que possible avec ses petits pas habituels le long du couloir.

Les infirmières le suivirent jusqu'au tournant.

— Il a dit que Mme Dionne passerait toute la nuit ici, dit l'une d'entre elles. Sur le plancher, s'il le faut.

— Je vais y voir.

Il était bien déterminé à ne laisser personne d'autre que lui fixer les règles dans cet hôpital. Surtout pas Oliva Dionne.

Dafoe ouvrit la porte de la pouponnière. Toutes les lumières étaient éteintes, sauf une petite lampe près de la porte de la salle de bains. Il voyait à peine Elzire à côté d'un berceau, un bébé dans les bras. Oliva était penché sur un autre berceau.

— Oliva, siffla Dafoe, tu ne peux pas faire irruption ici chaque fois que ça te chante.

Oliva dit à Elzire de ne pas bouger et rejoignit Dafoe près de la porte.

— Baissez le ton, dit-il. Elles dorment. Elles ont eu une journée chargée, vous vous rappelez?

Il fit sortir Dafoe et le suivit en refermant la porte derrière lui.

Les infirmières regardaient avec appréhension les deux hommes qui se faisaient face.

— Qu'est-ce qui t'a pris d'entrer ici par effraction et d'intimider mes infirmières?

— Ne me faites pas de sermon. J'en ai soupé de vous entendre dire à ma femme quand elle peut ou non voir ses propres enfants.

— Ceci est mon hôpital, Oliva, et c'est moi qui détermine les heures de visite.

— Je me fiche dorénavant de vos heures de visite, dit Oliva avec assurance. À partir de maintenant, nous viendrons à notre guise et nous partirons quand nous le voudrons.

— Je devrai en parler au conseil, le menaça Dafoe.

— Vous direz ce que vous voudrez à votre conseil, le défia Oliva en ouvrant la porte pour retourner dans la pouponnière.

— Ne me force pas à faire venir la police, l'avertit Dafoe tout en souhaitant presque qu'il le pousse à cette extrémité.

— Vous pouvez faire venir l'armée si vous voulez, lui dit effrontément Oliva par la porte entrebâillée. Nous ne bougerons pas d'ici.

Et il ferma la porte au nez de Dafoe.

Dafoe était cramoisi de colère. Il se précipita le long du couloir, passa à côté du téléphone dans le vestibule, dépassa la salle de jeu et entra dans son bureau. Il ferma la porte et ne réapparut qu'à l'arrivée de deux agents de police quelques minutes plus tard.

L'air arrogant, Dafoe se tenait derrière les deux policiers pendant qu'ils ordonnaient à Oliva et à Elzire de sortir de la pouponnière et de l'hôpital.

Oliva fut aussi provocant avec eux qu'il l'avait été avec Dafoe.

— Si vous voulez que je parte, rugit-il, arrêtez-moi et passez-moi les menottes.

Mais quand ils menacèrent de le faire, Elzire les implora. Et comme Oliva refusait de partir avec elle, elle se dirigea toute seule vers la sortie. Elle ne voulait pas que son mari se retrouve en prison par-dessus le marché.

Debout dans l'embrasure de la porte, les policiers à ses côtés, Dafoe regarda Elzire puis Oliva battre retraite dans la froide nuit de mars. Il se sentait soulagé plus que triomphant. Il était évident qu'il n'avait pas gagné la bataille cette fois-ci. Il avait simplement eu la loi de son côté.

***

Satisfait de lui-même, Hepburn sirotait son café du matin dans le jardin d'hiver de sa grande maison. Il épluchait la première édition du *Toronto Daily Star*. Le soleil brillait à travers les fenêtres et se réfléchissait sur les jardinières de cuivre. Quelle belle journée ce sera! pensa-t-il.

Il était une minute avant l'heure attendue. Il alluma la radio pour écouter le bulletin d'informations, sachant déjà quelle serait la nouvelle du jour.

« La rumeur d'un complot pour kidnapper les quintuplées Dionne, annonça le présentateur, a incité le gouvernement à augmenter les mesures de sécurité autour de l'hôpital Dafoe. Un porte-parole du gouvernement a affirmé que tout le nécessaire serait fait pour éviter une autre affaire Lindbergh et pour assurer la sécurité de nos quintuplées jour et nuit. »

Quand Dafoe lui avait téléphoné la veille pour lui faire part de l'invasion des Dionne, Hepburn avait rapidement saisi les avantages qu'il pourrait tirer de la situation. Il avait entendu dire que les Dionne inondaient le monde entier de lettres – le Premier ministre du Canada, le roi et la reine d'Angleterre et même le pape – demandant un appui pour qu'on leur rende leurs bébés. Si jamais une de ces demandes obtenait un accueil favorable, son gouvernement se trouverait dans de mauvais draps. La tentative des Dionne d'« entrer par effraction dans l'hôpital », selon les mots de Dafoe, tombait à point nommé. Il avait conseillé à Dafoe d'être très strict à leur égard.

« Les nouvelles mesures de sécurité ont été approuvées par le docteur Allan Dafoe, ajouta le présentateur, et, lorsque nous l'avons joint, il nous a affirmé qu'il approuvait entièrement toutes les mesures susceptibles de protéger les quintuplées contre tout intrus. »

Hepburn était content de lui. Il éteignit le poste en se disant que, dès l'après-midi, les journaux et les stations de radio, de New York à Tokyo, feraient tous leurs manchettes avec cette

170

histoire. Mais avant cela, des ouvriers s'affaireraient autour de l'hôpital. En un temps record, ils installeraient une clôture de fil de fer barbelé, un corps de garde et des barrières plus solides. L'enceinte de l'hôpital deviendrait une véritable forteresse, avec la bénédiction du monde entier.

Et bientôt, très bientôt, il pourrait lancer tranquillement son propre projet de mise en marché des petites.

8

QUINTLAND

Ils étaient assis tous les trois dans le bureau de Hepburn, porte close, en train de conspirer comme tant de fois au cours de l'année précédente. Sharkey parlait d'abondance en consultant ses dossiers, et Hepburn répondait à l'occasion par un grognement accompagné d'un regard malicieux ou inquiet. Slocum se contentait d'être présent, les yeux sur son patron, prêt à lui fournir un soutien moral au besoin.

Sharkey sortit une lettre de son porte-documents et la posa soigneusement devant Hepburn qui lui jeta à peine un coup d'œil.

Slocum se pencha pour lire l'en-tête.

— Palmolive, dit-il fortement impressionné.

Sharkey fit signe que oui, en se rengorgeant. Ce n'était pas une publicité comme les autres. Il s'agissait enfin d'un produit que les quintuplées utilisaient vraiment. Cette fois-ci, Dafoe ne pourrait pas s'opposer au projet. Il aurait d'ailleurs été très surprenant que le médecin protestât, car il était devenu de plus en plus facile de le convaincre de changer la marque du sirop de maïs ou des céréales consommés à l'hôpital si le jeu en valait la chandelle.

Slocum et Sharkey regardaient tous deux Hepburn et attendaient sa réaction, mais cette fois le Premier ministre n'avait rien à dire. Il se laissa aller en arrière dans son fauteuil et croisa les mains, le regard distrait.

Sharkey reprit la lettre et se mit à feuilleter un volumineux dossier qu'il avait sorti de son porte-documents.

— Carnation, Lysol et Remington Rand renouvellent leurs contrats.

Mais il avait aussi préparé un autre boniment.

— Et j'ai appris ce matin que Quaker Oats veut signer un contrat de trente et un mille dollars.

Toujours pas de réaction.

Les deux hommes regardaient Hepburn avec curiosité, se demandant s'il avait bien entendu l'extraordinaire rapport que venait de faire Sharkey.

— C'est impressionnant, reconnut-il enfin, ne semblant toutefois pas impressionné le moins du monde.

Les yeux fixés sur les papiers contenus dans son dossier, Sharkey se contenta de l'approbation de Hepburn, si faible fût-elle.

— Nous renouvellerons aussi bientôt le contrat avec Pathé. Je crois qu'on pourrait obtenir au moins cinq mille dollars de plus. Et voici le clou de la présentation !

Il regarda Slocum qui attendait impatiemment.

— Twentieth Century-Fox veut mettre les quintuplées sous contrat pour tourner trois films.

Le représentant du studio lui avait dit qu'ils avaient été impressionnés par la présence des quintuplées à l'écran.

— Ils nous proposent cent mille dollars comptant ou une participation aux profits de dix pour cent.

— Alors nous sommes maintenant dans l'industrie du cinéma, commenta Hepburn.

— Mais je vais négocier un pourcentage plus élevé des bénéfices.

Sharkey pensait que la perspective d'une importante

rentrée d'argent éveillerait l'intérêt de Hepburn.

— Et je vais l'obtenir. Ils savent que les quintuplées représentent une grosse affaire.

Hepburn le savait aussi. En fait, il pensait parfois qu'il était le seul à le savoir vraiment. Si Sharkey était prêt à se contenter de contrats de publicité de quelques sous et de quelques apparitions à l'écran, il n'y aurait pas autre chose. Ses visées à lui étaient plus hautes. Il regarda les deux hommes.

— Comment va le dossier de la marque déposée ? demanda-t-il.

— Ce n'est pas aussi simple qu'on le croyait, répliqua Sharkey. Le mot « quintuplées » est dans le dictionnaire.

— Mais il n'y en a pas d'autres qu'elles ! trancha Hepburn.

— Ne vous inquiétez pas. Je crois que ça ira.

— Bien.

Le Premier ministre posa les coudes sur son bureau.

— Tout semble aller comme sur des roulettes.

— En effet, approuva Slocum en regardant Sharkey avec admiration.

— Mais en fait, tout ce que nous faisons, c'est donner l'occasion à quelques personnes de se remplir les poches, déclara Hepburn.

Slocum retourna son regard vers le Premier ministre en se demandant à quoi il voulait en venir.

— Et nous constituons un fonds substantiel en fidéicommis pour ces petites, ajouta Sharkey sur la défensive.

Hepburn approuva, bien conscient des bénéfices que les quintuplées retiraient des efforts consentis par son gouvernement. Mais ce qui l'intéressait maintenant, c'était de trouver quels profits son gouvernement pourrait tirer des quintuplées.

— Il faudrait faire quelque chose qui aiderait toute la population de la province, déclara-t-il. Quelque chose qui procurerait des avantages économiques à tout le monde.

Slocum interrogea Sharkey du regard, mais il comprit aussitôt que Sharkey ne savait pas plus que lui de quoi Hepburn voulait parler. Qu'est-ce qu'on pourrait bien faire de plus pour tirer profit des bébés?

— Nous devons permettre aux gens de voir les quintuplées, expliqua Hepburn. Pas seulement dans des réclames ou à l'écran, mais en chair et en os.

Sharkey approuva avec enthousiasme comme s'il avait deviné ce que Hepburn allait dire.

— Vous avez tout à fait raison.

Mais Slocum, lui, n'était pas prêt à donner immédiatement son adhésion à cette proposition.

— Vous voulez dire les exhiber? demanda-t-il.

Il se rappelait que Hepburn avait déjà caressé cette idée auparavant. Il aurait dû deviner que le Premier ministre était sérieux. Même lorsqu'il plaisantait, Hepburn avait presque toujours une idée derrière la tête.

— Pensez-y, dit Hepburn qui avait déjà tout imaginé comme s'il y était, des centaines de milliers de touristes, des gens qui ont suivi toute l'histoire des quintuplées dans les journaux, les revues et les actualités filmées. Ils convergeront vers North Bay et dépenseront de l'argent en cours de route. Pour la nourriture, pour l'essence, pour le logement, et ainsi de suite.

Slocum détourna les yeux. Il ne voulait pas donner trop rapidement son accord à ce curieux projet. Si on acceptait que l'équipe des actualités filmées vienne prendre des images des quintuplées, on pouvait aussi accepter qu'un studio de cinéma vienne tourner un film. Mais les exhiber devant le public, c'était autre chose. Comme des animaux dans un zoo?

— Je suis d'accord en principe – il mentait – mais il ne faudrait pas avoir l'air de les exploiter.

— Les exploiter? rugit Hepburn faisant regretter à Slocum d'avoir prononcé ces mots. Je vais te dire qui exploite qui, moi. Les petites reçoivent – il se tourna vers Sharkey – combien avez-vous dit de Quaker Oats?

— Trente et un mille dollars.

— Trente et un mille dollars – Hepburn laissa flotter le chiffre. – Pour manger des céréales qu'elles mangeraient de toute façon.

Slocum haussa les épaules. C'était exaspérant. Tout semblait toujours tellement logique avec Hepburn.

— D'après toi, qui exploite qui ? demanda Hepburn. Ces petites font des affaires d'or, si tu veux mon avis. Bon Dieu ! Elles seraient mortes sans nous.

Slocum n'avait jamais pensé que l'hôpital avait été construit avec l'idée qu'il devrait s'autofinancer plus tard.

— Je regrette d'avoir à le dire, mais je pense qu'il y a des gens qui vont trouver cela bizarre.

Il était de ceux-là.

— Ne penses-tu pas qu'il est temps de répandre un peu la manne ? demanda Hepburn.

Il le fixait de ses yeux perçants qui avaient déjà fait plier des hommes beaucoup plus puissants.

— Elles sont comme un puits de pétrole inexploité, approuva Sharkey, toujours prêt à placer son mot.

Il n'était pas assez intelligent pour concevoir un tel projet lui-même, mais il voyait rapidement les profits qu'on pouvait en tirer.

— Elles sont un potentiel énorme de retombées économiques. Elles pourraient relancer l'économie de toute la province. Il suffirait d'installer une sorte de terrain de jeu entouré d'une clôture juste à côté de l'hôpital. Les gens viendraient les voir jouer.

— Tous les enfants jouent, de toute façon, se justifia Hepburn. Ça ne leur ferait pas de mal.

— En moins de six mois, prophétisa Sharkey, ce sera un des sites touristiques les plus courus du pays.

Hepburn jubilait, mais il remarqua que Slocum n'avait pas l'air content.

— Il n'y aura pas de prix d'entrée, Dick, si c'est ce qui t'inquiète.

Slocum était surpris de voir les deux autres se mettre si rapidement d'accord sur ce projet. À les entendre, l'idée d'exhiber les quintuplées semblait inéluctable. Peut-être, mais ça n'était pas plus acceptable pour autant. Il devrait appuyer le projet puisque c'est ce qu'on attendait de lui, mais il n'en ferait certainement pas l'éloge.

— Il y a des gens qui certainement le prendront mal, déclara-t-il tout net. Je ne suis d'ailleurs pas sûr de mes propres sentiments même si je connais vos intentions.

Du moins, croyait-il les connaître.

Hepburn lui servit son argument définitif habituel.

— C'est ce que les gens veulent.

— Ça ne fait jamais de tort de donner aux électeurs ce qu'ils veulent, ajouta Sharkey.

— Vous avez sans doute raison, louvoya Slocum, toujours pas convaincu.

— À propos, ajouta Sharkey, ça serait peut-être une bonne idée d'inviter Blatz.

Slocum interrogea Sharkey du regard. Il avait déjà entendu ce nom, mais il ne se souvenait pas dans quelles circonstances.

— Vous savez bien. William Blatz, le psychologue pour enfants.

— Ah ! oui – il avait lu quelque chose à son sujet quelque part. – Celui qui veut observer les petites ?

Sharkey ouvrit des yeux ronds.

— Vous voulez dire celui qui serait prêt à tout pour qu'on lui permette d'observer les petites. Il n'arrête pas d'écrire à Clayton depuis des mois. Je suis sûr qu'il approuvera tous nos projets si on l'invite à venir étudier les quintuplées.

— Excellent ! dit Hepburn.

Il admirait l'ingéniosité de Sharkey. Il n'avait pas beaucoup d'idées, mais il était très efficace une fois la machine en marche. Il regarda Slocum.

— Toujours inquiet de la réaction du public ?

Il croisa les doigts, se mit les mains derrière la tête et se laissa aller dans son fauteuil.

— Avec la présence de Blatz – il souriait avec confiance – nous aurons l'appui de toutes les mères du pays.

$$***$$

Tante Legros et Mme Lebel ne venaient plus voir Elzire aussi souvent qu'avant. Elles avaient eu vent des projets du gouvernement et, comme tout le monde alors, elles avaient besoin d'argent.

Le mouvement des véhicules qui se dirigeaient vers le sud sur la grande route de Ferguson était ralenti jusqu'à North Bay. Il y avait des voitures de toutes marques et de tous modèles, aux plaques d'immatriculation de tous les coins de l'Amérique du Nord. Elles scintillaient sous le chaud soleil de juin. La route était noire comme du jais. On venait tout juste de l'asphalter pour donner aux visiteurs un accès plus rapide à la nouvelle attraction. Mais on n'aurait pas pu qualifier de rapide le rythme de la circulation ce jour-là. En fait, les centaines de personnes qui marchaient le long de la route avaient généralement la chance d'atteindre le but de leur voyage plus vite que celles qui étaient en voiture.

William Blatz faisait partie des malchanceux bloqués dans un embouteillage. Il avait pourtant suivi à la lettre les instructions du télégramme de Clayton et avait quitté son hôtel de North Bay très tôt le matin, avant sept heures. Au départ, il n'y avait pas eu de circulation du tout. À tel point qu'en roulant le long du lac il s'était demandé s'il avait bien fait de partir aussi tôt. Mais dès qu'il eut atteint la grand-route, il se retrouva dans la file sans fin de voitures se dirigeant vers le sud. La situation empira et, quand il arriva au panneau de signalisation sur lequel on pouvait lire « Callander 5 km, Corbeil 8 km », il fut pris dans un gigantesque embouteillage.

En avançant comme une tortue sur la grand-route, Blatz observait la prospérité de cette région par rapport aux autres villages qu'il avait traversés la veille en venant de Toronto. Les maisons avaient des volets en bon état, les clôtures étaient fraîchement peintes, les panneaux de signalisation étaient plantés bien droit sur l'accotement, il y avait des fleurs partout et une profusion d'écriteaux souhaitant la bienvenue. Comme c'était bien, pensait-il, que les quintuplées apportent ainsi bonheur et prospérité autour d'elles.

L'embranchement de la route qui menait à l'hôpital Dafoe apparut à l'horizon. Une longue file de voitures arrivait en sens inverse, de Toronto et d'autres localités du sud. Tout le monde s'arrêtait au carrefour où deux hommes portant des drapeaux rouges dirigeaient la circulation. Blatz vit une seule voiture tourner à gauche, vers Callander. Toutes les autres tournaient à droite, en alternance avec les voitures qui étaient dans sa file et qui tournaient à gauche. Son tour arriva bientôt. Il passa sous une bannière rouge et blanche avec l'inscription BIENVENUE AU PAYS DES FAMEUSES QUINTUPLÉES DIONNE et devant un poste d'essence à cinq pompes identiques baptisées des prénoms des quintuplées. Plus loin, il vit des cottages, des bicoques, des pensions de famille et des gargotes d'où partaient d'autres voitures qui se joignaient au défilé. La route sineuse continuait par monts et par vaux, à travers des bois touffus, vers sa destination.

À huit heures et demie, la moitié de la durée de son voyage avait consisté à franchir les quinze derniers kilomètres. Il aurait aimé laisser là sa voiture et se joindre aux centaines de piétons qui se hâtaient en bordure de la route. Il gravit péniblement une dernière côte et l'aperçut enfin : *Quintland*, véritable oasis.

Le spectacle qui s'offrait à lui ne correspondait pas à ce qu'il avait prévu. Même en faisant un gros effort d'imagination. Il était impossible de comparer ces quelques hectares de terres agricoles rocailleuses à la splendeur naturelle des chutes du Niagara, plus proche rivale de Quintland au titre d'attraction touristique la plus courue du continent en 1935. Impossible aussi de rapprocher la poignée de bâtiments en rondins peints en rouge de la beauté des grandes pyramides de Gizeh auxquelles certains dépliants touristiques comparaient déjà Quintland. Ce n'était pour l'instant que quelques bicoques éparpillées dans un immense terrain de stationnement. Il était difficile de comprendre pourquoi tant de personnes se pressaient au voisinage immédiat du site et des bâtiments. Tout cela ressemblait bien plus à une colonie de vacances pour une vingtaine d'écoliers ordinaires qu'à un lieu de pèlerinage où toute l'Amérique du Nord affluait.

Il se trouvait près de deux petites maisons en rondins. D'après le plan, celle de gauche, peinte en rouge, était la nouvelle maison du personnel et celle de droite, plus vieille et blanchie à la chaux, la maison des Dionne. Il observa un instant la petite ferme toute simple dont on avait tant parlé. Mais son attention fut vite attirée par un autre bâtiment rouge en rondins, plus long et plus large que la maison du personnel et situé tout près, à sa gauche. L'hôpital Dafoe. Il paraissait plus petit que sur les nombreuses photos que Blatz avait vues, mais il était quand même imposant derrière sa clôture en fil de fer barbelé.

Les voitures qui précédaient la sienne dépassaient le poste de garde de l'hôpital et faisaient quelques centaines de mètres de plus jusqu'au terrain vague qui servait de stationnement public. Blatz sortit le bras de la voiture pour indiquer qu'il voulait tourner à gauche au poste de garde, mais ce geste ne suffit pas à assurer la réussite de la manœuvre. Quand il s'arrêta pour sortir de la file, des coups d'avertisseur éclatèrent derrière lui. Des gens passèrent la tête à la portière et crièrent :

— Nom de Dieu! monsieur, avancez!

— Qu'est-ce que c'est encore que cet embouteillage?

Mais Blatz ne pouvait pas avancer plus vite. La voie de gauche était pleine de piétons qui marchaient dans la même direction que les voitures. Ils se hâtaient pour aller prendre place dans une file d'attente un peu plus loin le long de la route. Personne ne voulait lui céder le passage.

Il roula très, très lentement, mais les personnes qui marchaient le long de la route s'énervaient et protestaient. En se frayant péniblement un chemin à travers le flot des piétons, il les entendit crier « Ôtez-vous de là! » ou « Hé! Voulez-vous nous tuer ? ». Il était bien décidé à ne pas laisser leur impatience gâcher cet événement si exceptionnel pour lui. Il réussit enfin à tourner et s'arrêta devant le petit poste de garde à la barrière de l'hôpital Dafoe.

Un des deux gardiens sortit de la guérite et s'approcha.

Blatz le salua joyeusement, tout heureux d'être enfin à bon port.

— Bonjour, je suis le docteur Blatz.

— Avez-vous une pièce d'identité, monsieur ? lui demanda le gardien.

Compte tenu de l'environnement champêtre, Blatz s'était attendu à voir quelqu'un qui ressemblerait plus à un animateur de colonie de vacances qu'à un véritable gardien.

— Bien sûr.

Il sortit son permis de conduire de son portefeuille, content de ne pas avoir à prendre la file comme tout le monde.

— Allez-y, ordonna le gardien en insérant une clé dans le cadenas qui fermait la barrière. Vite, s'il vous plaît.

Blatz ne comprit pas l'urgence jusqu'à ce qu'il ait traversé la barrière ouverte pour lui. Dans son rétroviseur, il vit alors une foule frénétique qui tentait de s'engouffrer à sa suite. Le gardien referma la barrière juste à temps pour les arrêter.

Le cœur battant, Blatz remonta le chemin menant à l'entrée de l'hôpital et stationna près de l'escalier. Il sortit de sa voiture et s'arrêta un instant pour observer le spectacle.

Le flot des véhicules coulait toujours le long de la côte, passé l'hôpital et jusqu'au terrain de stationnement. Il était stupéfait. Plus d'un millier de voitures essayaient de s'entasser sur le terrain et il n'était pas encore neuf heures.

La foule qui sortait du stationnement se dirigeait vers la droite et se joignait à la marée humaine que Blatz avait dû franchir pour se rendre à l'hôpital. Pas étonnant qu'ils se hâtent si résolument, pensa Blatz. D'où il était, il pouvait voir que la queue, pour accéder à la galerie d'observation évidemment, se prolongeait à perte de vue au-delà d'une petite colline.

Avant de monter l'escalier, Blatz décida de faire le tour

de l'hôpital, du côté de la route, pour mieux voir la galerie d'observation elle-même. Un mur la dissimulait en partie, mais il vit quand même, plus loin, un curieux bâtiment en forme de fer à cheval qui occupait le terrain à l'intérieur de la clôture. Comme les autres bâtisses qui composaient Quintland, la galerie était plus petite qu'il n'aurait cru. La foule des visiteurs qui attendaient l'ouverture des portillons ne cessait par contre de grossir. Ils devaient être près de trois mille.

Blatz se retourna vers la route et remarqua de nouveau la petite ferme vers la droite. Elle n'était que partiellement cachée par la palissade qui l'isolait du stationnement et de la file des touristes. Une clôture de planches séparait la propriété des Dionne du monde extérieur. La petite maison à l'écart ne semblait pas à sa place dans cette ambiance, pensa-t-il. Ou peut-être était-ce l'inverse.

L'infirmière qui lui ouvrit la porte n'attendit pas que Blatz se soit identifié.

— Vous êtes sans doute le docteur Blatz.

— Oui, c'est moi.

— Entrez donc, dit-elle. Nous vous attendions.

Juste avant d'entrer dans l'hôpital, il se retourna vers la route. Les portillons de la galerie d'observation venaient d'ouvrir. Les gens se pressaient et jouaient des coudes pour être les premiers à entrer. Ils étaient aussi impatients que Blatz, mais ils verraient l'objet de leurs rêves avant lui.

Il regarda sa montre. Il était neuf heures pile.

Dafoe regardait son hôte avec circonspection. Il lui avait servi ses plaisanteries habituelles. Jusqu'à maintenant, il avait eu le contrôle absolu sur les quintuplées, dans l'enceinte de l'hôpital du moins, et il n'appréciait pas l'idée de le partager avec qui que ce soit. Depuis le jour où Clayton lui avait dit que, malgré ses objections, Blatz viendrait étudier les quintuplées, Dafoe était inquiet. Il avait imaginé Blatz comme un psychologue prétentieux qui ferait irruption avec beaucoup d'idées fantaisistes sur la façon d'élever les petites. Et il avait décidé qu'il ne le laisserait pas agir à sa guise.

À leur entrée dans son cabinet de travail, Dafoe s'était intentionnellement assis derrière son bureau au fond de la pièce, plutôt que dans un des deux fauteuils confortables près des fenêtres. Il voulait faire sentir son autorité à Blatz et il avait lu quelque part que la présence d'un bureau entre vous et votre hôte vous plaçait en position de supériorité.

Blatz s'assit en face du bureau sur la chaise recouverte d'un cuir glissant.

Dafoe s'efforçait d'avoir l'air accueillant, mais ses propos n'étaient pas vraiment chaleureux.

— C'est un honneur pour moi de vous recevoir, docteur Blatz. Je m'intéresse à vos théories depuis longtemps. Elles sont plutôt... originales, n'est-ce pas ?

— Vous êtes trop aimable.

Le controversé directeur de l'Institut de recherche sur l'enfance de l'Université de Toronto, spécialiste reconnu dans le tout nouveau domaine de la psychologie infantile, ne vit pas un compliment dans ce commentaire impersonnel.

— Les gens disent généralement que mes travaux sont choquants plutôt qu'originaux.

— Par ici, on ne s'intéresse évidemment pas beaucoup à toutes ces idées nouvelles sur la manière d'élever les enfants.

— J'imagine qu'on pense que les méthodes traditionnelles ont fait leurs preuves, dit Blatz en souriant. Certains de mes collègues pensent exactement la même chose.

Dafoe rit poliment, puis décida qu'il était temps de passer aux choses sérieuses.

— Voulez-vous voir les petites ? demanda-t-il comme un père fier de ses enfants.

— Oui, bien sûr, répondit Blatz avec empressement. Si ça ne vous dérange pas, évidemment.

— Eh bien ! nous n'avons pas l'habitude d'interrompre les préparatifs de la représentation, mais je pense qu'on pourrait faire une exception pour vous, docteur.

Le ton de Dafoe marquait de la déférence envers son

hôte, mais suggérait aussi que Blatz devrait lui être reconnaissant du privilège qu'il lui accordait.

— Merveilleux !

En se levant Blatz remarqua, au mur, la photo de Dafoe en compagnie de Hepburn.

Dafoe se leva à son tour et sortit du bureau avec son hôte.

— Auriez-vous une objection à me montrer plus tard vos registres concernant l'horaire quotidien des petites ? demanda Blatz lorsqu'ils furent dans le corridor.

— Nos registres ?

Dafoe n'aimait pas la curiosité qu'il percevait sous la question.

— Qu'est-ce que vous cherchez au juste ?

— Oh ! n'importe quoi d'écrit. Des emplois du temps, des programmes, n'importe quoi. À votre convenance, bien sûr.

Dafoe réfléchit un instant.

— Vous savez, docteur, ici nous ne fonctionnons pas comme vos grands hôpitaux de la ville. Je jetterai un coup d'œil dans les dossiers plus tard, mais je ne peux rien vous promettre.

— Bien. Si vous êtes d'accord, je voudrais aussi établir un horaire pour les petites, du réveil au coucher.

— Hum ! soupira Dafoe qui commençait à se sentir comme un petit garçon sur la plage dont le château de sable est sur le point d'être démoli.

— Est-ce que la famille vient souvent les voir ?

Dafoe hésita avant de répondre, ne sachant pas ce que Blatz souhaitait entendre.

— Oh ! une fois de temps en temps.

Il ajouta, pour plus de sûreté :

— Assez régulièrement, en fait. Pourquoi ?

— Eh bien ! le type d'horaire auquel je pense est très strict, expliqua Blatz. Si je veux que mes observations soient profitables, il doit y avoir le moins d'écarts possible. Nous prévoirons un peu de temps pour la famille, bien sûr, mais il ne faudrait pas que ça compromette notre travail.

— Non, il ne faudrait pas, répliqua Dafoe dont les craintes s'apaisaient pour la première fois depuis le début de la conversation.

Il fut encore plus soulagé après leur arrivée à destination, la pouponnière des quintuplées. Son domaine.

— Nous y sommes.

— Elles se préparent pour la représentation?

— Oui. Nous avons notre propre emploi du temps ici. Deux fois par jour. Elles vont jouer dans la petite cour au centre de la galerie d'observation. Elles ne se rendent même pas compte qu'il y a des gens qui les regardent.

— Même si elles s'en rendaient compte, ça ne serait pas grave, lui assura Blatz. Ça peut se comparer à des enfants qui jouent dans une cour d'école sous l'œil vigilant d'un professeur.

— C'est bien vrai, approuva Dafoe qui essayait d'oublier les commentaires qu'il avait entendus, même de la part de son personnel, disant que ce n'était pas normal d'exhiber les petites devant le public.

— Comment font-elles... Blatz s'interrompit quand une infirmière qui portait une petite boîte à ouvrage passa à côté d'eux en s'excusant et entra dans la pièce. Au moment où la porte s'ouvrit, il fit des yeux ronds et oublia sa question. Elles étaient là, à moins de trois mètres de lui, les quintuplées Dionne.

Il les avait vues d'innombrables fois dans les journaux, dans les revues et dans les actualités filmées, mais ce grand événement le prenait quand même au dépourvu. Il regardait les quintuplées l'une après l'autre, essayant de trouver des différences entre elles. Mais il n'en voyait pas. C'était comme un spectacle de marionnettes, mais avec cinq créatures humaines bien vivantes. Il regardait les infirmières les coiffer soigneusement, attacher leurs boucles avec des rubans et redresser les nœuds sur cinq robes identiques.

Blatz était sidéré. Il était bouche bée et avait les yeux écarquillés. Debout derrière lui, Dafoe l'observait, fier de l'effet produit par ses petites sur l'éminent psychologue. Puis, alors que Blatz fixait toujours les quintuplées des yeux, il referma la porte pour montrer clairement que c'était lui qui contrôlait l'accès auprès d'elles.

— Eh bien! demanda Dafoe, qu'est-ce que vous en pensez?

Blatz essaya, sans y réussir, de camoufler son excitation derrière un masque professionnel.

— Extraordinaire! dit-il en hochant la tête. Tout simplement extraordinaire!

— C'est quelque chose, n'est-ce pas?

Blatz se mit à divaguer.

— Les voir comme ça... dans un environnement contrôlé... peu de stimuli extérieurs...

Il hocha de nouveau la tête.

— Il y aurait tant de choses à étudier. Si ça ne vous ennuie pas, je souhaiterais les observer pendant leur activité de jeu libre.

— Vous n'avez pas de permission à me demander, docteur, dit Dafoe.

Il avait apprécié le terme utilisé par Blatz pour parler de la représentation.

— Je vous en prie, faites comme chez vous.

Un des gardiens de l'hôpital accompagna Blatz jusqu'à une place de choix au début de la file. Celle-ci s'allongeait hors des barrières, le long de la route, jusqu'à une bâtisse de bardeaux baptisée Pavillon de souvenirs des sages-femmes et même au-delà de la côte vers Corbeil. Quelques têtes jaillirent de la file et on entendit des cris : « Holà! pas de passe-droits! » et « Attendez votre tour comme tout le monde! ». Quand on apprit du gardien qu'il s'agissait du médecin des quintuplées, la réplique ne tarda pas : « C'est notre tour! Il peut les voir autant qu'il veut, lui! » et « Ce n'est pas le docteur Dafoe! ». On ne voulait laisser à personne le privilège de passer devant ceux qui attendaient depuis des heures de voir leurs chères quintuplées. Blatz trouvait que la fascination exercée par les petites sur le public était elle-même fascinante et pensa qu'il devrait observer plus tard quel genre de personnes se trouvaient dans la file.

La double porte de la galerie d'observation donnait sur deux grands corridors qui longeaient le terrain de jeu jusqu'au mur de l'hôpital Dafoe. La partie supérieure des parois qui séparaient les visiteurs du terrain de jeu à ciel ouvert était vitrée d'un bout à l'autre de la galerie. Du côté du terrain de jeu, la vitre était couverte d'un fin treillis métallique afin que les quintuplées ne puissent pas voir le défilé quotidien de milliers de personnes avides de les observer.

Blatz était content d'avoir choisi ce poste d'observation plutôt que la fenêtre de la porte par laquelle les quintuplées entraient sur leur terrain de jeu. De là, il n'aurait vu qu'une partie de la petite estrade et du bac à sable et le grand mur arrière de l'énorme maison de poupée. De l'intérieur de la galerie, il pouvait au moins se mettre sur la pointe des pieds et regarder par-dessus la tête des visiteurs pour avoir une pleine vue des quintuplées. Elles entraient et sortaient en courant de la maison de poupée, dansaient les unes avec les autres et se pressaient contre la vitre, attirées par les cognements et les bourdonnements incessants.

Blatz eut un instant l'impression que l'une des quintuplées prenait la pose pour la femme qui était à côté de lui. La femme pleurait de joie en voyant enfin ses quintuplées. Il pensa que les quintuplées voyaient peut-être effectivement leurs visiteurs, mais avant qu'il ait pu s'en assurer, le flot des visiteurs l'avait entraîné le long du corridor jusqu'à la sortie. Il jeta un dernier coup d'œil rapide avant de reprendre pied dans la réalité. La petite qui avait pris la pose était retournée à ses jeux avec ses sœurs.

L'après-midi, Blatz se promena sur le site, plongé dans la contemplation du spectacle que les dépliants touristiques canadiens destinés aux Américains décrivaient comme le *Coney Island du Canada*. Pas tout à fait, pensait-il. Pas de lumières clignotantes, pas de manèges ni de jeux de hasard. Mais c'était quand même pittoresque, car Quintland ressemblait à une fête foraine de village. Il y avait un observatoire sur le toit du

Pavillon des sages-femmes, un coffre plein de pierres de fertilité gratuites, un ours en cage, un Indien et son teepee avec lequel on pouvait se faire photographier, des kiosques à hot dogs et à limonade et plusieurs éventaires où l'on vendait des babioles. Il y avait même des toilettes publiques.

— Où sont les manèges ? s'écria un petit garçon en essayant de se dégager de l'étreinte de sa mère.

Il croyait voir le même genre de fête foraine que celle qui venait en ville une fois par an.

— Il n'y a pas de manèges, l'avertit sa mère. Et tu peux t'en passer.

Non, ce n'était pas une vraie fête foraine. Pas tout à fait Coney Island non plus, pensa de nouveau Blatz. Par contre, Coney Island n'avait aucune attraction aussi extraordinaire que les quintuplées Dionne.

Il dépassa les gens qui prenaient la file pour la représentation de l'après-midi, des parents et des enfants impatients, des hommes d'affaires et des fermiers, des riches et des pauvres, des vieux et des jeunes. L'excitation était à son comble. Un contraste invraisemblable avec le calme qui régnait autour de la maison solitaire de l'autre côté de la route.

Il marchait près de gens qui ne remarquaient même pas qu'il les observait et il écoutait attentivement les murmures d'anticipation se transformer en cris de joie. Il prit la file et retourna vers la galerie d'observation, porté par ce qui devait être la dixième vague depuis le début de la représentation de l'après-midi à deux heures.

Un groupe différent toutes les dix minutes, se dit Blatz, en imaginant les millions de personnes qui viendraient. Une seule chose ne changerait pas : le spectacle. Cinq petites filles identiques s'amusant deux fois par jour devant des groupes différents venus les observer. Semaine après semaine. Été après été. Année après...

DEUXIÈME PARTIE

« Le docteur Dafoe est le personnage préféré de l'entourage des quintuplées, beaucoup plus aimé que papa ou maman Dionne qui sont encore furieux d'avoir perdu la garde de leurs enfants et qui laissent parfois entendre que toute la famille Dionne pourrait s'enrichir si on les laissait seulement tirer parti de leurs quintuplées... »

Life, 17 mai 1937

9

LES DROITS DE LA FAMILLE

Tous les jours, tard le soir, quand la maison était tranquille et que les dernières voitures étaient reparties vers les bicoques et les cottages au bord du lac Nipissing, Oliva se levait et observait par la fenêtre les terrains fortifiés de Quintland. Il y restait longtemps, souvent plus d'une heure, laissant errer son imagination jusqu'à l'hôpital Dafoe, de l'autre côté de la route. Il s'imaginait dans la chambre à coucher des quintuplées. Il les regardait dormir dans leurs lits, il les embrassait sur le front, il approchait son oreille pour les entendre respirer, il les contemplait tendrement.

L'une d'elles pleurait. Il fit des yeux le tour de la pièce pour voir de laquelle il s'agissait, mais ses cinq petites filles de trois ans dormaient toutes profondément. Les pleurs s'arrêtèrent un instant puis reprirent, mais cette fois ils semblaient venir d'une autre chambre. C'était curieux. Il n'y avait pas d'autres enfants dans l'hôpital.

— Oliva, dit une voix sourde à quelques pas de lui. Entends-tu ?

— Oui, dit-il regardant toujours à la fenêtre. Mais je ne

sais pas ce que c'est.

On le tirait par le bras.

— Oliva!

La personne qui le retenait le força à se retourner et à s'éloigner de la fenêtre. C'était Elzire. Il ne l'avait pas entendue entrer dans la chambre des filles.

— Je pense que c'est Thérèse.

— Quoi? marmonna-t-il.

La chambre des quintuplées s'évanouit et il se retrouva tout à coup avec Elzire dans leur propre chambre à coucher.

— Chut! l'avertit-elle en lui indiquant de la tête le berceau d'Oliva fils à l'autre bout de la pièce. Je vais aller voir. Je pense que c'est Thérèse.

Elle passa sa robe de chambre sur sa chemise de nuit et traversa le couloir vers la chambre que Thérèse partageait avec Rose et Pauline, et d'où provenaient les pleurs étouffés. Dès qu'elle ouvrit la porte, les pleurs s'arrêtèrent.

— Thérèse, chuchota-t-elle.

Pas de réponse.

— Je sais que tu ne dors pas.

Elzire s'approcha sur le bout des pieds et s'assit sur le bord du lit.

— Thérèse.

Elle toucha l'épaule de sa fille.

Thérèse fit mine de sortir d'un profond sommeil. Elle se tourna lentement vers sa mère.

— Maman, dit-elle en se frottant les yeux – pas parce qu'elle avait été tirée du sommeil, mais parce qu'elle voulait les dissimuler.

Elzire écarta ses mains. De près, même dans le noir, elle pouvait voir les yeux rougis et brillants de larmes.

— Pourquoi pleures-tu? As-tu fait un mauvais rêve?

— Non.

Elle entendait à peine la voix de la fillette de huit ans qui mâchonnait le col de son pyjama.

— Qu'est-ce qui ne va pas alors? demanda Elzire en

prenant le visage de l'enfant par le menton. Dis-le-moi.

— Tu ne veux pas que j'aie les cheveux bouclés, gémit-elle en éclatant en sanglots.

— Tu penses encore à ça?

Il y avait des semaines que Thérèse se plaignait parce que les quintuplées avaient le droit d'avoir des cheveux bouclés et pas elle. Une petite fille avait apporté à l'école le numéro de la revue *Life* contenant un grand article abondamment illustré sur le troisième anniversaire des quintuplées. On ne pouvait pas les manquer. De vraies poupées vivantes aux cheveux bouclés.

— Je te l'ai déjà dit, Thérèse, tu ne peux pas avoir les cheveux bouclés.

— Mais tu les laisses faire, elles.

— Je ne laisse faire personne, fit remarquer Elzire. Je t'ai déjà expliqué que, s'il n'en tenait qu'à moi, elles auraient de beaux cheveux plats comme les tiens. Penses-tu que j'aime voir les infirmières leur faire des boucles deux fois par jour juste pour que les visiteurs les admirent?

— Pourquoi est-ce que tu ne fais rien pour arrêter ça alors? demanda Thérèse qui espérait recevoir une réponse plus logique que toutes les rumeurs qu'elle entendait à l'école.

— J'aimerais bien pouvoir te répondre, ma chérie.

Elzire aurait souhaité que quelqu'un lui explique tout cela à elle aussi.

— C'est la volonté de Dieu, et c'est tout. Quand tes sœurs sont nées...

Thérèse l'interrompit agressivement.

— Louise dit que papa s'oppose aux représentations parce ça ne lui rapporte pas d'argent.

— Ça n'est pas vrai!

— Elle dit que papa a voulu les vendre quand elles étaient toutes petites et que, sans le docteur Dafoe, elles seraient mortes.

— Ton amie Louise en sait des choses pour une enfant de son âge!

Elzire cacha son indignation en se penchant par-dessus

Thérèse pour remonter les couvertures sur les épaules de Rose. Au moins sa fille aînée dormait. Mais, le lendemain, ce serait peut-être elle qui aurait un gros chagrin au milieu de la nuit, selon ce qu'elle aurait entendu à l'école pendant la journée. Elzire se retourna pour regarder le petit lit où Pauline dormait à l'autre bout de la pièce. Pas encore en âge d'aller à l'école, Pauline avait été épargnée jusqu'à maintenant des cauchemars qui résultaient du genre de harcèlement que ses frères et sœurs subissaient constamment de la part des autres enfants, et aussi des journalistes qui hantaient la cour de l'école. Mais le tour de Pauline viendrait bientôt. Et celui du petit Oliva qui n'avait que dix mois. De cela, Elzire était certaine.

Elle examinait le visage maussade de Thérèse. Comment pouvait-elle expliquer à sa fille des choses qu'elle-même ne comprenait pas ? Les paroles méchantes que Thérèse avait entendues à l'école ne venaient pas de Louise, une fillette de neuf ans. Elle répétait les propos de ses parents. Propos qui venaient eux-mêmes des mensonges dont les parents se repaissaient dans les revues. Comment pourrait-elle jamais oublier la description malveillante qu'on avait faite d'elle et d'Oliva dans le numéro de *Life* où ses cinq petites filles identiques étaient si admirables ? N'y avait-il pas de lois contre de telles médisances ?

— Écoute, Thérèse. Je veux que tu comprennes.

Elle fit asseoir sa fille.

— Si tes sœurs n'habitent pas avec nous, ce n'est pas du tout – pas du tout, m'entends-tu – la faute de ton père, ni la mienne. Tu sais, les gens vont continuer à dire des choses méchantes à notre sujet, alors tu vas devoir t'y habituer. Mais qui vas-tu croire, eux ou nous ?

Thérèse la regardait, désireuse de la croire.

— Fais comme ton frère, dit Elzire avec une pointe d'optimisme. Il ne s'occupe pas de ce que les gens disent ou il leur répond de se mêler de leurs propres affaires.

— Il a fait ça hier et ça a tourné en bagarre, rapporta Thérèse.

Ses yeux écarquillés montraient bien qu'elle n'avait pas

l'intention d'aller jusque-là elle-même.

— Oh! je ne voudrais pas que ça t'arrive, admit Elzire.

Elle s'amusait dans son for intérieur. Ernest ressemblait bien à son père. Toujours prêt à se battre.

— Tu pourrais en parler à ton institutrice, suggéra-t-elle.

Elle n'était pas certaine que c'était un bon conseil, car les adultes étaient souvent encore pires que les enfants.

— Mais je ne veux plus que tu regardes ces revues ridicules. Tes sœurs sont des vraies personnes. Tu n'as pas besoin de les voir en images.

Malheureusement oui, pensa Oliva, qui écoutait de l'autre côté de la porte, aux aguets dans le noir. Ses six enfants à la maison ne connaîtraient de leurs sœurs quintuplées que ce qu'ils verraient et liraient dans les journaux et les revues. Les rares visites trop courtes accordées par Dafoe leur laissaient seulement le souvenir imprécis de cinq merveilleuses petites filles un peu spéciales qui leur étaient vaguement apparentées. Par contre, le nom Dionne s'étalait sur cinq colonnes à la une dans les grands articles illustrés sur les quintuplées. C'était plus facile de faire le lien. Ça créait des rapports plus agréables et beaucoup plus réguliers que les salutations embarrassées « Bonjour, Yvonne » et « Salut, Thérèse » qui caractérisaient leurs visites irrégulières.

Quand Oliva vit qu'Elzire se relevait, il retourna dans leur chambre sur la pointe des pieds et se recoucha, faisant semblant de dormir quand elle revint quelques minutes plus tard. Il resta étendu pendant une demi-heure, le regard fixé au plafond, à penser à sa famille divisée. Il éprouvait ce même sentiment d'impuissance toutes les nuits depuis trois ans. Il pensa à réciter une prière, mais il en avait assez de prier et d'espérer un miracle. Et il ne croyait plus aux innombrables promesses qu'on lui rendrait ses filles un jour, faites par le gouvernement, l'Église, les journalistes, la poignée d'avocats qui lui laissaient leurs cartes, les quelques partisans lointains et anonymes qui lui écrivaient. Il devait cesser de se faire des illusions. Les choses ne changeraient pas d'elles-mêmes.

Il se pencha du côté d'Elzire. Elle dormait. Il se leva et

retourna à la fenêtre. En face, rien n'avait changé. Il se laissa dériver de nouveau vers la chambre des quintuplées et vit que rien n'avait changé là non plus. Et il se dit que rien ne changerait jamais s'il ne prenait pas les choses en main.

Arrivé à North Bay, Oliva s'arrêta devant un petit immeuble de trois étages en bardeaux. Il regarda avec curiosité l'adresse inscrite sur la porte délabrée et s'assura que c'était bien celle qu'il avait griffonnée à l'endos d'une enveloppe : « 31, avenue Worthington ». C'était bien là. Ça ne ressemblait pas à l'image qu'il se faisait du bureau d'un avocat en vue. Mais il avait appris depuis trois ans, souvent à ses dépens, à ne pas se fier aux apparences.

Personne ne reconnut Oliva Dionne dans l'homme assis au volant de sa Chevrolet de l'année 1936. Ce n'était pas possible. En effet, détracteurs et caricaturistes représentaient toujours *Papa Dionne* comme un fermier stupide qui n'aimait rien tant que se trimbaler partout en ville dans une vieille guimbarde rouillée. Et l'homme à l'apparence soignée, vêtu d'une chemise blanche bien repassée et d'un veston brun, au volant de cette voiture bien ordinaire ne correspondait pas du tout à cette image.

Mais lorsqu'il descendit et s'engagea sur le trottoir, un piéton le reconnut d'après les photos parues dans les journaux. Puis un autre qui donna un coup de coude à la personne qui l'accompagnait. D'autres le dévisagèrent, puis de plus en plus de gens s'arrêtèrent pour lui jeter des regards curieux.

Oliva entra dans l'immeuble en regardant droit devant lui. Il avait maintenant l'habitude des regards condescendants des hommes et des coups d'œil concupiscents des femmes. Pour les gens, il était à la fois un père qui avait abandonné ses enfants et un homme qui avait assez de virilité pour faire cinq bébés d'un seul coup. Ces stigmates le marquaient chaque fois qu'il se montrait en public. Seuls les enfants, s'ils n'étaient pas accompagnés par leurs parents, l'ignoraient.

Il grimpa les escaliers et suivit un corridor étroit jusqu'à une porte marquée de l'inscription *Martin Poulin, avocat et conseiller juridique.* Il hésita avant d'entrer, se demandant encore s'il avait pris la bonne décision.

C'étaient des membres de l'Association canadienne-française d'éducation de l'Ontario qui lui avaient donné le nom de Poulin. Ils lui avaient écrit quelques mois plus tôt pour lui exprimer leur inquiétude face à l'absence d'un environnement culturel français autour des quintuplées dans un hôpital tenu par des infirmières et des administrateurs anglophones. C'était une des rares lettres vraiment sympathiques qu'ils aient reçues, Elzire et lui. Il leur avait donc répondu pour les remercier de leur intérêt et leur demander de lui recommander un bon avocat pour l'aider à recouvrer la garde de ses filles. Il avait inclus dans sa lettre les noms de tous les avocats qui lui avaient déjà proposé leurs services depuis la naissance des enfants. C'était pour lui une façon de leur dire avec qui il ne voulait pas faire affaire. S'il ne leur avait pas fourni cette liste, et qu'ils lui avaient recommandé un des bandits qu'il avait déjà rencontrés, il aurait vraiment pensé que plus personne ne pouvait l'aider. Pour lui, quiconque débarquait chez vous et déposait une carte avec quelque chose comme : « Je peux t'aider, mon bon ami, mais je veux du cash », ne valait pas mieux que les gens qui quêtaient dans la rue et, des mendiants, il y en avait déjà trop.

Dans sa réponse, l'Association lui avait suggéré des noms. Poulin, qui venait de gagner un procès pour eux devant le Conseil de l'éducation du comté de Nipissing, était en tête de liste.

Oliva avait décidé de téléphoner à Poulin, mais sans en parler à Elzire. Pas avant d'être sûr que l'avocat puisse les aider. Il se rappelait qu'ayant évoqué une fois la possibilité d'intenter un procès, elle l'avait convaincu de n'en rien faire. Elle disait que, si les lois du pays et le pouvoir de la presse leur avaient arraché leurs bébés, elle ne voyait pas comment ils auraient pu faire encore confiance aux avocats ou aux journalistes. Oliva partageait son point de vue, mais il savait aussi qu'ils avaient besoin d'aide.

Au téléphone, Poulin avait semblé à la fois enthousiaste et bien documenté sur l'affaire. Il lui avait dit qu'il avait hâte de le rencontrer. Oliva était toujours indécis lorsqu'il ouvrit la porte du cabinet de l'avocat. Après tout ce qu'Elzire et lui avaient enduré, il avait de la difficulté à faire confiance à quelqu'un. Surtout quelqu'un qui s'excitait à la seule mention du nom de *Dionne*.

À l'entrée d'Oliva, la secrétaire de Poulin bondit de sa chaise.

— Monsieur Dionne!

Comme les gens dans la rue plus tôt, elle l'avait immédiatement reconnu. Et, même si Poulin l'avait prévenue depuis plusieurs jours de la venue du célèbre père, elle avait été très excitée toute la journée. On avait écrit et diffusé tant de choses contradictoires à son sujet qu'elle ne savait pas à quoi s'attendre. Sur les photos, il avait toujours l'air de mauvaise humeur. Et il était là, le père des quintuplées, en chair et en os. L'air plutôt ordinaire, pensa-t-elle en lui proposant d'accrocher sa veste à la patère. Mais probablement excitant, se dit-elle en le regardant au-dessous de la ceinture pendant qu'il déboutonnait sa veste qu'il décida finalement de garder.

— J'ai rendez-vous avec maître Poulin.

— Oui, il vous attend, dit-elle nerveusement. Si vous voulez bien me suivre.

Elle ouvrit la porte du bureau.

— M. Dionne est là, annonça-t-elle fièrement en le faisant entrer.

Poulin se leva et contourna l'imposant bureau en bois qui occupait presque toute la petite pièce.

— Monsieur Dionne, dit-il chaleureusement en lui tendant la main. Je suis heureux de faire enfin votre connaissance.

Ils se serrèrent la main.

— Maître Poulin?

D'après leurs conversations téléphoniques, Oliva s'attendait à voir quelqu'un de plus âgé. Poulin semblait être dans la jeune trentaine, peut-être même un peu plus jeune que lui.

— Voulez-vous du thé ? demanda la secrétaire pendant que les deux hommes se jaugeaient.

— Je veux bien, merci.

— Oui, bien sûr, ajouta Poulin.

Il attendit qu'elle soit sortie et qu'elle ait refermé la porte pour continuer.

— Je vous en prie, asseyez-vous.

Il lui indiqua une chaise.

Oliva regarda le bureau encombré. Le dessus disparaissait presque sous un amoncellement de dossiers pleins à craquer, de lettres ouvertes et de blocs-notes déjà utilisés.

— Est-ce que tout cela concerne mon affaire ? demanda-t-il.

— Non, non, bien sûr que non, dit Poulin en remettant un peu d'ordre avant de s'asseoir. Je vous prie d'excuser ce fouillis.

— Ce ne serait pas impossible, vous savez, fit remarquer sèchement Oliva.

— En effet.

L'avocat était pleinement conscient de la complexité de l'affaire.

Il avait été surpris quand Oliva lui avait téléphoné, mais il avait sauté sur l'occasion. Le contrôle sévère que le gouvernement exerçait sur les célèbres bébés Dionne l'intriguait et le choquait tout à la fois. Plaider contre le gouvernement dans une cause que le monde entier observerait, c'était une occasion qu'on ne pouvait pas manquer.

De l'autre côté de la porte, la secrétaire se passa la main dans les cheveux et ajusta sa blouse. Elle prit ensuite le plateau sur lequel il y avait deux tasses de thé et l'apporta. Elle posa une tasse devant chacun, aux petits soins pour Oliva. Elle prit le temps de lui sourire et faillit renverser la tasse. Elle se redressa rapidement et sortit de la pièce en coup de vent, le visage cramoisi.

— Qu'est-ce qu'elle a ?

Poulin gloussa.

— Voyez-vous, je n'ai pas l'habitude de faire affaire avec

des clients... aussi célèbres.

— Je ne suis pas encore votre client, lui rappela Oliva, content d'avoir l'occasion de le souligner.

— Non, bien sûr.

Poulin adopta un ton plus professionnel.

— Mais depuis que vous m'avez téléphoné, monsieur Dionne, j'ai étudié certaines des possibilités qui s'offrent à vous. Je suis maintenant convaincu que je peux faire en sorte qu'on vous rende vos filles, mais je ne peux pas vous dire quand.

Oliva eut l'air irrité.

— Je vois bien que ce sont des choses que vous ne voulez pas entendre.

— Non, je ne veux pas.

— Vous pensez probablement que votre cause repose sur les droits inaliénables de la famille, suggéra Poulin, mais quand on a affaire au gouvernement, il y a beaucoup d'autres facteurs à considérer.

— Et voilà! c'est reparti.

Oliva hocha la tête à la seule idée des problèmes à venir et se leva à moitié.

— Attendez, monsieur Dionne! Je sais comment vous vous sentez, mais, je vous en prie, prenez le temps de m'écouter.

Oliva hésita, puis se rassit en se résignant à entendre encore des choses qu'il savait déjà.

— D'accord, allez-y.

— Bon. Une première question. Y a-t-il quelque motif médical qui justifie qu'on garde vos filles à l'hôpital?

— Il n'y en a jamais eu, se rappela à regrets Oliva.

— C'est un point important, monsieur Dionne. Je dois savoir.

— C'est clair comme de l'eau de roche : non!

— Vous êtes certain?

Oliva s'avança sur le bout de sa chaise.

— Écoutez, maître Poulin. C'est Dafoe qui a inventé toute cette histoire voulant qu'elles soient toujours malades. Ça lui a permis de tenir tout le monde à l'écart. Et il continue. On dirait que personne ne s'en rend compte.

Poulin voulut montrer clairement qu'il prenait le parti d'Oliva.

— Parce qu'on ne le veut pas. Personne n'aime reconnaître ses propres erreurs. Pas moi en tout cas. Accepter de voir Dafoe sous un mauvais jour serait reconnaître qu'on s'est trompé. Voyez par exemple l'image que Hollywood lui a fabriquée dans *The Country Doctor*. Un vrai sauveur de l'humanité. Et le monde ne veut pas le voir autrement.

— Tout ça ne me donne pas grand-chose, n'est-ce pas ?

— Non, bien sûr, mais si je vous pose toutes ces questions, ce n'est pas parce que je doute de votre parole. Je dois cependant avoir une vue complète de la situation avant d'élaborer un plan d'action.

Oliva s'appuya au dossier de sa chaise, prêt à patienter encore un peu.

— Nous pourrions d'abord contester la loi de tutelle en invoquant le fait que les petites n'ont plus besoin de surveillance médicale particulière. Si on arrive à prouver que cette loi a été adoptée surtout pour protéger leur santé, on pourrait peut-être la faire abroger.

Oliva acquiesça.

— On ne peut pas revenir sur le passé, mais on peut au moins orienter le cours des événements à partir de maintenant.

Oliva trouvait ce raisonnement bien logique.

— Et ça prendrait combien de temps ?

— Plusieurs mois au... Poulin hésita.

L'homme assis en face de lui s'était déjà fait conter trop d'histoires. Il avait maintenant droit à la vérité, même s'il fallait lui présenter le pire scénario possible.

— Je dois vous dire honnêtement que le gouvernement pourrait retarder les procédures pendant des années s'il le voulait.

— Des années ? demanda Oliva bouleversé. Mais ça fait déjà trois ans.

— Je sais.

— Nous sommes comme deux familles séparées, maître

Poulin. Avez-vous une idée de ce que ça veut dire?

L'avocat se retint d'exprimer machinalement sa sympathie.

— Mes autres enfants ne connaissent même pas leurs propres sœurs. On n'a jamais permis à mes enfants de jouer tous ensemble. Pas une seule fois.

Poulin fut incapable de se retenir plus longtemps.

— Je comprends, mais...

— Je ne pense pas que vous compreniez vraiment, l'interrompit Oliva. Lors de ses visites à l'hôpital, ma femme est considérée comme une étrangère. Dafoe et ses infirmières se comportent comme s'ils lui faisaient une faveur en lui accordant une petite place dans leur horaire. Avez-vous entendu parler de l'horaire?

Poulin hocha à peine la tête.

Oliva était blanc de rage.

— La journée de mes filles est planifiée à la minute près. Jeu libre, activité dirigée, déjeuner, souper, repos, prière, coucher... elles ne peuvent même pas aller aux toilettes si ce n'est pas prévu à l'horaire. Pour les voir pendant cinq minutes, leur propre mère doit les attraper au vol entre les périodes d'observation de Blatz et leurs représentations. Et vous osez venir me dire que nous devrons attendre encore des années?

Poulin ne savait que répondre.

— Je vais faire mon possible, monsieur Dionne, dit-il tout en sachant que ce n'était pas suffisant. C'est tout ce que je peux vous promettre, ajouta-t-il, conscient que le père déchu, assis en face de lui, ne voulait plus entendre de promesses. Je pourrais bien vous dire que vous les retrouverez dans trois mois, ou six, mais ce serait vendre la peau de l'ours avant de l'avoir tué.

Oliva se taisait. Il fixait des yeux le mur derrière Poulin, mal à l'aise d'avoir perdu son calme devant un parfait étranger.

— Je ne peux rien vous promettre vraiment. Nous n'avons pas affaire seulement à un tribunal de première instance. Nous devrons nous battre contre le gouvernement lui-même.

Il pensa aux prochaines élections.

— Et ce gouvernement sera probablement dirigé par

Hepburn pendant quatre ans encore.

Oliva se pencha vers l'avant, de nouveau prêt à se lever pour partir.

— Attendez. Vous pouvez faire des choses entre-temps pour exercer un certain contrôle sur la situation.

Oliva se levait.

— J'ai cru comprendre que vous n'assistiez pas aux réunions du Conseil de tutelle.

— Non, répondit-il en se tournant vers la porte. Et je n'ai pas l'intention de le faire.

— Je vous inciterais fortement à y penser.

— Non.

Oliva était déjà à la porte, la main sur la poignée.

— Attendez, monsieur Dionne. Ça pourrait servir.

— Comment ça?

Il ouvrit la porte et se retourna vers Poulin.

— Si j'assiste aux réunions, on dira que je reconnais le bien-fondé de l'existence du conseil. Et ce n'est pas vrai, ça ne l'a jamais été et ça ne le sera jamais.

— Je vous en prie, laissez-moi terminer, demanda Poulin. Vous pouvez tirer profit de ces réunions. Allez-y. Ergotez sur le moindre point à l'ordre du jour. Cassez-leur les pieds. Vous êtes un des membres du conseil et vous avez droit de parole autant que tous les autres. Critiquez les infirmières, l'horaire, la façon d'élever les petites. Soyez un parfait emmerdeur.

— Et vous pensez que ça va me ramener mes filles? Vous rêvez en couleurs!

L'attitude d'Oliva commençait à exaspérer Poulin.

— Écoutez, monsieur Dionne, si vous voulez qu'on vous rende vos enfants, il vous faudra utiliser toutes les armes à votre disposition. Même si on essaie de s'en convaincre, on ne peut pas dire qu'il s'agit d'une affaire simple.

— Je trouve que c'est très simple, moi. Ce sont mes filles. Je suis leur père. Ma femme est leur mère. Qu'y a-t-il de plus simple? Si vous ne comprenez pas cela, je pense que nous perdons tous les deux notre temps.

Il se dirigea vers la réception.

Poulin se leva. Il comprenait le raisonnement d'Oliva, mais il avait de la difficulté à supporter son obstination dans une affaire où la logique avait toujours été absente.

— Allez-y, monsieur Dionne, lui cria-t-il. Allez-y. Si vous pensez que vous pouvez reprendre vos filles sans aide, tant mieux pour vous.

— Je peux faire au moins aussi bien que vous, dit fièrement Oliva – il passa à côté du bureau de la secrétaire. Merci pour le thé.

— Parfait, dit Poulin en contournant son bureau. C'est ça, allez-y – c'est lui qui était en colère maintenant. – Mais vous savez aussi bien que moi que vous n'y arriverez pas. Pas tout seul.

Oliva s'arrêta sans se retourner.

La secrétaire ne leva pas les yeux, mais elle se mit à dactylographier au rythme animé du dialogue.

— Bien sûr, vous n'avez pas besoin de moi. N'importe quel avocat crétin qui connaît les règles ferait l'affaire, mais vous allez devoir suivre les règles. Parce que ce que vous voulez, c'est obtenir juridiquement une relève de garde. Et pour cela, il va falloir vous battre contre ce gouvernement.

Il regardait Oliva, sur le pas de la porte qu'il avait passée à peine vingt minutes plus tôt. Il n'y avait pas d'autres solutions pour lui ailleurs, Poulin le savait.

— Et vous en êtes bien conscient, continua Poulin. Sinon, vous n'hésiteriez pas à faire irruption dans cette maudite prison et à kidnapper les petites sans vous préoccuper de vous faire jeter dehors par cinq gardiens et une demi-douzaine d'hommes de Mitch.

Oliva frémit au souvenir des deux agents de la police provinciale apparus sur le seuil de sa maison il y avait bien longtemps, soi-disant pour protéger sa propriété et sa famille.

— Allez-y !

Silence absolu. Même la secrétaire ne savait plus où elle en était et avait cessé de taper.

Poulin retourna dans son bureau. Il entendit la porte se refermer derrière lui. En s'asseyant, il vit qu'Oliva n'était pas parti et qu'il se tenait près de la porte, l'air désespéré.

— Tout ce que je veux, c'est reprendre mes enfants.

— Je suis conscient de votre frustration, monsieur Dionne. Autant qu'il est possible à quelqu'un d'autre que vous et votre femme sans doute. Mais ça va prendre du temps et il faudra que vous l'acceptiez.

Oliva ne le pouvait pas. Ça lui aurait donné l'impression d'abandonner, ce qu'il n'était pas prêt à faire. Pas encore. Il se rassit quand même et resta longtemps dans le bureau de Poulin. Il lui raconta ce que lui et Elzire s'étaient déjà dit des centaines de fois. Poulin l'interrompait parfois pour soulever un point de droit. Plus d'une fois, Oliva se leva pour partir. Poulin lui disait alors de ne pas se gêner. À un moment de leur entretien, Poulin lui-même, exaspéré par la résistance d'Oliva à considérer de nouveaux points de vue, se leva pour mettre fin à la rencontre. C'est le père qui lui demanda alors de rester. Et même si Oliva n'aimait pas entendre les vérités que Poulin lui disait, il commençait à apprécier la franche détermination de l'avocat. Bien qu'il n'ait pas entièrement confiance en Poulin et en ses tactiques, il acceptait au moins de l'écouter.

Il était huit heures passées quand Oliva, revenant du bureau de Poulin, traversa Quintland, en route pour la maison. On était au début du mois d'août, en pleine saison touristique, et même si la galerie d'observation était fermée depuis plusieurs heures les terrains grouillaient encore de monde dans la nuit chaude. Les gens se promenaient après le spectacle sur cet hectare de terre agricole aride. Ils circulaient parmi les nombreux stands de rafraîchissements et de souvenirs qui, pour augmenter leur chiffre d'affaires, restaient ouverts tard le soir.

Une fois de plus, personne ne remarqua l'homme bien ordinaire qui passait dans une modeste Chevrolet. Si quelqu'un l'avait vu, il aurait sans doute pensé que c'était tout simplement un autre touriste qui voulait tâter de Quintland la nuit. Mais quelqu'un qui aurait vraiment voulu apercevoir un membre de la famille Dionne rentrant à la maison aurait essayé de découvrir un vieux camion bringuebalant dévalant la colline en cahotant.

Oliva entra sur son terrain et descendit de la voiture. Un couple de piétons le remarqua et quelques autres personnes se rassemblèrent bientôt. Et on commença à l'observer. Tout comme devant le bureau de Poulin plus tôt cette semaine, mais d'une façon encore plus attentive, en poussant de profonds soupirs et en lançant même quelques huées.

Pour se dérober aux regards curieux et perçants, Oliva referma rapidement la barrière, remonta l'allée à la course et gravit à toute vitesse les marches de la galerie. Il jeta un coup d'œil à une fenêtre du premier étage, puis à celle de la chambre des garçons au rez-de-chaussée. Les lumières étaient éteintes. Il ouvrit la porte avec sa clé et entra dans la maison sans se retourner une seule fois vers l'attroupement qu'il avait provoqué simplement parce qu'il était papa Dionne.

En entrant, il s'imaginait trouver Elzire devant le poêle, le menaçant, pour un quatrième soir d'affilée, de ne pas lui servir à souper. Et, même s'il lui disait qu'il lui avait téléphoné, elle lui rappellerait qu'elle ne répondait jamais au téléphone quand il n'était pas là. Elle craignait toujours qu'un autre journaliste fouineur ait réussi à convaincre la téléphoniste de lui passer la communication. Il y avait maintenant plus d'un an que les fils électriques et téléphoniques se rendaient jusque chez eux, mais Elzire ne s'était pas encore habituée à utiliser cet appareil. Elle se méfiait même de la boîte brune sur le mur. Le harcèlement téléphonique ne dérangeait pas autant Oliva. Ça lui permettait de faire baisser un peu l'agressivité qu'il ressentait toujours intérieurement.

Elzire n'était pas dans la cuisine. Ni dans la cuisine d'été. Peut-être était-elle à l'étage avec le petit Oliva.

— Elzire, appela-t-il tout bas.

Il s'engagea sans bruit dans l'escalier pour ne pas réveiller les autres enfants.

— Je suis dehors.

La voix venait des fenêtres grillagées de la cuisine d'été. En se guidant au son, il se dirigea vers la porte arrière et descendit les marches pour trouver Elzire assise dans le noir avec son père. Il distingua d'abord à peine leurs silhouettes, mais ses yeux s'habituant à l'obscurité, il put voir bientôt leurs visages et leurs regards attentifs.

— Où étais-tu? demanda Elzire. Ne compte pas sur moi pour remettre le souper sur le feu.

Oliva fit comme s'il n'avait pas entendu. Il regarda le banc où son père était assis de l'autre côté de l'escalier.

— Bonjour, papa.

Il prit un grand bol d'air pur comme tous les soirs après le départ des voitures qui remplissaient le terrain de stationnement voisin de leur ferme. Il se pencha ensuite pour embrasser Elzire.

Elle se déroba, feignant d'être plus fâchée qu'elle ne l'était en réalité.

— Tu pourras toujours te préparer ton propre souper, dit-elle en faisant la moue.

— Ça va.

Il faillit basculer en s'asseyant sur un tabouret en face de la berceuse d'Elzire.

— Houp là! souffla-t-il en se retenant. Il faudrait bien que je répare ça un de ces jours.

Il se releva pour rajuster le pied branlant et ses yeux rencontrèrent ceux d'Elzire. Elle semblait très inquiète. Il chercha du regard l'appui de son père.

— Si tu étais plus souvent à la maison, tu pourrais t'occuper de tes affaires, répondit simplement son père.

Oliva regarda au loin vers la grange.

— Tu sais, Oliva, je me demande où tu as la tête ces jours-ci. Tu pars de la maison pendant des heures sans donner de nouvelles à ta femme. Tu pourrais au moins téléphoner.

— J'ai téléphoné, dit-il sur la défensive et il se rassit.

Elzire se leva.

— Je vais préparer ton souper.

— Attends, Elzire. Plus tard.

— Quand? demanda-t-elle en se dirigeant vers la maison. Demain, peut-être? Parle un peu avec ton père. Il va peut-être réussir à te mettre du plomb dans la cervelle.

La porte grillagée claqua derrière elle.

Oliva se tourna vers son père qui lui jetait des regards soupçonneux.

— Comment allez-vous, papa? lui demanda-t-il enfin.

— T'occupe pas de ma santé!

Il alla s'asseoir dans le fauteuil qu'Elzire venait de quitter et qui se balançait encore.

— Oliva, dis-moi ce qu'il se passe. Tu rends ta femme folle avec tous ces secrets. Ne trouves-tu pas que vous avez assez de problèmes?

— Papa, on ne peut tout simplement plus accepter que les choses soient comme elle sont. Pas moi, en tout cas.

— Mais qu'est-ce que tu peux faire?

La propre frustration d'Olivier était perceptible dans sa voix.

— Tu ne peux pas changer le monde, ajouta-t-il, penché en avant pour arrêter le balancement du fauteuil.

— Le monde, peut-être pas, mais notre situation, oui.

— Penses-tu vraiment?

Olivier, lui, pensait que personne ne pourrait mettre un terme à la tragédie qui faisait maintenant partie de leur vie.

— Si tu avais seulement confiance en Dieu, nous pourrions...

— Dieu! J'en ai par-dessus la tête d'entendre parler de Dieu.

Il se leva d'un bond et se mit à faire les cent pas.

— L'Église nous a vraiment aidés à reprendre nos enfants, n'est-ce pas? Où diable ont-ils envoyé le père Routhier quand nous avions besoin de lui? En Alaska?

En entendant sa voix, Elzire sortit en courant de la

maison.

— Oliva, tu vas réveiller les enfants. Et arrête de parler de l'Église comme ça !

— C'est de ma faute, s'excusa Olivier.

— Je ne veux pas savoir à qui la faute. Ça me choque quand Oliva parle comme ça.

— Elzire – Oliva lui saisit la main pour l'empêcher de retourner dans la cuisine. Viens t'asseoir, j'ai quelque chose à te dire.

En voyant son regard, elle comprit qu'il s'agissait de quelque chose qu'elle n'aimerait pas entendre.

— Je dois te servir ton souper, dit-elle en essayant de se dégager.

Il la retint.

— Laisse-moi au moins retirer la marmite du feu.

Il libéra sa main et la regarda entrer de nouveau dans la maison.

Elle ôta la marmite du poêle et la déposa sur le réchaud. Elle retira ensuite son tablier, l'accrocha soigneusement et ressortit. Elle prit quelques profondes inspirations pour se donner du courage et s'assit sur le banc où Olivier se trouvait plus tôt. Elle voulait se tenir le plus loin possible d'Oliva et des nouvelles qu'il voulait lui apprendre.

— Elzire, je vais devoir faire quelque chose qui va te déplaire.

— Oliva...

— Je pense que je devrais partir, dit Olivier en se levant.

— Je vous en prie, papa. Restez. Vous allez en entendre parler, de toute façon. Autant maintenant que plus tard.

— J'ai l'impression que c'est un peu trop grave à mon goût, dit Olivier en se rasseyant.

— Tu me rends folle d'inquiétude, Oliva, se plaignit Elzire. T'en rends-tu compte ?

— Ça fait quatre soirs de suite que tu rentres tard, ajouta Olivier. Et tu viens maintenant nous dire que tu te prépares à faire quelque chose que nous n'aimerons pas. Qu'est-ce que tu mijotes ? Veux-tu mettre le feu à la maison du docteur Dafoe ?

Oliva fit mine d'examiner cette possibilité.

— Hum ! Savez-vous que ça ne serait peut-être pas une mauvaise idée ?

Il redevint sérieux devant l'air sévère de son père. Olivier voulait évidemment des réponses réfléchies de son fils.

— Sans plaisanter, papa, je prépare un plan pour reprendre les filles. Mais vous n'apprécierez pas ce que je vais devoir faire. Les gens vont encore jaser. Comme pour l'affaire de Chicago.

— Non, Oliva, supplia Elzire. Les gens jasent déjà bien assez comme ça.

— Je m'en fiche, déclara-t-il. Ça ne peut plus durer. Pense à la façon dont on traite les enfants à l'école. Et à la façon dont on te traite quand tu vas voir les petites.

— Je me moque de la façon dont on me traite, Oliva.

— Voyons donc !

— Vraiment. Ça ne me dérange pas autant que tu crois. Du moment que je peux voir les filles, c'est tout ce qui compte. Je ne peux rien faire pour changer la situation, pas plus que toi. Mais je ne veux pas que ça m'empêche d'aller voir mes enfants.

— Non ?

Il était irrité qu'on lui laisse entendre pour la deuxième fois ce soir-là qu'il ne pourrait rien changer.

— Et si jamais ils modifient cette loi stupide et décrètent que tu ne peux plus les voir ?

— Ils n'oseraient pas faire ça.

Elle haussa les épaules tant cette idée lui semblait ridicule.

— Ils le pourraient, tu sais, lui affirma Oliva. Très facilement. Il suffirait d'amender la loi de tutelle, et c'est tout. Pas de visites des parents – il fit claquer ses doigts. Juste comme ça.

— Arrête ! lui ordonna Olivier. Ça suffit ces fadaises à propos des visites aux petites ! Bonté divine ! Oliva. C'est tout ce que tu as trouvé en vagabondant tard le soir. Je savais bien que tu ne faisais rien de bon.

— Papa, j'essaie juste d'être réaliste. Je ne veux pas attendre que les filles aient dix-huit ans pour les reprendre. Elles ne sauront même plus qui nous sommes à ce moment-là.

— Au moins, elles vous connaissent actuellement, vous, dit tristement Olivier. Mais elles ne reconnaissent même pas leur pépère d'une visite à l'autre.

— Je veux simplement vous informer de la suite des événements.

— Alors, demanda Olivier, dis-nous ce que tu prépares.

— Il va nous falloir de l'argent si nous voulons reprendre les filles.

— De l'argent ?

Elzire répéta avec dégoût ce mot auquel elle accordait si peu d'importance auparavant.

— Oui, de l'argent, insista Oliva, et beaucoup d'argent.

— Je suis certain qu'avec tous tes petits boulots et ce que tu reçois du conseil, tu en as assez, intervint Olivier. Pour join- dre les deux bouts en tout cas.

— Oui, mais ce n'est pas assez pour réaliser mes projets, répliqua Oliva. Je ne vous en ai pas encore parlé parce que je savais que vous n'aimeriez pas cela, mais je suis allé voir un avocat nommé Poulin.

— Poulin – Olivier était étonné. Français ?

— Oui, mais il ne le parle pas. Il a été élevé dans une famille anglaise en...

— Oliva, l'interrompit Elzire. On dirait que tu n'as pas encore compris qu'on ne peut faire confiance à personne ? Rappelle-toi tous ceux qui se sont présentés ici avec toutes sortes de belles promesses. On se rendait vite compte que c'était soit des journalistes en quête de nouvelles histoires, soit des avocats véreux qui voulaient nous soutirer de l'argent.

— Je sais bien, mais ce n'est pas pareil maintenant.

— Mais tu dis qu'il va falloir de l'argent ! insista Elzire. C'est déjà ça qui est à la source de tous nos ennuis. Où penses-tu que ton avocat veuille en venir ?

— Je sais bien. Mais tant que nous en serons conscients,

il n'y aura pas de problème.

— Je n'aime pas ça moi non plus, le prévint Olivier.

— Et vous allez aimer ça encore moins quand vous allez savoir ce que j'ai l'intention de faire.

Elzire le regarda. Ce qui semblait la troubler, c'était le pourquoi plus que le comment.

— Il le faut, Elzire. Fais-moi confiance. Tu vas constater des changements très bientôt. Juste là, en face...

— Arrête ça! cria Elzire avant de se couvrir le visage de ses mains.

Elle jeta un coup d'œil à l'autre bout de la cour en espérant ne pas avoir réveillé Ernest et Daniel qui dormaient sur deux sacs de jute près de la grange.

Olivier se leva de la berceuse.

Oliva se précipita vers Elzire.

— Qu'est-ce qui ne va pas?

— Je ne veux pas en entendre parler, lui dit-elle. Fais simplement ce que tu dois faire et ne me mêle pas à cela.

— Je vais retourner à la maison avant de m'immiscer davantage dans vos affaires.

Olivier se dirigea vers le côté de la maison.

— Viens, Oliva.

Oliva regarda son père.

— Je voudrais que vous me fassiez confiance tous les deux.

Il se retourna vers Elzire.

— Je sais ce que je fais. Tu vas voir. Les filles vont revenir à la maison en moins de temps qu'il n'en faut pour le dire.

— Ne te fais pas trop d'idées là-dessus, le prévint Olivier. Elzire a raison. Aussi longtemps qu'elle peut les voir, il vaudrait peut-être mieux éviter de nous créer à tous de nouveaux ennuis. Et dis-toi bien que, si tu réussis à les reprendre, tu vas devoir affronter d'autres problèmes. Ces petites ne connaissent presque pas leurs frères et sœurs.

— C'est la raison pour laquelle je ne veux pas attendre

plus longtemps, dit Oliva en cherchant des yeux, l'appui d'Elzire.

— J'ai confiance en toi, Oliva, lui affirma-t-elle. Mais n'amène jamais ton avocat ici ou je vais le jeter dehors de mes propres mains.

Oliva gloussa en y pensant. Même s'il savait qu'Elzire blaguait, il savait aussi qu'elle était capable de mettre sa menace à exécution. Élevée avec six frères, Elzire était devenue très tôt un garçon manqué. Elle avait joué à la balle avec eux et appris à se bagarrer. D'ailleurs, les frères d'Elzire avaient prévenu Oliva avant son mariage qu'Elzire pouvait être très violente surtout pour défendre sa famille. Ils avaient tous été bien étonnés de la voir accepter si facilement, en apparence, le démembrement de sa famille et refuser d'entreprendre des actions qui auraient pu changer le cours des choses. Il y avait même des gens à Corbeil qui prétendaient qu'elle ne s'intéressait pas suffisamment aux quintuplées pour se battre afin de les reprendre. Mais Oliva savait que ce n'était pas vrai. Elle était simplement convaincue qu'il n'y avait rien à faire.

Oliva éclata de rire en imaginant Elzire saisissant l'avocat qui était deux fois plus petit qu'elle, et le balançant sur le tas de fumier derrière la grange.

Elzire voyait qu'il pensait à quelque chose de drôle.

— À quoi penses-tu ?

Oliva écarquilla les yeux.

— Je t'en prie, Elzire. Ne lui fais pas de mal. Pas avant que nous n'ayons gagné notre cause. Je ne veux pas lui faire peur avant même qu'on se présente devant le tribunal.

— Voilà qu'on va se présenter devant le tribunal maintenant ! dit Olivier en levant les bras au ciel d'exaspération. Viens me reconduire, Oliva. Il commence à faire frisquet ici.

— Voyons donc, on est en plein cœur de l'été, lui fit remarquer Oliva.

— C'est quand même un peu frisquet, répéta son père. Si tu vois ce que je veux dire.

Il fit un clin d'œil à Elzire qui pouffa de rire comme une enfant.

Oliva comprit, les regarda tous les deux et se mit à rire avec eux. Il était soulagé que la conversation au sujet de Poulin se termine en plaisanterie, d'autant plus qu'il s'était attendu à une dispute.

Elzire, quant à elle, n'était pas contente que la discussion se soit terminée sur un ton aussi léger. C'était la première fois qu'elle entendait Oliva prononcer les mots cause et tribunal. Et le dernier plan dans lequel ils avaient été impliqués les avait conduits à Chicago où ils avaient été ridiculisés. Est-ce que ce serait différent cette fois-ci ? Probablement pas. Même si elle ne connaissait pas encore les détails de l'opération, elle savait déjà qu'elle n'aimerait pas ça.

Après le départ d'Oliva qui raccompagnait son père chez lui, elle alla tranquillement voir les garçons. Elle remonta les couvertures qu'ils avaient rejetées en s'agitant dans leur sommeil. Elle leur caressa le visage et retourna s'asseoir dans sa berceuse. Comme c'était tranquille dans la cour arrière, pensa-t-elle, même avec la rumeur en provenance de l'autre côté de la route. Avec un effort de concentration, elle pouvait faire abstraction de ces sons et profiter de la calme solitude de ce lieu, leur cour. C'était le seul endroit préservé dans le monde hostile qui les entourait. Elle se demandait bien ce qu'elle ferait si jamais elle perdait ça aussi.

10

FACE À FACE

— Fellman ! cria Bob Knight d'une voix tonitruante dès qu'il vit son journaliste vedette entrer dans la salle de rédaction.

Fellman n'avait même pas eu le temps de s'asseoir.

— Bonjour, répondit-il en se dirigeant directement vers le bureau de Knight sans enlever son veston.

Il se frotta les mains.

— Il commence à faire froid dehors.

— Je veux que tu fasses tout de suite un saut à Quintland. Il y a du nouveau.

— Du nouveau ?

On était en octobre, à la fin de la saison, et, dans quelques semaines, on fermerait le site pour l'hiver.

— Quel genre de nouveauté ? demanda-t-il en pensant qu'il l'aurait déjà su s'il y avait eu quelque chose.

Quintland, c'était son rayon.

— On dirait que les intentions de Dionne ne sont pas aussi pures que tu le pensais.

— Qu'est-ce que tu veux dire ? demanda-t-il, agacé par le petit sourire narquois de Knight.

Depuis deux mois, il suivait régulièrement le déroulement des poursuites juridiques intentées par Oliva Dionne contre Dafoe et le gouvernement. La plupart avaient échoué, plus particulièrement celles qui réclamaient la fin des représentations et l'exclusion de Dafoe du conseil. Beaucoup de gens, y compris Knight, pensaient qu'il s'agissait d'une stratégie pour mettre la main sur l'énorme fonds en fidéocommis des quintuplées. Mais Fellman trouvait depuis le début que bon nombre des requêtes de Dionne étaient sensées. En particulier celles qui concernaient l'engagement de personnel francophone à l'hôpital, l'augmentation du nombre des visites permises à la famille et l'arrêt de certaines pratiques curieuses : friser les cheveux naturellement plats des quintuplées, par exemple. Il avait essayé d'obtenir une entrevue avec Oliva à plusieurs reprises, sans succès. Ça ne l'avait pas surpris. Il savait combien les Dionne se méfiaient de tous les journalistes, même de Phyllis Griffiths, du *Telegram*, qui avait écrit un article sympathique à leur sujet au mois de mai précédent. Ce qui l'embêtait, toutefois, c'est qu'il couvrait l'histoire des quintuplées depuis presque trois ans et demi et qu'il n'avait encore jamais rencontré l'un ou l'autre de leurs parents.

— Va voir toi-même, suggéra Knight. C'est toi qui disais qu'il était le seul à ne pas exploiter les petites.

Fellman aurait aimé demander à Knight ce qu'il voulait dire, mais le sourire mystérieux de son rédacteur en chef lui fit comprendre qu'il devrait trouver la réponse tout seul. Il saisit donc les clés de la voiture que Knight balançait au bout d'un doigt, ramassa son bloc-notes sur son bureau et se dirigea vers la porte.

Il savait qu'il valait mieux ne pas prendre la grand-route de Ferguson. Il y serait coincé dans un embouteillage pendant au moins une heure. Il choisit donc un autre itinéraire qui empruntait la grand-route en direction de Mattawa, puis un petit chemin cahoteux. Celui-ci traversait ensuite Corbeil et menait à Quintland. Cette route était plus rapide même si la distance était plus longue. Très peu de touristes l'empruntaient.

En passant devant le magasin de Léo Voyer, il remarqua

qu'on y construisait une annexe. Il aperçut au loin le mât et le drapeau sur le Pavillon des sages-femmes. Il approchait. Il y avait de plus en plus de voitures stationnées en désordre des deux côtés de la route. Il se dit qu'il valait mieux ne pas aller plus loin et risquer de ne pas trouver où se garer ; il s'arrêta. S'il avait poursuivi au milieu de la cohue des gens et des voitures, il aurait encore perdu une bonne demi-heure.

Il descendit de la voiture et fit à pied les derniers cinq cents mètres. Il arrivait en pleine heure de pointe. La première représentation de la journée se terminait et les gens sortaient nombreux de la galerie d'observation. Ils passaient rapidement devant les kiosques à souvenirs qui bordaient la route et se dirigeaient vers leurs voitures dans le terrain de stationnement ou plus loin sur la route où il s'était lui-même garé. Il avançait à contre-courant et dut s'arrêter à quelques reprises pour laisser passer les gens. Il rencontra ses voisins de North Bay qui avaient amené des parents du New Jersey voir les quintuplées avant la fin de la saison. Il s'arrêta un instant pour les saluer. Un peu plus loin, il s'arrêta de nouveau, cette fois pour regarder l'ours apathique exposé dans sa cage près du kiosque à limonade.

Il n'avait encore rien vu d'inhabituel et continua sa marche sur le côté droit de la route, à l'affût. En passant devant le Pavillon des sages-femmes sur la colline, il regarda des gens qui, jumelles à la main, descendaient de l'observatoire situé sur le toit. De là on pouvait voir la galerie d'observation et les terrains de l'hôpital. D'autres, plus nombreux encore, s'engouffraient dans la petite boutique couverte d'enseignes au rez-de-chaussée. L'authentique panier dans lequel les quintuplées avaient été déposées à leur naissance y était exposé. Il avait lui-même souvent visité cette boutique. Quelle exploitation ! Mme Lebel et Mme Legros signaient des autographes, donnaient des entrevues et vendaient des souvenirs et des exemplaires de leur livre sur la naissance des quintuplées, *Administering Angels*. Elles louaient aussi des jumelles et changeaient la devise américaine à un taux avantageux. Elles semblaient avoir pensé à tout.

De l'autre côté de la route, il y avait des toilettes

publiques, d'autres kiosques à souvenirs et quelques cantines ambulantes devant le terrain de stationnement. Il se fraya un chemin à travers les gens qui mâchonnaient des hot dogs et sirotaient du soda Canada Dry. Tout le monde avait l'air heureux et plusieurs portaient des sacs remplis de souvenirs de leur pèlerinage. Dans tous les magasins de Quintland, on pouvait acheter quantité d'articles à l'effigie des quintuplées : cartes postales qu'on envoyait pour rendre ses amis jaloux, livres de contes pour les enfants, assiettes et napperons, buvards, fanions, verres, presse-papiers, horloges, etc. Les poupées représentant les quintuplées étaient les nouveaux articles les plus populaires cette saison-là. En poursuivant sa marche, Fellman vit au moins une dizaine de petites filles tout heureuses portant une boîte qui contenait les cinq poupées souriantes.

Il n'était qu'à une cinquantaine de mètres de la maison des Dionne quand il remarqua un nouveau bâtiment un peu plus loin. Il l'avait vu en construction au cours de l'été, mais n'y avait pas porté attention. De nouvelles boutiques surgissaient continuellement.

Il s'approcha pour l'examiner et s'arrêta net quand il se rendit compte que c'était ce dont Knight lui avait parlé. Il ne pouvait en croire ses yeux. L'enseigne au-dessus de la porte, bien en évidence, indiquait : *Mercerie d'Oliva Dionne*. Il cligna des yeux en espérant que c'était une illusion, mais, quand il les rouvrit, il vit une autre boutique et une autre enseigne : *Boutique de souvenirs d'Oliva Dionne*.

Sidéré, il regardait les deux magasins l'un après l'autre et la sympathie qu'il éprouvait pour Oliva Dionne s'évanouit. Du coin de l'œil, il pouvait encore voir le Pavillon des sages-femmes. La propre tante d'Elzire Dionne, se rappela-t-il. Il en conclut que tous les personnages dans l'histoire des Dionne étaient corrompus, même les membres de la famille.

Il fourra son bloc-notes dans sa poche arrière et entra dans la mercerie d'un pas nonchalant, comme s'il était un client. Flânant entre les rayons, il jouait avec les articles sur les étagères : couvertures, manteaux, écharpes, gants, chapeaux. En approchant du comptoir au fond du magasin, il aperçut Oliva. Celui-ci apposait sa signature sur une feuille de papier pour une femme qui semblait sur le point d'éclater sous le coup d'une vive émotion.

— Pourriez-vous le faire aussi pour ma tante? demanda-t-elle en s'excusant presque. Elle ne me le pardonnerait jamais si elle apprenait que je vous ai vu sans vous demander un autographe pour elle.

— Comment s'appelle-t-elle? demanda aimablement Oliva.

— Alberta.

Fellman observait la scène, complètement écœuré.

— Oh! elle va être aux anges, dit la femme en pliant soigneusement les deux bouts de papier pour les ranger dans son sac à main. Merci.

Elle sortit deux pièces de vingt-cinq cents et les posa sur le comptoir.

— Merci à vous, madame, dit Oliva en souriant. Je vous souhaite une bonne journée.

Alors que la femme quittait rapidement le magasin, Oliva aperçut près du rayon voisin Fellman qui tenait distraitement une paire de gants en laine.

— Est-ce que je peux vous être utile?

Fellman reposa les gants.

— Non merci. Je ne fais que regarder.

Il sentait le regard d'Oliva posé sur lui pendant qu'il se rapprochait.

— C'est tout un commerce que vous avez là, remarqua-t-il en faisant des yeux le tour du magasin pour s'assurer qu'il n'y avait personne d'autre.

— Les meilleurs articles en laine dans tout le nord du pays, dit fièrement Oliva en regardant le journaliste dans les yeux.

— Comment vont les affaires?

— Pas trop mal jusqu'à présent.

Il regarda Fellman d'un air méfiant.

— Cherchez-vous quelque chose en particulier ?

— Non, dit Fellman en se retournant. Non merci.

Il se dirigea vers la porte en se demandant s'il aurait dû ajouter quelque chose. Mais quoi ?

C'est Oliva qui prit la parole à sa place.

— Vous êtes un journaliste !

— Quoi ?

Il se retourna, prêt à nier.

Oliva désigna le bloc-notes qui était ressorti de la poche de Fellman pendant qu'il marchait.

— Mes clients habituels ne se promènent généralement pas avec des blocs-notes.

Fellman aurait souhaité que cette première rencontre se passe sous de meilleurs auspices. Mais il ne pouvait plus reculer.

— Je suis Mort Fellman. Je travaille au *Nugget*.

— Ah ! oui. C'est vous qui nous relancez constamment. Avez-vous pensé que j'accepterais de vous parler si vous vous présentiez en personne ?

— J'aimerais certainement vous poser quelques questions.

— Sûrement pas.

— Je crois que nos lecteurs seraient très intéressés par votre petit commerce.

— Voulez-vous que je vous jette dehors ?

Fellman recula un peu.

— J'imagine que vous allez faire de bonnes affaires.

Un jeune couple, en voyage de noces sans doute, entra en coup de vent.

— Je l'espère bien, dit Oliva en contournant le comptoir sans porter attention à l'heureux couple. Et je vous ai déjà demandé de sortir d'ici.

Les clients éventuels sentirent la tension du climat et décidèrent d'obéir à l'ordre donné par Oliva, sans se demander à qui il s'adressait.

— De quoi avez-vous peur ? demanda Fellman en reculant un peu plus.

Il entendit la porte se refermer derrière lui et il s'arrêta.

— Que les gens sachent qui vous êtes vraiment? Qu'ils découvrent ce que vous êtes en train de faire?

Oliva s'arrêta aussi.

— Et je fais quoi, d'après vous? Quelques dollars en vendant des couvertures en laine?

— À vous entendre, ça semble bien inoffensif.

— Un homme a le droit d'avoir un commerce, non?

— Bien sûr, mais la plupart des gens qui ont un commerce ne font pas de l'argent sur le dos de leurs enfants.

Oliva se mit à avancer de nouveau.

— La plupart des gens ont leurs enfants à la maison avec eux.

En reculant, Fellman heurta un étalage d'écharpes. Il se retourna pour ramasser celles qui étaient tombées.

Oliva secoua la tête et s'esclaffa.

— Vous me faites rire, vous, les journalistes. Vous ne dites pas un seul mot de tout ce qu'il se passe. Alors que tout le monde ici, et dans le monde entier, gagne de l'argent avec mes bébés. Mais quand, par malheur, j'ouvre une petite boutique, ça fait tout de suite un drame.

— Mais vous êtes leur père.

— Oh! bien sûr. Je comprends tout maintenant.

Oliva retourna derrière le comptoir. Fellman le suivit.

— Personne d'autre ne devrait le faire, mais surtout pas vous.

— Parce que je suis leur père.

— Oui. Comment pouvez-vous vous permettre de condamner les autres quand vous faites la même chose qu'eux?

— J'ai le droit de le faire moi aussi, un point c'est tout. Ce sont mes filles quand même, non?

Fellman n'en revenait pas de voir quelqu'un d'aussi vénal.

— Je m'étais sûrement trompé à votre sujet.

— Tant pis! Vous n'avez qu'à changer d'opinion.

— Quoi?

— Qu'est-ce que vous êtes venu faire ici? Vous venez écornifler pour trouver un nouveau scandale. Et vous êtes payé pour faire ça !

— La question n'est pas là.

— La question n'est pas là, se moqua Oliva. Il y a des années maintenant que mes filles vous font vivre, mais ça ne compte pas. C'est bien ça ?

Fellman n'avait jamais considéré les choses de ce point de vue et il n'était pas prêt à le faire en ce moment.

— Je ne fais que mon travail. Et je ne suis pas le père des quintuplées. Pensez-vous que vos filles apprécieraient ce que vous faites ?

— Je n'en ai aucune idée.

Il fit un geste vers l'hôpital qu'on voyait par la vitrine.

— Pourquoi n'allez-vous pas à l'hôpital pour le leur demander ?

— C'est à vous que je le demande.

— Non ! – la voix d'Oliva résonna dans tout le magasin. Allez le leur demander à elles. Allez-y. Vous avez certainement actuellement de meilleures chances que moi qu'on vous laisse entrer pour les voir.

— Vous esquivez ma question.

— Et vous ne voulez pas voir la vérité – Oliva le pointa du doigt avant de se détourner. Vous ne vous intéressez pas à ce que j'ai à dire. Vous allez publier ce qui fera votre affaire, de toute façon.

— Je ne publie que la vérité, dit Fellman en prenant la défense de sa profession avec toute l'énergie dont il était capable.

— La vérité ? ricana Oliva d'un ton méprisant. Comment pouvez-vous publier la vérité quand vous refusez de l'écouter ?

On aurait entendu une mouche voler.

— Je vais vous donner un exemple de votre genre de vérité, moi – Oliva se retourna pour faire face au journaliste. – Je vais vous donner un coup de main.

Il esquissa une manchette imaginaire dans l'espace.

— *Dionne tire profit de la détresse des quintuplées.*

Fellman le fixait toujours, sans mot dire.

— Voilà! Vous avez votre histoire. Maintenant, sortez d'ici. Il faut que je m'occupe de mon commerce.

Il tourna le dos à Fellman une fois de plus.

En sortant du magasin, Fellman s'arrêta dans l'embrasure et jeta un dernier coup d'œil. Oliva faisait de nouveau face au comptoir et replaçait des moufles en laine. Il ne leva pas les yeux cependant. Pas avant qu'une cliente entre à toute vitesse avec sa petite fille et passe en coup de vent à côté de Fellman.

— C'est lui, s'écria la femme en traînant sa fille. C'est le père des quintuplées.

Oliva fit son plus beau sourire à la femme.

Le journaliste s'en alla en se demandant ce qui le troublait le plus. Oliva et son exploitation immorale ou la femme à qui il allait vendre un autre autographe.

Fellman leva la main pour frapper à la porte, puis retint son geste. Il regarda autour de lui une fois de plus : la simple balustrade en pin, la porte grillagée déchirée par les enfants sans doute, la fenêtre à demi ouverte et son rideau de dentelle collé au grillage par la brise, les bottes en caoutchouc sur le paillasson à côté de la boîte pleine de bois d'allumage. C'était vraiment familial. Mais à cette porte, autrefois toujours grande ouverte pour accueillir sans question les visiteurs, il ne pouvait pas se décider à frapper.

Il était sur la galerie des Dionne depuis plus de dix minutes, essayant de rassembler son courage pour frapper à la porte, maintenant condamnée. Mais chaque fois qu'il approchait le poing, il ne trouvait plus les mots qu'il voulait dire et sa main se figeait. Le moindre bruit qu'il entendait derrière lui le faisait hésiter plusieurs minutes.

Il regarda sa montre, puis la galerie d'observation par-dessus son épaule. Il était huit heures passées. La galerie était fermée depuis longtemps, mais les gens continuaient de circuler. Il ne comprenait pas pourquoi ils restaient là après le spectacle, dans la nuit d'automne. Ce n'est qu'avec les premières neiges qu'ils cesseraient de venir. Dans quelques semaines, ils retourneraient tous chez eux avec leurs familles. Pour préparer le pudding de Noël, pour décorer les grands sapins qu'ils abattraient, pour rentrer de grosses bûches pour le feu et pour faire de grandes fêtes de fin d'année avec leurs enfants, entre deux batailles de boules de neige.

Les choses auraient pu se passer ainsi dans cette maison aussi. Fellman regardait l'immeuble entouré d'une clôture de l'autre côté de la route et se demandait quelles pensées habitaient les touristes. Pensaient-ils que les quintuplées restaient dans le milieu stérile de l'hôpital pendant que la neige les isolait encore davantage? Ou qu'elles allaient passer des vacances d'hiver avec le docteur Dafoe dans la ville de New York qu'il aimait tant? Ou peut-être qu'elles retournaient dans la maison de leurs parents, en face, pour passer un formidable Noël en famille, à la façon canadienne-française? Et qu'elles passaient ensuite des jours et des jours à parler à leurs frères et sœurs de tous les gens bizarres qui venaient les voir? Ou bien tous les touristes étaient-ils comme Fellman et ne pensaient-ils rien du tout?

Ces pensées ne l'aidaient pas à rassembler son courage. Non plus que les regards curieux des gens qui l'observaient en passant. Ils devaient croire qu'il était un touriste audacieux prenant son courage à deux mains pour frapper et demander un autographe. Peut-être ne se trompaient-ils pas tant que cela, se dit-il, en se rappelant toutes les fois où, au cours des trois dernières années, il avait frappé à cette même porte pour obtenir une entrevue exclusive pour son journal.

Il s'était souvent senti embarrassé par les articles qui avaient rendu son journal et bien d'autres si populaires au cours des années. On y représentait Dionne comme un fermier ignorant, prêt à vendre ses enfants pour une pièce de dix cents. Mme Dionne comme une grosse paysanne débraillée qui ne méritait pas d'avoir de si beaux bébés. Le reste de la progéniture comme des enfants trop sales pour jouer avec leurs sœurs qui étaient comme de vraies petites princesses. Et aujourd'hui, il avait commencé à croire que tout cela était peut-être vrai. Après tout, vendre des articles en laine était une chose, mais des souvenirs à l'effigie de ses propres enfants ? Et des autographes ?

Maintenant il se sentait perplexe sans trop savoir pourquoi. L'emportement d'Oliva dans le magasin ne l'avait pas impressionné outre mesure. C'était autre chose. C'était le fait d'être entré et d'avoir vu un homme ordinaire, pas une espèce d'ogre, derrière le comptoir. De toute évidence, Oliva Dionne ne ressemblait pas du tout aux descriptions parues dans son propre journal ainsi que dans d'innombrables autres journaux et revues. Il était soigné, bien vêtu – mieux que les journalistes du *Nugget* en tout cas – et s'exprimait assez bien en anglais. Et il y avait beaucoup de bon sens dans ce qu'il disait. Fellman se demandait comment il pourrait écrire un autre article ravageur sur les Dionne sans au moins essayer de distinguer le vrai du faux dans cette histoire, grâce à laquelle il avait fait carrière.

Il se dit qu'il devait foncer comme il avait appris à le faire dans sa profession. Comme un vrai journaliste. Il rassembla son courage et cogna fort à la porte.

Il n'y eut pas de réponse.

Il cogna de nouveau.

Toujours pas de réponse.

Il n'était pas vraiment surpris. Qu'aurait-il fait lui-même si sa porte avait donné sur un monde aussi hostile ? En se retournant pour partir, il entendit un faible cliquetis à sa gauche. Il eut le temps d'apercevoir une main potelée qui écartait les rideaux et une femme grassouillette au visage rond et aux cheveux courts et plats qui baissait la guillotine de la fenêtre. Juste avant que le store se referme sur le monde extérieur, il perçut de l'inquiétude sur le visage de la femme.

Il allait descendre l'escalier quand il entendit le bruit d'une porte qui s'ouvrait. En se retournant, il discerna à peine à travers le grillage le visage d'un homme occupant tout l'espace entre la lourde porte intérieure et le jambage. C'était le même visage courroucé qu'il avait vu plus tôt dans la journée. Dans la mercerie.

Fellman se rapprocha de l'entrée, mais il entendit claquer le loquet de la porte grillagée. Oliva l'avait reconnu et se préparait à refermer aussi la porte intérieure.

— Attendez, monsieur Dionne, lâcha Fellman en levant la main comme pour demander une sorte de trêve. Je vous en prie.

— Qu'est-ce que vous voulez? – Oliva tenait la porte entrouverte. Est-ce qu'il vous manque encore quelque chose pour votre article? Venez au magasin demain, et je vous dirai combien ça me rapporte. Ça devrait vous faire un bon article.

Il allait refermer la porte.

— Je voudrais seulement vous parler quelques instants.

Fellman leva les deux mains cette fois pour montrer qu'elles étaient vides.

— Je n'ai même pas mon bloc-notes.

Oliva rit d'un ton moqueur.

— Vous, les journalistes, vous avez une très bonne mémoire – son sourire narquois se transforma en grimace. Si, par exemple, je sortais et que je vous expulsais de ma propriété, je suis certain que vous vous en souviendriez assez pour écrire demain un article là-dessus, bloc-notes ou pas. Est-ce que je me trompe?

— Non, vous ne vous trompez pas, concéda Fellman, et j'espère bien que vous ne le ferez pas.

— Si vous ne partez pas tout de suite, je vais le faire, affirma Oliva. Il n'y a pas l'ombre d'un doute pour moi, ni probablement pour le gouvernement, vous êtes bel et bien sur ma propriété.

— Écoutez, monsieur Dionne, vous pouvez appeler la police ou sortir et faire ce qu'il vous plaît, mais je vous assure que je voudrais vraiment comprendre ce qu'il se passe.

— Moi aussi. Pourquoi n'allez-vous pas demander à votre bon ami le docteur Dafoe ce qu'il a fait de mes enfants pendant toutes ces années?

— Je veux dire avec ce qui est arrivé ce matin. J'ai peut-être jugé un peu vite, sans connaître tous les faits.

— Les faits! – Oliva ouvrit la porte toute grande et fit face au journaliste humilié. Depuis quand vous préoccupez-vous des faits? Toutes les choses horribles que votre journal a publiées à propos de ma femme et de moi. Vous ne nous connaissez même pas. Vous n'avez même jamais rencontré ma femme.

— Que voulez-vous que je vous dise?

Il savait bien qu'Oliva avait raison. Il avait écrit tant d'articles sur cet homme sans l'avoir jamais vraiment rencontré. Il l'avait parfois aperçu de loin ou avait vu de près son visage courroucé alors qu'il fonçait Dieu sait où. Il ne lui avait, en fait, jamais parlé jusqu'à ce jour.

— Je m'excuse – ce fut tout ce qu'il trouva à dire. J'ai l'impression de recevoir une gifle en plein visage.

Oliva ne répondit pas. Il regardait au-delà de Fellman un groupe de personnes qui les observaient et essayaient de voir ce qu'il se passait à l'intérieur de la maison.

Fellman constata que la présence de ces hôtes non désirés agaçait Oliva. L'endroit où les gens se trouvaient avait fait partie intégrante de la propriété des Dionne. Il se retourna vers Oliva et vit, derrière lui, un adolescent dégingandé qui le fixait d'un regard hostile et perçant. Une jeune fille, l'air curieux, s'était aussi approchée et tenait la main de son père.

Fellman saisit l'occasion de prouver sa bonne foi. Il s'adressa au groupe d'importuns sur la route.

— Qu'est-ce que vous regardez? leur cria-t-il avant de se retourner vers Oliva.

Il entendit derrière lui des bruits de pas qui s'éloignaient dans toutes les directions.

Oliva était maintenant seul dans l'embrasure de la porte, l'air amusé.

— Je ne peux pas vous présenter des excuses pour tout ce que le monde vous a fait, dit sincèrement Fellman. Je ne peux même pas fournir d'excuses pour ce que moi j'ai fait. Mais si vous acceptez de me parler, je suis prêt à vous écouter. C'est tout. Je ne peux pas vous assurer que je vais comprendre ou quelque chose de ce genre, mais je vais écouter. Je vous le promets.

L'air amusé d'Oliva disparut. Il redevint impassible.

Fellman avança la main pour saisir la poignée de la porte grillagée. Elle était toujours verrouillée.

— Je ne vous blâme pas de ne pas me laisser entrer, dit-il. Mais, vous savez, on perd facilement la vérité de vue. Ou l'idée qu'on s'en fait du moins.

Ils se regardèrent dans les yeux pendant ce qui parut des heures. Fellman avec espoir, Oliva avec hostilité.

Oliva entra ensuite dans la maison en laissant retomber la lourde porte.

Fellman était prêt à battre en retraite, désespéré mais soulagé tout à la fois. Il était désappointé de ne pas avoir réussi à franchir le seuil de la maison, mais il était reconnaissant du temps qui lui avait été accordé. Il boutonna sa veste et se retourna pour partir.

Au moment où il allait descendre la première marche, il entendit grincer de nouveau la porte intérieure. Par-dessus son épaule, il vit qu'elle était ouverte de quelques centimètres, juste assez pour laisser passer une main. Il entendit le cliquetis d'un loquet, puis la main disparut.

Il se dirigea de nouveau vers la porte et saisit fermement la poignée. Il la fit tourner lentement. Puis, avec plus de détermination que jamais auparavant dans sa vie, il ouvrit la porte toute grande et entra dans la maison des Dionne.

Fellman hésita avant de remonter dans sa voiture. D'un côté, il voyait la maison des Dionne qui retentissait de rires, sentait bon la tourtière et rayonnait de chaleur. De l'autre, l'hôpital Dafoe, qui brillait de gloire, empestait le désinfectant et suintait une froideur dont même le personnel se plaignait. Il se souvint que Dafoe avait minimisé l'impact du démembrement de la famille, en disant que les quintuplées vivraient juste en face de la maison de leurs parents. Il venait de comprendre ce soir-là à quel point cette distance pouvait être grande.

À minuit, il y avait peu de circulation sur la route qui menait à Quintland. Il aurait pu facilement se rendre à North

Bay en passant par Ferguson. Mais il choisit plutôt de prendre son chemin habituel qui traversait le village de Corbeil.

Ses phares éclairaient en passant les bâtisses endormies : le magasin de Voyer, l'église catholique, les fermes des deux côtés de la route. Ces maisons appartenaient à des familles qui ressemblaient aux Dionne. Il se demanda comment ces gens réagiraient si la sécurité de leur famille était menacée.

À son arrivée à North Bay, il sentit ces émotions monter de nouveau en lui en entrant dans sa propre petite maison. Que feraient-ils, Doris et lui, si le gouvernement entrait chez eux et s'emparait de leurs deux précieuses fillettes, actuellement en sécurité, bien bordées dans leur lit, dans la chambre voisine de celle de leur mère ? Que pourraient-ils faire si le monde entier se liguait contre eux ?

Il mit le réveil à sept heures puis se coucha en pensant à tout ce qu'il venait d'apprendre. Il s'assoupit à quelques reprises, mais demeura éveillé la plupart du temps, s'agitant dans son lit. Il se leva pour aller aux toilettes et il jeta un coup d'œil sur ses filles. Il fit tellement de bruit que Doris aurait normalement dû se réveiller pour écouter le récit de sa visite à Quintland. Mais elle dormait ferme, la conscience en paix. Pour elle, les Dionne n'étaient qu'un sujet d'articles parmi d'autres sur lesquels Mort travaillait. Lui, par contre, malgré ses opinions personnelles, avait laissé depuis longtemps les autres lui dicter sa façon de penser.

Comment avait-il pu se laisser influencer par les idées des autres pendant si longtemps ? Celles du monde entier qui considérait la naissance des petites non seulement comme une merveille mais aussi comme une curiosité ? Celles de son rédacteur en chef qui avait prospéré en accusant Dionne de tous les crimes imaginables ? Celles de ses amis des médias de Toronto qui, comme lui d'ailleurs, étaient toujours en rogne parce que les Dionne refusaient de leur accorder des entrevues ? Celles du gouvernement dont les opérations cupides étaient considérées comme une intervention de la Providence par presque tout le monde ? Et surtout, dès le début, celles de Dafoe qui, parce qu'il avait réussi à sauver la vie des bébés, avait été gratifié du titre de « l'homme le plus dévoué au monde ».

Il dormait depuis deux heures seulement quand le réveil sonna. Il sauta du lit, les idées claires, prêt à l'action, et s'habilla rapidement. Il se rua sur le téléphone dans l'entrée et s'éclaircit la voix en attendant que la téléphoniste lui passe la communication avec l'hôpital Dafoe. À l'infirmière qui lui répondit, il ne demanda même pas à parler à Dafoe qui, de toute façon, n'était sûrement pas encore arrivé. Il ne demanda pas non plus à parler au secrétaire de Dafoe qui ne lui accorderait sans doute pas de rendez-vous avant trois semaines. C'est que l'emploi du temps du docteur était bien rempli. Il comprenait, entre autres, une émission à Radio-Canada, une chronique qui paraissait dans plus de deux cents journaux et de fréquents séjours à New York. Il demanda simplement si le docteur serait là au cours de la journée. L'infirmière lui répondit par l'affirmative et lui demanda si Dafoe pouvait le rappeler, mais Fellman récita d'un seul souffle « Dites-lui que c'est Mort Fellman du *North Bay Nugget* qui a appelé et que je passerai vers neuf heures » et il raccrocha aussitôt. Après avoir avalé un bol de gruau et une tasse de thé, il se mit en route.

Un deuxième jour de suite, il se fraya un chemin à travers la foule dense de Quintland. Mais cette fois, il se rendit en voiture jusqu'au bout puisqu'il avait un rendez-vous à l'intérieur de l'hôpital Dafoe. En passant devant la guérite et en traversant la barrière, il se demandait à quoi pourrait bien servir sa visite, d'autant plus qu'il ne s'attendait à aucune révélation et ne pensait rien entendre de nouveau. Mais après tout, il s'était dit la même chose la veille en fonçant dans le magasin d'Oliva, prêt à l'accuser de tous les maux. Ce n'était que la veille au soir qu'il avait *entendu* quelque chose pour de vrai. Et il estimait que, pour être juste envers les autres et lui-même, il devait également écouter les propos du docteur d'une oreille nouvelle.

En suivant avec l'infirmière le morne corridor qui menait au bureau de Dafoe, il remarqua combien l'atmosphère de l'hôpital était désagréable. Il y avait déjà pensé auparavant, mais pas tout à fait de la même façon qu'en ce moment, après la description qu'Oliva lui en avait faite la veille. Tout était blanc : les murs, les planchers, la literie, la vaisselle, les uniformes pimpants des infirmières. Et cette odeur de désinfectant dans l'air. Il était pourtant entré dans l'hôpital bien souvent, mais il n'y avait toujours flairé que la promesse d'un bon article à écrire.

Quand il entra dans le bureau de Dafoe, cette même odeur l'assaillit.

— Mort, s'écria Dafoe en se levant pour accueillir le journaliste. Je suis heureux de vous voir.

Ils se serrèrent la main.

— Asseyez-vous – Dafoe se tourna vers Mme Harper. Avertissez-moi dans dix minutes, lui demanda-t-il avant de revenir à Fellman. Il y a longtemps que je ne vous ai vu, Mort. Où étiez-vous donc ?

Mme Harper sortit en fermant la porte.

— Vous semblez en pleine forme, dit Fellman.

Le docteur avait l'air radieux dans son habit bien repassé et sa chemise empesée, ornée d'un nœud papillon de madras. Fellman n'avait pas vu le docteur depuis plusieurs mois et il fut surpris de constater à quel point il était en excellente forme. Si les tentatives d'Oliva pour le discréditer, le destituer même, inquiétaient le docteur, il n'en laissait rien paraître.

— Merci de me recevoir dans de si brefs délais.

— Ne soyez pas stupide, Mort. Vous savez bien que j'ai toujours quelques minutes à vous consacrer – il se rassit. De plus, j'ai cru comprendre que vous n'aviez pas laissé tellement le choix à mon infirmière au téléphone.

Il le regarda au-dessus de ses lunettes et lui sourit.

— J'espère que je ne vous dérange pas, dit Fellman qui savait bien que non.

Les Dionne avaient raison. Dafoe et ses protégées avaient toujours du temps à consacrer aux journalistes. Il s'installa sur la chaise de cuir usé devant le bureau de Dafoe et ouvrit son bloc-notes dont il s'était passé pour la première fois depuis des années la veille au soir. Il n'en revenait pas d'avoir alors appris tant de choses sans avoir écrit un seul mot.

— Mort, je vais vous montrer ce que j'ai reçu hier.

Dafoe exhiba fièrement une grande enveloppe. Il en sortit une photographie de lui-même accompagné de Clark Gable et de Carole Lombard. Ils étaient tous trois devant l'hôpital et souriaient de leur plus beau sourire hollywoodien.

— La photo a été prise quand ils sont venus ici. David l'a fait agrandir pour me l'offrir. Ils l'ont signée. Regardez – il la lui montra. Vraiment chouette, n'est-ce pas ?

— Ça sera du plus bel effet sur votre mur, fit remarquer Fellman en levant les yeux.

Il y avait au mur une collection de photos encadrées représentant Dafoe accompagné de plusieurs de ses amis et relations célèbres : le Premier ministre Hepburn, Amélia Earhart, Sally Rand et William Randolph Hearst, l'acteur Jean Hersholt qui avait personnifié Dafoe dans *The Country Doctor*, Bette Davis, et quelques autres – des hommes d'affaires sans doute – que Fellman ne reconnaissait pas. Aucune photographie des quintuplées toutefois. Peut-être le docteur considérait-il qu'elles faisaient trop partie de la famille pour se retrouver dans une collection représentant son cercle de relations d'affaires. Il se dit que la maison de Dafoe était probablement pleine de photos du souriant quintette.

Dafoe remit soigneusement la photographie dans son enveloppe.

— En quoi puis-je vous être utile aujourd'hui, Mort ?

— Eh bien, nous allons publier un numéro spécial sur les quintuplées pour Noël. Et je prépare un article de fond sur ce que leur réserve l'avenir.

— Où est l'urgence ? demanda Dafoe, perplexe. Noël n'est que dans deux mois.

— Oui, bien sûr, mais euh !... Doris et moi amenons les filles aux chutes du Niagara la semaine prochaine et...

— Il fera pas mal froid là-bas, l'interrompit Dafoe.

Fellman se contenta de sourire.

— Comment se fait-il que vous ne soyez pas encore

rédacteur en chef de ce journal, dit Dafoe à propos de rien.

— J'y travaille.

— Je pense que vous le mériteriez.

Cette flagornerie donna la nausée à Fellman. Il se rendit compte que Dafoe était devenu aussi habile que le Premier ministre Hepburn à amadouer la presse. Il avait dû dénicher quelque chose pour remplacer l'incroyable naïveté qui avait d'abord séduit les journalistes mais dont la nouveauté s'était émoussée.

— Mort, j'espère que ça ne vous ennuie pas si on en vient au fait dès maintenant. Je dois assister à une réunion de la Commission médicale dans un quart d'heure.

— Non, bien sûr que non, dit Fellman en bon journaliste pressé d'aller au-delà du papotage. Je vais essayer d'être bref. Je voudrais seulement avoir un aperçu de ce que vous envisagez pour l'avenir.

Dafoe s'enfonça dans son fauteuil.

— Euh ! comme j'ai déjà eu l'occasion de vous le dire, je crois qu'il faut seulement s'assurer que les quintuplées seront bien préparées.

— À quitter l'hôpital ?

— À tout, généralisa Dafoe. Comment entrer en relation avec les gens, comment vivre sous l'œil du grand public. Elles reçoivent déjà beaucoup d'attention. Et ça sera pire à mesure qu'elles grandiront.

— Que voulez-vous dire ?

— Euh ! Actuellement les gens se déplacent pour les voir, mais les petites ne s'en rendent pas vraiment compte.

Fellman scruta le visage du docteur aussi discrètement que possible. Dafoe croyait-il vraiment ce qu'il disait ? N'était-il jamais allé dans la galerie d'observation ? N'avait-il jamais vu les petites coller leur nez sur le treillis métallique, écoutant attentivement le son des voix excitées et des cognements incessants sur la vitre et prenant la pose pour les visiteurs qui criaient le plus fort ?

— Voulez-vous dire que les petites considèrent la galerie

d'observation comme un simple terrain de jeu? demanda-t-il.

— Oui, j'imagine, biaisa Dafoe en se demandant si c'était bien ce qu'il avait voulu dire. Je veux surtout dire qu'elles n'ont aucune raison de se plaindre. Chacun est aux petits soins pour elles. Elles ne font que jouer toute la journée. On leur donne tout ce qu'elles veulent. Ce sont les plus belles années de leur vie.

Fellman griffonnait avec frénésie.

— Un vrai conte de fées, quoi!

— C'est bien ça, acquiesça Dafoe, et c'est une raison de plus pour les préparer à devenir des adultes.

— Que pensez-vous qu'elles feront quand elles seront plus grandes?

Fellman essayait d'imaginer ces délicates petites princesses frottant les planchers, trayant les vaches, faisant la cuisine pour une douzaine de personnes et changeant les couches d'autant de bébés. Le lot de la plupart des femmes dans de petites communautés rurales comme celle-ci.

— Euh! je pense que, à mesure qu'elles grandiront, les gens s'intéresseront plus à ce qu'elles seront qu'à ce qu'elles feront.

Les yeux pétillants, le docteur imaginait le brillant avenir qui s'annonçait à elles. Tournées mondiales, rencontres avec des rois et des présidents, présences à des banquets et à des lancements de navires, et toujours un traitement de faveur.

— Elles feront peut-être des tournées toutes ensemble, donneront des conférences, deviendront des ambassadrices de bonne entente... qui sait? Mais elles devront montrer qu'elles sont des Canadiennes conscientes de leurs responsabilités. Des citoyennes modèles. Elles devront être des leaders, insista-t-il en s'assurant que Fellman prenait bien tout en note. Vous savez bien ce que je veux dire.

— Oui, je le sais, acquiesça Fellman.

Il savait exactement ce que le docteur voulait dire. Dans le genre de vie qu'elles mèneraient, elles n'auraient qu'à demander pour recevoir.

— Vous ne pensez donc pas qu'elles voudront mener des

vies ordinaires.

— Comment le pourraient-elles ? demanda Dafoe en écartant cette possibilité. Elles ne sont pas des filles ordinaires. Elles sont *les quintuplées*. Et cela ne changera jamais.

Dafoe avait tout prévu, pensa Fellman. Personne d'autre n'aurait rien à dire. Ni les Dionne, ni même les filles elles-mêmes. Seuls Dafoe et les puissants du moment auraient voix au chapitre.

— Et leur avenir immédiat alors ?

— Euh ! dit Dafoe avec un peu d'inquiétude, la loi de tutelle est en vigueur jusqu'à ce qu'elles aient dix-huit ans, nous n'avons donc pas de souci à nous faire pour l'instant.

La remarque faite par Oliva la veille au soir voulant que Dafoe n'accepterait jamais de se départir des petites de plein gré était encore fraîche à la mémoire de Fellman.

— Allez-vous les garder à l'hôpital jusque-là ? le pressa-t-il.

— Il est trop tôt pour le dire. Nous n'avons pas encore établi de calendrier.

Il regarda Fellman dans l'attente d'une autre question, d'un autre ordre, espérait-il. Mais Fellman ne dit rien et Dafoe dut poursuivre.

— Je dirais jusqu'à ce qu'elles aient... euh ! je ne sais pas... au moins onze ou douze ans. C'est difficile à dire maintenant.

— Pas avant ça ?

— Oh ! non. Sûrement pas. Elles ne sont pas prêtes à affronter le monde extérieur.

— Les procédures juridiques intentées par Dionne pour les reprendre ne vous inquiètent pas ?

— Pas vraiment, répondit Dafoe d'un ton suffisant. Pas tant que j'ai l'appui du gouvernement. Mais attendez que je vous raconte de quoi il se plaint à présent...

Il regarda sa montre en entendant des pas de l'autre côté de la porte.

— À propos, avez-vous vu la photo du Premier ministre

en couverture du *Time* ?

— Oui. Cct homme est vraiment en train de faire son chemin.

La porte s'ouvrit alors et une ravissante jeune infirmière passa la tête dans l'embrasure.

— Docteur, les gens de chez McCormick's ont téléphoné de la station-service. Ils seront un peu en retard. Ils sont bloqués dans un embouteillage au carrefour.

Dafoe était furieux.

— Je suis en réunion, hurla-t-il à l'infirmière en se levant pour la chasser de la pièce. Ne pouviez-vous pas attendre que j'aie terminé ?

— Je m'excuse.

Elle referma aussitôt la porte.

— J'ai été un peu brusque, remarqua Dafoe.

Il ne se rassit que quand le bruit des pas de l'infirmière dans le corridor se fut éteint.

— Bon ! Où en étions-nous ?

— McCormick's ?

— Ah ! oui, oui, dit-il encore ébranlé. Ils veulent présenter une proposition à notre réunion de la Commission médicale ce matin. Voilà autre chose !

— Je vois, Fellman prit note. Quel genre de proposition ?

Il ne comprenait pas ce que les biscuits avaient à faire avec une réunion de la Commission médicale. Mais, après tout, il n'avait jamais compris ce que les machines à écrire Remington Rand avaient à faire avec les quintuplées non plus.

— Mort, je pense qu'on devrait en rester au sujet qui nous occupe, dit Dafoe, qui aurait souhaité que le journaliste cesse de prendre des notes. J'ai beaucoup de travail qui m'attend, vous savez.

— Je m'excuse – Fellman leva les yeux de son bloc-notes et vit Dafoe qui cornait les pages de son agenda, l'air préoccupé. Vous me parliez d'Oliva Dionne et de sa dernière...

— Oui, euh ! ça n'a pas d'importance. Avez-vous d'autres questions ?

— Seulement quelques-unes, dit Fellman en espérant calmer le docteur. Je me demandais si les Dionne auraient leur mot à dire sur la façon d'élever les filles à mesure qu'elles grandiront?

— Nous prenons ce qu'ils disent en considération, répondit Dafoe.

Il était redevenu aussi évasif que d'habitude, signe qu'il avait retrouvé son sang-froid.

Fellman se demandait comment lui-même et l'ensemble de la presse avaient pu laisser Dafoe s'en tirer depuis trois ans avec des paroles aussi creuses.

— Je comprends, mais quelle place leur faites-vous dans le processus de prise de décision?

— Mort, il y a beaucoup de choses qui semblent vous tracasser aujourd'hui. Pourquoi ne posez-vous pas toutes ces questions à Dionne lui-même?

Fellman se rendit compte qu'il avait peut-être laissé voir à qui allait sa sympathie et se reprit aussitôt.

— Vous savez bien que je ne lui ai jamais parlé. Vous savez comment il est.

Il alla repêcher un sourire complice qui l'avait bien servi dans le passé et Dafoe lui sourit en retour. Le climat de confiance entre eux était partiellement rétabli.

— Eh bien, Dionne est membre du Conseil de tutelle, dit le docteur selon sa réponse classique. Il a le droit de mettre des sujets à l'ordre du jour comme les autres.

— Il a donc voix au chapitre autant que vous?

— Parfaitement.

— J'ai entendu dire qu'il se plaignait toujours qu'on ne prenne pas ses suggestions en considération. Engager du personnel francophone, par exemple. Ou remplacer l'infirmière en chef. Ou favoriser un rapprochement entre les membres de la famille. Ou congédier les infirmières de Blatz. Tout cela doit aller à l'encontre de votre préoccupation de faire pour le mieux.

— Oh! oui, en effet! – le ton irrité de Dafoe montrait bien à quel point Dionne était devenu pour lui un emmerdeur patenté. Heureusement que j'ai le dernier mot. Je dois prendre en considération le bien de ces petites.

Fellman ne pouvait pas laisser passer cette occasion.

— Ne pensez-vous pas que leur père a aussi leur intérêt à cœur?

— Oui sans doute, admit Dafoe, mais avec son esprit simple. Il est difficile pour les Dionne de comprendre ce que nous tentons de faire. Ils considèrent les quintuplées comme leurs autres enfants.

— Quel mal y a-t-il à cela?

— Les quintuplées ne vivront pas la vie des gens ordinaires. On ne peut donc pas les élever comme tous les autres enfants. Elles-mêmes savent déjà qu'elles sont différentes. Il n'y a que les Dionne qui ne s'en rendent pas compte.

— Entre nous, que se passerait-il selon vous si les quintuplées allaient vivre avec leurs parents?

Dafoe hocha vigoureusement la tête. Il ne voulait même pas envisager la possibilité que ses précieuses petites filles aillent vivre dans cette étable.

— Premièrement, elles ne sont pas prêtes. Et même si elles l'étaient, leurs parents ne le sont pas.

Il ouvrit le tiroir supérieur de son bureau et en sortit une enveloppe. Il l'entrouvrit.

— Ils ne pourraient pas donner aux filles ce dont elles ont besoin. Ils n'ont pas la compétence nécessaire pour faire ce travail. Nous ferions du mal aux petites si nous les laissions retourner dans cette vieille maison.

Il sortit de l'enveloppe un carton blanc à en-tête doré en relief.

— Regardez, dit-il à Fellman en lui montrant le carton. C'est le roi qui désire rencontrer les petites au cours de sa visite officielle en 1939.

Fellman le regarda dans les yeux. Si Oliva n'était pas apte à régler les termes d'une telle visite, Dafoe ne valait guère mieux. Il finit par pouffer de rire.

— Tout un préavis, hein?

— Savez-vous ce qu'il se passerait si les filles vivaient dans cette porcherie de l'autre côté de la rue quand le roi et la reine viendront? Je vais vous le dire, moi. Votre bon ami Dionne trouverait normal que la visite ait lieu chez lui. Vous rendez-vous compte?

Fellman regarda attentivement Dafoe, pensant que le docteur avait utilisé le mot ami sans réfléchir. Il ne voulait pas que la conversation tourne court. Pas encore.

— Vous avez probablement raison, dit-il complaisamment.

— L'hôpital est leur foyer, continua Dafoe. Il l'a toujours été. Si elles allaient vivre dans cette masure en face, les Dionne anéantiraient toute notre œuvre.

Fellman cessa de prendre des notes pour que Dafoe ne coupe pas court à l'entrevue.

— Dionne ne serait pas d'accord avec vous, dit-il, mine de rien.

Il avait de plus en plus de difficulté à garder son sang-froid en entendant toutes ces inepties.

— Ce n'est pas lui qui décide, répondit brusquement Dafoe en se demandant pourquoi Fellman se mettait à prendre la défense de ce fermier ignare.

Le journaliste ne pouvait plus cacher ses émotions.

— Mais il est leur père!

— De nom seulement, dit froidement Dafoe. Vous les avez vues, Mort. Vous savez bien comment elles se comportent avec moi.

Oui, il le savait. Et c'est ce qui le troublait le plus.

— Soyez franc, insista Dafoe. Qui considèrent-elles comme leur père?

Fellman ne répondit pas tout de suite. Il regardait Dafoe, partagé entre le mépris et la pitié. Il voyait bien que le noble docteur avait complètement rayé de son esprit les parents des quintuplées. Comme presque tout le monde, Dafoe avait oublié que les petites avaient un vrai père et une vraie mère, des parents affectueux et parfaitement convenables, qui attendaient de ramener leurs filles à la maison depuis maintenant plus de trois ans.

— Vous, bien sûr, admit Fellman malgré lui.

— En fait, j'aime à penser qu'elles appartiennent plutôt au monde entier.

— C'est ce que vous avez toujours dit, n'est-ce pas ?

Il se souvint que les entrevues de Dafoe se terminaient toujours par ces mots. Il décida de laisser tomber les autres questions qu'il aurait voulu poser.

Dafoe jeta un coup d'œil à l'horloge.

— Mort, dit-il en se levant, je vais malheureusement devoir mettre fin à cet entretien.

Il sourit en se redressant, mais il semblait quand même mal à l'aise.

— J'espère que j'ai pu vous être utile, ajouta-t-il, se demandant si ses points de vue avaient été appréciés. Ce n'était pas la première fois qu'ils parlaient ensemble de toutes ces choses.

— Je vous remercie de m'avoir accordé autant de temps.

— Je suis toujours disponible pour vous, Mort. Nous avons parcouru beaucoup de chemin ensemble.

— Oui, c'est vrai.

— Vous avez été le premier, lui rappela Dafoe. Les filles vous doivent beaucoup.

— Je m'attendais bien à ce que vous disiez cela.

Cette remarque apparemment innocente venait rappeler brutalement à Fellman qu'il ne pouvait pas se laver les mains de tout ce qui était arrivé aux Dionne.

— Que voulez-vous dire ?

— Oh ! rien – il se retourna pour partir. Merci encore, docteur.

Fellman se dirigea vers la porte et Dafoe allait le suivre. Mais Fellman l'arrêta en lui serrant brièvement la main.

— Je connais le chemin. Merci.

Il ne prit même pas le temps de refermer les portes en s'enfuyant de l'hôpital. Il avait l'impression qu'il ne pourrait pas respirer tant qu'il ne serait pas dehors. Il se sentait fiévreux et avait la nausée. Quand il parvint à sa voiture, il respira profondément, puis monta et démarra. En attendant que la barrière s'ouvre, il jeta un dernier coup d'œil à l'hôpital Dafoe en se promettant de n'y revenir que pour prendre part à sa destruction.

Dafoe resta debout un long moment après le départ de Fellman. Il réfléchissait à leur conversation et il se demandait bien ce que Fellman pourrait trouver d'original dans l'échange creux qu'ils venaient d'avoir. Il ne se rappelait pas avoir dit quoi que ce soit qu'il n'ait déjà répété à maintes reprises.

TROISIÈME PARTIE

« ... Mais les quintuplées gardent toujours leur sourire. »

Maclean's, 15 juillet 1941

11

LA RELÈVE DE LA GARDE

Ils étaient tous d'accord. Il valait mieux faire semblant de ne pas accorder trop d'importance à l'annonce de la poursuite en diffamation. Si Hepburn leur avait appris quelque chose au cours des sept dernières années, c'était bien de ne pas céder à la panique après avoir fait une erreur, mais surtout de ne pas répéter la même erreur.

Slocum, Sharkey et Clayton étaient assis autour d'une table de travail dans la salle des archives de la bibliothèque du ministère de la Justice. Une salle encombrée qui sentait le renfermé. Le long des quatre murs, des étagères remplies de livres de droit et de transcriptions de procès s'élevaient jusqu'au plafond. On avait l'impression qu'elles pourraient s'effondrer à tout moment. Assis en silence depuis un certain temps, ils se préparaient tous les trois à entendre encore une fois un monologue à l'emporte-pièce de Hepburn.

Hepburn avait convoqué cette réunion dès qu'on avait su qu'Ovila Dionne intentait une poursuite en diffamation contre Dafoe. Au téléphone, le Premier ministre avait été avare de commentaires. Il avait simplement laissé entendre que Dafoe avait agi en imbécile devant tout le monde à une réception privée donnée à New York. Hepburn avait peut-être caché certaines choses, mais pas la presse. Les journaux du matin avaient fait du bon boulot et avaient décrit en détail l'incident embarrassant, et vraisemblablement préjudiciable, qu'un journaliste avait qualifié de « parodie de toutes les valeurs incarnées jusqu'à présent par le docteur ».

— La réaction de Dionne est hors de proportion, fit remarquer Clayton en brisant le silence et en désignant la manchette sensationnelle en première page du *Globe* du matin. Il ne remportera jamais une telle poursuite. Bon Dieu ! si Dafoe n'avait pas été là, il n'y aurait même pas de quintuplées pour fournir un objet de litige.

— J'espère que vous avez raison – la possibilité de perdre des contrats préoccupait davantage Sharkey que la reconnaissance due à Dafoe. On pourrait se passer de mauvaise publicité. Surtout après ce foutu procès entre Corn Brand et Beehive. Je pourrais vous nommer une dizaine de compagnies qui ne voudront plus faire affaire avec nous si elles sentent quelque chose de louche. Et Colgate ne signera pas si Dafoe ne participe pas à l'entente.

Il se tourna vers Slocum qui était assis face à la porte.

— Avez-vous déjà reçu des appels, Dick ?

— Seulement de la part de journalistes et je leur ai dit que nous n'étions au courant de rien.

Hepburn n'aurait pas voulu que leurs inquiétudes soient étalées au grand jour, Slocum le savait bien.

— Je leur ai dit que c'était une affaire entre Dionne et Dafoe, et que ça ne nous concernait pas.

C'était vrai en partie. Ils ne laisseraient pas tomber Dafoe, mais ils ne se laisseraient pas compromettre dans l'affaire non plus.

— Diable ! avec la guerre qui est en cours, on pourrait espérer que les journaux abordent des sujets plus importants que les histoires d'un fermier enquiquinant.

Slocum jeta un regard réprobateur à Clayton. Il savait à

quel point ce dernier haïssait Dionne – l'animosité née de leur première prise de bec lui était restée sur le cœur –, mais il lui semblait dangereux de parler contre un homme qui se battait pour ses enfants avec l'énergie du désespoir. Surtout que les choses avaient récemment évolué en faveur de Dionne. Quatre nouvelles infirmières avaient été engagées au cours de l'année précédente, toutes francophones, ainsi qu'un professeur de français. Pendant la même période, Oliva avait pratiquement pris le contrôle du Conseil de tutelle, obtenant des réponses favorables à presque toutes ses demandes, sauf celles portant sur la fermeture de l'hôpital et la destitution du docteur.

La porte de la salle des archives s'ouvrit toute grande. Le Premier ministre Hepburn entra le premier, suivi de près par un autre homme. Dafoe entra le dernier, à contrecœur, l'air maussade.

Quand Dafoe fut entré, Hepburn referma la porte et s'assit entre Slocum et l'inconnu.

— Messieurs, je vous présente Dennis Foley, du ministère de la Justice.

Ils se penchèrent tous au-dessus de la table pour lui serrer la main.

— M. Foley a conseillé le docteur Dafoe sur la façon de traiter notre petit problème.

— Conant ne devrait-il pas être ici?

Clayton aurait trouvé normal que le procureur général soit présent lors de la discussion d'un sujet relié à son portefeuille.

Hepburn lui lança un regard furieux.

— Je ne veux pas qu'il perde son temps si précieux avec cette affaire.

— Mais, monsieur, il me semble seulement...

— Et je n'aime pas perdre mon temps non plus, ajouta Hepburn faisant mine d'adresser son commentaire à Dafoe. Moins il y aura de personnes impliquées, mieux ce sera. Le *Star* n'a pas cessé de téléphoner au bureau de Conant tout l'avant-midi. S'il était ici, cela ne ferait qu'alimenter les rumeurs. C'est déjà bien assez d'avoir dû faire venir clandestinement notre cher docteur ce matin.

Le ton sarcastique du Premier ministre donna à Dafoe l'envie de rentrer sous terre.

Clayton abandonna son attitude soumise et prit un air ennuyé.

— Notre réaction n'est-elle pas un peu exagérée? Il me semble évident que Dionne veut simplement nous mettre tous dans l'embarras.

— Oui, c'est ça. Et il y réussit.

Le regard d'acier de Hepburn laissait entendre que la situation actuelle était beaucoup plus grave que le *petit problème* qu'il avait évoqué plus tôt.

— Je pense qu'il est temps de cesser de sous-estimer Oliva Dionne.

Clayton parut blessé comme s'il lui semblait inimaginable qu'on puisse parler de ce fermier capricieux autrement qu'avec mépris.

— Bon! mais alors quelle position allons-nous adopter? demanda-t-il brusquement.

— Aucune, annonça Hepburn. La meilleure façon d'éviter qu'on se fasse des idées sur notre position, c'est de ne pas en avoir. Aucun commentaire.

Il donna un coup de poing sur la table pour donner du poids à sa déclaration.

— Je veux que ce soit bien clair pour chacun d'entre vous.

— Que dirons-nous aux journalistes alors? demanda Clayton. J'ai réussi à gagner du temps ce matin, mais ils finiront par vouloir connaître notre réaction.

— Dis-leur que tu ne sais rien. Il ne faut pas aggraver une situation déjà délicate. Je n'ai pas besoin de vous rappeler à quel point la presse est devenue sympathique à Dionne.

Il regarda l'un après l'autre les visages qui l'entouraient.

— Ou peut-être devrais-je le faire, si j'en juge par votre air insouciant.

Mais il n'avait pas besoin de le rappeler à Slocum. Celui-ci savait déjà trop bien à quel point la poursuite en diffamation de Dionne contre Dafoe tombait à un mauvais moment. Presque tous les matins de l'été précédent, il avait découpé un article de journal ou de revue qui remettait en question l'éducation en vase clos des quintuplées. Ce regain d'intérêt à leur égard s'était d'abord limité à la presse francophone qui s'inquiétait surtout du fait que les petites ne pouvaient pas recevoir une éducation en français dans un hôpital où tout le personnel était anglophone. Les gens de l'Ontario étaient d'abord restés indifférents à ce qu'on pensait au Québec. Mais, quand la presse anglophone de leur propre province se mit à critiquer l'implication du gouvernement dans la mise en marché du meilleur produit d'exportation canadien et à publier des éditoriaux évoquant la possibilité d'un retour à la maison des quintuplées, ils furent tous agacés, Hepburn le premier.

Le Premier ministre ne voulait surtout pas lire d'autres articles comme celui du *Cosmopolitan* où on citait ainsi le psychologue Alfred Adler : « Les quintuplées vivent comme des pensionnaires d'un orphelinat modèle ». Et d'autres fichus commentaires comme : « Le manque d'affection est inséparable de la vie dans une institution » et « La vie dans une maison de verre ne favorise pas un développement humain normal ». Adler concluait ses réflexions sur ces mots prémonitoires : « *Danger à l'horizon* ».

— Nous devons nous inquiéter, dit enfin Slocum. Je me suis laissé dire que certaines des nouvelles infirmières, à l'hôpital, sont également favorables à Dionne.

Cette déclaration lui valut un coup d'œil glacial de Dafoe.

Sans laisser au docteur le temps d'affirmer qu'il n'avait pas perdu le contrôle de son propre établissement, Foley prit la parole.

— C'est vrai, mais c'est une autre question. Je crois que nous devrions nous en tenir au problème à l'ordre du jour.

Tous les yeux se tournèrent vers lui dans l'attente de ses instructions.

— Monsieur Foley, demanda Sharkey en pensant aux

contrats en négociation, pourrait-on amener Dionne à abandonner sa poursuite?

— Oui, je pense que oui. Le Premier ministre Hepburn et moi-même avons envisagé des concessions possibles. La chose la plus simple serait d'accorder aux Dionne un accès libre à l'hôpital.

Cette proposition ne plaisait évidemment pas à Dafoe, mais il ne dit rien. Il s'était fait vertement semoncer par Hepburn juste avant la réunion et il ne voulait pas revivre une expérience aussi humiliante. Surtout pas en public.

— Cela devrait les contenter pendant un certain temps, dit Slocum.

— Je suis heureux d'apprendre qu'au moins certains seront contents, marmonna Dafoe, incapable de résister à l'occasion d'exprimer ses sentiments.

Hepburn réduisit de nouveau Dafoe au silence en le regardant droit dans les yeux.

— Ça fera au moins diminuer la pression. C'est ce qui compte pour l'instant.

Sharkey hocha la tête.

— Je ne suis pas certain, monsieur le Premier ministre, dit-il. Si on accorde un peu de contrôle aux parents, ils en voudront davantage.

— Je le sais bien.

— Et vous connaissez aussi leur opinion sur les contrats de publicité. Et les représentations. Que ferons-nous s'ils s'y opposent également? Céder maintenant créerait un dangereux précédent.

Dafoe regarda Sharkey avec espoir.

— Les quintuplées ne représenteront pas toujours une aussi grosse affaire, dit le Premier ministre.

Ce n'était pas une supposition mais une affirmation.

— Ne nous leurrons pas, messieurs. Elles ne sont plus les adorables fillettes qu'elles étaient. Elles ont sept ans. Il y a la guerre en Europe et les gens ont d'autres sujets de préoccupation que les quintuplées. Il nous faut maintenant songer à sauvegarder la réputation de ce gouvernement plutôt qu'à obtenir quelques dollars de plus.

— Il ne s'agit pas de quelques dollars, rappela Sharkey à la ronde avant de se tourner vers Hepburn. Elles représentent un actif de cinq cents millions de dollars pour cette province.

— Actuellement, mais il n'en sera pas toujours ainsi.

— C'est une question de principe, argumenta Clayton. Pourquoi nous laisser flanquer la trouille par Dionne ?

— Parce qu'il y a beaucoup de choses en jeu, répondit Hepburn en pensant au traitement que l'histoire lui réserverait. Et je ne permettrai à personne de laisser planer le moindre doute sur le rôle du gouvernement dans cette affaire, ajouta-t-il en se tournant vers Dafoe. Est-ce que c'est clair ? C'est déjà bien assez que la presse soit déjà à nos trousses.

— Le Premier ministre Hepburn a tout à fait raison, approuva Foley.

— Dès aujourd'hui, continua Hepburn, on va informer les parents qu'ils peuvent entrer dans l'hôpital à leur guise. Le docteur Dafoe a déjà donné son accord.

— Ce sera un plaisir.

Dafoe essayait d'avoir l'air soumis, mais son ton était légèrement sarcastique.

Hepburn lui jeta un autre regard glacial, puis s'adressa à l'ensemble du groupe.

— Et assurons-nous de ne rien faire, je dis bien rien, pour énerver Dionne de nouveau. Comme gouvernement, on peut faire semblant de prendre la chose à la légère. Mais je vous préviens, messieurs, ce serait une grave erreur pour n'importe lequel d'entre vous d'en faire autant.

Hepburn se leva lentement en passant ses hommes en revue. Il mit fin à la réunion avec un froncement de sourcils qui signifiait : *surtout pas de faux pas maintenant.*

— Ce sera tout, messieurs.

Avant qu'ils aient eu le temps de se lever, Hepburn avait déjà conduit Dafoe hors de la pièce par la porte de sortie située au fond de la bibliothèque.

Slocum avait regardé le Premier ministre partir, précédé du timide petit médecin qu'ils avaient tous vu accéder à la gloire. Ce n'était pas la première fois que Hepburn façonnait un homme à son goût pour le laisser tomber ensuite, pensait Slocum. Et ce ne serait probablement pas la dernière.

Hepburn et Dafoe ne se dirent pas un mot jusqu'à ce que la porte soit bien close et qu'ils se retrouvent dans le long couloir étroit qui menait à la sortie.

— Allan, à quoi diantre avez-vous pensé ? demanda malicieusement Hepburn.

Même s'il n'avait pas été témoin de la scène, il pouvait imaginer Dafoe vêtu d'une longue robe rose, conduisant un boghei sur une estrade devant une centaine des personnes les plus influentes de New York. Sur le boghei, un écriteau bien en évidence : *LE SPÉCIALISTE DU VÊLAGE.*

— C'était une farce, dit Dafoe sur la défensive. À une réception privée.

— Une farce ! tonna le Premier ministre. Je souhaite seulement que le plan de Foley réussisse, sinon nous serons tous dans le pétrin. J'espère que vous vous en rendez compte !

— Je m'excuse, balbutia Dafoe sans savoir vraiment de quoi il s'excusait.

Hepburn allongea le pas et dépassa Dafoe.

— Écoutez, je ne veux plus que vous parliez à aucun journaliste jusqu'à nouvel ordre, lui ordonna-t-il en le regardant par-dessus son épaule. Il y a des mois que je vous dis de vous méfier de vos amis de la presse. Celui de North Bay en particulier. Il n'arrête pas de faire l'éloge de Dionne à notre détriment.

Dafoe devait presque courir pour suivre le Premier ministre.

— Je reçois des dizaines de demandes d'entrevues tous les jours, dit-il, pris de panique. Je vais avoir l'air coupable si je les refuse.

— Plus coupable qu'à présent ?

Dafoe ne savait pas de quoi il avait l'air, mais il ne se sentait pas coupable.

— Vous n'avez qu'à leur dire que vous êtes occupé à être un vrai médecin, pour faire changement, au lieu d'aller vous pavaner partout comme une vedette de Broadway.

— C'est la faute de Fellman, vous savez, se plaignit Dafoe. C'est lui qui a monté tout le monde contre moi. Comment pouvais-je deviner qu'il avait changé d'allégeance?

Hepburn s'arrêta au milieu du corridor et pivota pour faire face à Dafoe qui se cogna presque contre lui.

— Le problème n'est pas de savoir à qui va son allégeance. Si vous vous étiez fermé la gueule et aviez simplement fait ce que vous aviez à faire, nous n'en serions pas où nous en sommes.

— D'accord, d'accord. Mais de là à accorder aux Dionne un accès libre à mon hôpital!

Hepburn explosa.

— Nous sommes excessivement vulnérables! Est-ce si difficile à comprendre?

Ses paroles rebondissaient contre les murs en marbre et leur écho se répercutait le long du corridor. Il regarda tout autour pour s'assurer qu'il n'y avait personne d'autre.

— On dirait que vous ne vous rendez pas compte du tort que ça pourrait nous faire si quelqu'un fouillait un peu trop dans nos affaires en ce moment. Je ne laisserai pas ternir l'image de ce gouvernement pour une chose stupide que vous avez faite sans même y réfléchir.

Dafoe essaya de trouver une réponse adéquate, sans y réussir.

— Je ferai de mon mieux – fut tout ce qu'il put dire.

— Ne faites pas de votre mieux, lui ordonna Hepburn. Faites simplement ce qu'on vous dit de faire et tout se passera bien. Et ne faites surtout pas l'erreur de ne pas me prendre au sérieux.

Il se dirigea de nouveau à grandes enjambées vers la porte, Dafoe à un ou deux pas derrière lui.

— Mais j'y pense, le voyage à Toronto l'été prochain à l'occasion du rassemblement pour les Bons de la Victoire. Pourquoi ne demanderiez-vous pas à Dionne d'y accompagner ses filles ?

— Quoi ?

Dafoe s'arrêta.

— Bien sûr, dit Hepburn que l'idée séduisait. Ça pourrait le tranquilliser un peu si vous faisiez preuve de bonne foi.

— De bonne foi !

Dafoe dut courir pour rejoindre Hepburn qui ne s'était pas arrêté en même temps que lui.

— Il y a des années que nous n'avons pas eu une conversation civilisée. Et tout d'un coup je devrais faire preuve de bonne foi ?

— Ça vous fera du bien.

Le docteur ne répondit pas.

Hepburn s'arrêta devant la porte au bout du corridor.

— D'accord, je vais lui en parler moi-même.

— Vous pensez qu'il va vous écouter ? demanda Dafoe, dubitatif.

— Il ira, dit Hepburn avec assurance en ouvrant la porte et en faisant un signe au chauffeur de la voiture en attente. Après tout, c'est une participation à l'effort de guerre. Je suis certain qu'il y a du patriotisme chez cet homme.

Il donna à Dafoe deux ou trois tapes dans le dos puis le poussa dehors dans le grand vent de la fin d'octobre.

— De plus, ajouta-t-il pendant que Dafoe courait maladroitement vers sa voiture en retenant son chapeau que le vent allait emporter, ça lui donnera l'occasion de passer un peu de temps avec ses enfants.

Tous les dimanches, la famille se réunissait. Pépère et tante Alma arrivaient tout de suite après la messe alors que d'autres membres des familles Dionne et Legros allaient et venaient toute la journée. Ceux qui arrivaient assez tôt savouraient un copieux déjeuner composé d'œufs, de bacon, de pommes de terre sautées et de pain grillé avec du beurre et de la confiture de fraises. Ceux qui venaient l'après-midi restaient habituellement pour le gros souper en famille. Après le bénédicité, ils se remplissaient l'estomac d'une bonne soupe chaude puis se régalaient de la plus grosse volaille qu'on avait pu attraper la veille. Ceux qui arrêtaient au cours de la soirée étaient accueillis par l'odeur de la tarte aux pommes sortant du four et s'attaquaient aux restes en attendant que la tarte refroidisse. Et on continuait ainsi à manger tard le soir. On aurait dit que, à toute heure du jour, la table débordait de nourriture chez les Dionne.

Oliva jeta un coup d'œil songeur autour de la table. Par-dessus le plat de poulet farci qui embaumait, les montagnes de purée de navet, la sauce aux canneberges étincelante et les miches de pain frais, il voyait sa famille. Au grand complet. Une partie autour de la table et une partie en photo sur le mur. Il pouvait facilement imaginer que les cinq visages souriants dans leurs cadres en bois faisaient partie du groupe. Elles attendaient impatiemment la tarte, se disputaient entre elles et cachaient leurs fous rires derrière leurs mains. Mais, si clairement qu'il puisse imaginer ses cinq petites filles identiques, il imaginait plus clairement encore, menant le jeu derrière elles, Dafoe, les infirmières de l'hôpital vêtues de blanc et Hepburn. Et ça brisait toujours le charme.

— J'ai parlé à Martin Poulin aujourd'hui, annonça Oliva entre deux bouchées de poulet. Il va passer plus tard, ajouta-t-il remarquant aussitôt qu'Elzire levait les yeux de son assiette.

— Faut-il absolument en parler pendant le souper?

— Y a-t-il du nouveau? s'enquit Olivier qui partageait l'engouement de son fils pour la bataille.

De l'autre bout de la table, tante Alma leur jeta à tous deux un regard réprobateur. Elle installa bébé Victor au creux de son bras et lui redonna son biberon.

— Il pense qu'on est très près d'un règlement, dit Oliva avec espoir. Une très forte pression s'exerce sur le gouvernement à cause de la poursuite en diffamation.

— La belle affaire ! – Ernest rompit le silence qu'il avait observé durant tout le souper.

— Ernest, l'avertit Elzire, ne parle pas à ton père sur ce ton !

— Comment ça, la belle affaire ? Tu pourrais manifester un peu plus d'intérêt.

— Oliva... Elzire essayait d'attirer son attention pour empêcher la dispute de commencer.

— Qu'est-ce qu'il y a de si excitant ?

— Ernest, tu ne penses pas ce que tu dis – Pépère le regarda sévèrement – Mange ton repas.

— Oui, je le pense, dit effrontément Ernest. Si elles viennent vivre dans notre maison, il va y avoir plein de visiteurs comme à l'hôpital. Je ne pourrai plus recevoir mes amis et il va y avoir des policiers partout.

Oncle Léon était en train de se ressservir.

— Ce garçon n'a pas tort. Il faudra bien qu'il y ait des policiers.

— Tout sera exactement comme avant tous ces ennuis, déclara Oliva.

Son assurance inquiétait Elzire.

— Ça fait bien longtemps, Oliva, lui rappela-t-elle.

Pauline, assise à côté de Rose, regardait son père avec curiosité. Elle était trop jeune pour se rappeler le temps où il n'y avait pas de foules, pas de voitures, pas de clôtures.

— Papa, c'était comment avant ?

Elzire ne voulait pas qu'Oliva réponde. Elle aurait aimé pour une fois qu'ils passent la soirée sans parler de comment c'était avant ou de comment ce serait après.

— Quelqu'un veut encore du poulet ? demanda-t-elle à la ronde.

— Moi, Elzire, dit Olivier. Est-ce qu'il reste autre chose que du blanc ?

— Je vais prendre la cuisse, s'écria Léon plus fort que tout le monde.

Elzire se leva et fit le tour de la table avec le plat encore plein de morceaux de poulet.

— Quelqu'un d'autre, pendant que j'y suis? Oliva?

Elle se retourna en entendant crisser la neige sous les pas de quelqu'un sur la galerie. Elle vit la porte s'ouvrir toute grande et son frère Lias entrer avec sa femme, Huguette, et leurs trois enfants.

— Ouf! laissa échapper Lias en refermant la porte contre le vent.

— Ôtez vos bottes, hurla Huguette à ses trois enfants qui se débarrassaient de leurs paletots d'hiver et se ruaient vers la table où les autres enfants étaient assis.

Le chien, couché sous la table, entendit le brouhaha. Il se redressa sur ses pattes avant, s'étira, puis se recoucha. Il y avait trop d'allées et venues pour aller chaque fois jusqu'à la porte.

— Où est papa? demanda Elzire en remarquant que son père n'était pas avec eux.

— Il est un peu grippé, dit Lias. Il valait mieux qu'il reste à la maison. Aurel et les autres sont avec lui.

— Tiens, Elzire. Prends ça – Huguette lui tendit une marmite de fèves au lard. Il va falloir les réchauffer. Il fait drôlement froid dehors.

À la table, Pauline s'obstinait.

— C'était comment, papa?

Si les familles de ses amies rêvaient de la Floride et d'autres destinations lointaines, ce n'était pas le cas chez elle. Dans tous leurs rêves, ils se retrouvaient toujours à la même place qui s'appelait *comment c'était avant*.

— Tu rapporteras de la soupe à papa, dit Elzire à Huguette en prenant la marmite de fèves au lard pour la mettre au four. Il pourra la manger demain.

Lias et Huguette suivirent tous deux Elzire près du poêle. Lias se pencha et fourra ses mains dans l'ouverture de la porte du four pour les réchauffer. Huguette l'imita pendant que les enfants se glissaient sur les sièges libres autour de la table.

— As-tu écouté la partie de hockey à la radio hier soir? demanda Léon à Lias.

— Non. Qui a gagné?

— Les Canadiens.

— Bravo!

— Papa! Pauline attendait toujours une réponse.

Oliva se tourna enfin vers elle.

— C'était merveilleux, Pauline. Tout était tellement tranquille, on aurait entendu une mouche voler. Les oiseaux, les vaches en arrière, le vent soufflant sur les champs de maïs. C'était merveilleux, répéta-t-il, son sourire se transformant peu à peu en grimace alors que ses rêveries sur le passé se fondaient dans la réalité du présent. Maintenant, on ne s'entend même plus penser.

— C'étaient aussi des jours difficiles, Oliva, lui rappela Olivier. La Dépression n'était pas une partie de plaisir.

— Pourquoi faut-il toujours qu'on parle du passé? demanda Elzire.

— Aviez-vous déjà Lagrise dans ce temps-là, Pépère? demanda Pauline.

Olivier se retourna pour lui répondre.

— Je vais vous dire une chose, l'interrompit Ernest qui se trémoussait sur sa chaise. Quand les quintuplées vont revenir à la maison, elles n'auront pas ma chambre.

— Ne les appelle pas comme ça, lui rappela Elzire. Et arrête ça, Oliva, ajouta-t-elle en se tournant vers Oliva fils qui jetait des cuillerées de navet dans l'assiette de son cousin.

— Je reprendrais bien du navet, dit Marie en essayant de changer le sujet de conversation.

— Voyons, Elzire.

Oliva essayait de la calmer. Lui-même les appelait parfois les quintuplées.

— C'est difficile de se rappeler tous leurs noms.

— Ça m'est égal. Elles ont des noms.

— Elles n'auront pas ma chambre en tout cas.

Olivier intervint.

— Qu'est-ce que cette histoire à propos de la chambre d'Ernest?

— Je ne sais pas – Oliva regarda Ernest de travers. On n'y a pas encore pensé.

— Mais qu'est-ce que vous allez faire de toute façon ? demanda Olivier. Construire une rallonge ?

— Il le faudra bien, ajouta Léon.

— Léon va t'aider, proposa Marie. Ça se fera en un rien de temps.

Oliva haussa les épaules.

— On pourrait faire ça peut-être – il réfléchit un instant. Ou ajouter un étage. Qui sait ? Nous pourrions même déménager dans une nouvelle maison pour ne plus jamais voir cette horreur de l'autre côté de la route.

— J'imagine que c'est un problème que tu seras heureux de résoudre, ajouta Olivier.

— Vous pouvez en être sûr.

— Je ne veux pas déménager – Ernest faisait la moue. J'aime cette maison.

— Ce qui est important, ce n'est pas la maison, le sermonna Oliva. C'est que nous soyons tous ensemble.

— Ernest, observa Olivier, tu es très désagréable ce soir.

— Ne te mêle pas de ça, Olivier.

Tante Alma fit passer bébé Victor au creux de son autre bras. Puis elle prit le grand plat plein de poulet et l'offrit à son frère. Elle vit alors, à l'autre bout de la table, Thérèse qui, assise à côté de son père, jouait avec sa nourriture.

— Thérèse, cesse de jouer avec la nourriture que le bon Dieu nous donne.

— Pourquoi est-ce que ça devient si important tout à coup d'être tous ensemble ? demanda Thérèse.

— Nous ne l'avons jamais été, rappela Ernest.

Oliva parut blessé.

— Si vous n'avez rien de mieux à dire, vous pouvez tous les deux aller dans vos chambres. Et si vous avez l'intention de garder cette attitude quand vos sœurs reviendront à la maison, préparez-vous à y prendre tous vos repas.

— Pourquoi ? – Ernest se leva. Est-ce qu'on va leur

donner un traitement de faveur ici comme à l'hôpital ?

— Assieds-toi, Ernest ! ordonna Elzire. Et arrêtez ça, tous les deux ! Se battre à une table qu'on a demandé au bon Dieu de bénir !

Ernest se laissa retomber sur sa chaise en donnant un coup de coude à Rose.

— Je n'ai pas faim.

— Mange !

Oliva désigna l'assiette encore pleine devant son fils.

— Est-ce que je vais pouvoir jouer avec elles, maman ? demanda Pauline après un court silence.

— Je me demande bien qui voudrait jouer avec toi ?

Ernest donna un coup de pied à la chaise de sa sœur sous la table.

— Il m'a donné un coup de pied, se plaignit Pauline.

— Il me frappe toujours, ajouta Rose timidement.

— Ernest, le gronda Elzire, va dans ta chambre !

Ernest esquissa un mouvement pour se lever.

— Assieds-toi, lui intima rageusement Oliva. Et cesse de discuter.

— Un dimanche ne serait pas complet sans ça, fit remarquer Léon.

Ernest repoussa sa chaise d'un coup de pied.

— Je voudrais que tout le monde me laisse tranquille – il s'enfuit de la table, l'air bougon.

— Ernest, reviens ici, cria Oliva.

Il se leva également de table, mais Ernest avait déjà quitté la cuisine et se précipitait dans sa chambre.

— Je t'ai dit de revenir ici ! lui lança Oliva en entendant claquer la porte de la chambre. Qu'est-ce qui lui prend ce soir ? demanda-t-il en se rasseyant.

Entre-temps, Oliva fils avait grimpé sur les genoux de Pépère pour s'emparer ensuite du siège vide et s'y jucher comme sur un trône.

— Laisse-le faire.

Ce qui venait de se passer n'étonnait pas Elzire. Oliva

était tellement absorbé par ses plans, ses tactiques et ses stratégies qu'il n'avait même pas remarqué qu'Ernest cherchait toujours la petite bête quand on parlait du retour des filles à la maison. Ça l'inquiétait. Comme le fait que, même s'ils ne rouspétaient pas, les autres enfants semblaient considérer le retour de leurs célèbres sœurs comme une simple visite plutôt qu'une mesure permanente. Bien qu'elles soient en fait des membres de leur propre famille, elles étaient pour eux des étrangères, des amies avec lesquelles on joue un peu, puis qu'on quitte. À part Ernest, seule Rose, maintenant âgée de quatorze ans, se souvenait de la naissance des quintuplées et de leur présence à la maison pendant quelques mois bien courts avant qu'elles ne leur soient enlevées.

— Laissez-le faire, ajouta Rose. Il a la tête tellement dure.

— Je vous demande pardon, papa, s'excusa Oliva.

— Tu as toi-même quitté la table du souper en trombe plus d'une fois quand tu avais son âge, rappela Olivier.

Elzire regarda Oliva d'un air contrarié.

— Si tu ne passais pas ton temps à parler de ton avocat, ça n'arriverait pas.

— Je n'en parlais même pas. Et c'est toi qui as dit à Ernest d'aller dans sa chambre. Juste parce qu'il les a appelées les quintuplées.

— Tu sais bien ce que je veux dire, Oliva, soupira-t-elle. C'est la même chose tous les soirs.

Michel, un des garçons de Léon et Marie, ajouta alors son grain de sel.

— On se croirait chez nous !

— Attention !... le prévint Marie en le bâillonnant de la main.

— Comment se fait-il qu'on ne rie plus comme avant ici ? glapit tante Alma.

— Est-ce qu'on a déjà ri ? marmonna Thérèse en essuyant de la sauce aux canneberges qu'elle avait laissé tomber sur la toile cirée.

— Viens un peu ici, toi – oncle Lias fit un clin d'œil au petit Oliva, âgé de quatre ans. Toujours sur sa chaise, il se rengorgeait comme un paon.

Mais Oliva ne voulait pas changer le sujet de la conversation.

— Il n'y a rien de mal à parler du retour des filles.

Il prit tout le monde à témoin.

— Ce n'est tout de même pas un crime si j'en parle avec ma propre famille.

— Est-ce que je pourrais avoir de la farce? demanda tante Alma à voix haute en espérant éviter la nouvelle dispute qu'elle sentait venir. J'adore ta façon de la faire, Elzire.

Elzire lui passa le bol.

— Mais c'est votre recette!

— Je sais, dit tante Alma en se servant consciencieusement quelques cuillerées de farce, mais c'est toujours meilleur quand c'est quelqu'un d'autre qui l'a préparée.

Marie remarqua que tante Alma, Victor sur les genoux, avait de la difficulté à manier le gros bol.

— Tenez, laissez-moi le prendre, offrit-elle en se levant pour faire le tour de la table.

— Non, ça va. Reste assise.

Mais Marie était déjà debout.

— Je vais débarrasser la table alors.

Elzire se tourna vers Oliva.

— As-tu fini?

— Non. Je veux que ce soit bien clair. Si je veux parler des filles à...

— Je veux dire ton repas.

— Oh!

Elzire sourit en voyant l'air penaud d'Oliva.

— J'espère que tu n'es pas fier de toi, dit-elle en se levant pour aider Marie à ramasser les plats sur la table. Ça t'apprendra à parler de ce genre de choses pendant le souper.

À ce moment précis, on frappa à la porte avant. Pauline bondit de sa chaise pour aller ouvrir.

Elzire, une pile d'assiettes dans les mains, la suivit croyant qu'il s'agissait d'un autre de ses frères ou d'un cousin d'Oliva avec sa famille.

— Entrez donc, lança-t-elle.

Mais c'était à un étranger que Pauline avait ouvert la porte.

— Madame Dionne?

L'homme qui s'adressait à Elzire lui était parfaitement inconnu.

— Referme la porte, ordonna-t-elle à Pauline.

Elle prit toutes les assiettes sur un seul bras et repoussa elle-même la porte de sa main libre.

— Je vous en prie, fit l'homme en retenant la porte pour la maintenir ouverte.

— Je suis Martin Poulin, l'avocat de votre mari.

— Va chercher ton père, dit Elzire à Pauline d'un ton bourru.

Mais elle appela Oliva sans laisser à Pauline le temps de traverser la pièce.

— Oliva, viens ici!

Poulin se tenait nerveusement sur le pas de la porte. Il sentait la présence d'une barrière entre lui et cette femme dont il avait pourtant entendu dire qu'elle avait déjà été la plus chaleureuse de tout Corbeil.

— Votre mari m'a demandé de passer ce soir pour rencontrer la famille, dit-il. J'espère que ça ne vous ennuie pas.

Elzire s'écarta et les gens assis à table aperçurent le visiteur.

Oliva arriva aussitôt. Il connaissait la réaction d'Elzire devant des étrangers, mais, dans son esprit, c'était un ami, et non une relation, qu'il avait invité quand il avait demandé à Poulin de passer.

— Pourquoi ne m'en as-tu pas parlé? souffla-t-elle.

— Mais je l'ai fait, chuchota-t-il vivement.

Elle était déjà partie et il se tourna vers Poulin.

— Bonjour, Martin.

— Bonsoir, Oliva. J'ai l'impression d'arriver à un mauvais moment.

— Nous venons juste de terminer le souper. Allons parler dehors quelques minutes.

— Il fait un froid de canard. On pourrait se revoir un autre soir si tu veux.

— Non, non. Ça va aller. Elzire est toujours un peu timide au commencement.

Il chaussa ses bottes et saisit sa grosse veste en laine à carreaux accrochée à la patère sur le mur. Il l'enfila en poussant Poulin dehors devant lui.

Elzire entendit la porte se fermer. Elles se tourna vers tante Alma qui offrait les dernières tranches de pain à Léon et à Lias.

— Même le dimanche soir à présent, dit-elle agacée. Nous ne pouvons même plus avoir la paix un seul jour par semaine dans notre propre maison.

— Tu ne devrais pas t'en faire autant, Elzire.

Voyant qu'elle était presque en larmes, Marie invita les enfants à quitter la pièce.

— Allez jouer dans la chambre des garçons en attendant que la tarte soit servie.

Rose eut alors une bonne idée.

— J'ai caché un sac de bonbons au miel dans la cuisine d'été. Celui qui le trouvera le gardera.

Daniel sortit de table le premier comme une flèche. Les autres enfants sautèrent de leurs chaises et partirent à la course pour le devancer, mais il était déjà à la porte et essayait de l'ouvrir d'une poussée.

Oliva fils descendit de sa chaise le dernier.

— Attends, Oliva – Elzire lui fit signe. Je vais aller chercher ton manteau.

Mais le petit Oliva avait déjà rejoint les autres dans la pièce glaciale.

— Ça n'est pas nécessaire, affirma Rose à sa mère avec un sourire en entrant dans la cuisine d'été pour surveiller le tohu-bohu.

— J'espère qu'il y a vraiment des bonbons, observa tante Alma. Ils ne sortiront pas de là tant qu'ils ne les auront pas trouvés. Ils vont mourir de froid.

— Mais non, ils seront bien, affirma Marie à son tour.

— Marie, je voudrais aller m'étendre un peu, dit Elzire en retirant son tablier. Finirais-tu de débarrasser la table pour moi ?

— Est-ce que ça va ? demanda tante Alma qui prit Victor dans ses bras en se levant.

— Ça ira mieux après.

Elzire s'éloigna de la table.

— Va t'occuper de ta sœur, suggéra doucement Huguette à Lias.

Alma poussa Olivier du coude comme Elzire disparaissait en haut de l'escalier.

Olivier se leva en soupirant.

— Je vais aller lui parler.

Il fit signe à Lias de rester assis.

— Après tout, c'est à cause de mon garçon qu'elle est si inquiète.

Olivier rejoignit Elzire à l'étage et s'arrêta sur le seuil de leur chambre, à elle et à Oliva.

Elzire était debout près de la fenêtre et regardait les terrains de Quintland couverts de neige. Il ne faisait pas complètement noir, et elle voyait nettement les fenêtres éclairées de l'hôpital. Tout autour, la neige sans traces scintillait, comme parsemée de diamants. La tête penchée, elle pouvait voir Oliva et son maître Poulin, debout à l'abri du grand mur qui se dressait entre leur propriété et une autre parcelle toute blanche également sans traces : le terrain vague qui redeviendrait un stationnement public le printemps suivant. À travers la neige qui avait commencé à tomber en rafales, elle voyait Poulin qui désignait l'hôpital et Oliva qui hochait la tête d'un air exaspéré en entendant ce que lui disait son avocat.

Olivier s'éclaircit la voix.

Elzire quitta la fenêtre, mais ne lui fit pas face.

— Qu'est-ce qu'il y a, Elzire ?

— Je vais bien, Pépère. J'avais seulement besoin de changer un peu d'air.

Elle baissa la tête.

— Ça n'a pas de bon sens de rendre toute la famille mal à l'aise comme ça !

Olivier s'approcha d'elle.

— Le souper a été extraordianire, Elzire. Comme d'habitude.

— Merci – elle avait l'air troublé.

— Je suis inquiète, Pépère.

— Vous allez gagner, Elzire.

— Je sais, mais qu'est-ce que nous allons gagner ? Oliva est tellement pris par la loi, par la cause, qu'il ne pense plus à rien d'autre.

— À quoi d'autre pourrait-il penser ?

— Il pourrait penser au fait que, même si elles reviennent à la maison, ça ne sera pas facile.

— Pas si elles reviennent, Elzire. Quand elles vont revenir.

Elzire ne tint pas compte de cette remarque.

— Vous savez, Ernest a parfois plus de bon sens que son père. Il y aura plein de policiers autour, qu'Oliva veuille le croire ou non. Il faudra qu'il y en ait.

— Et après ? Il me semble qu'on y est tous pas mal habitués à présent.

— Et je n'ai jamais aimé cette histoire d'avocat.

— Avant qu'Oliva engage un avocat, lui rappela Olivier, vous n'avanciez à rien. Rappelle-toi.

— Les choses auraient fini par s'arranger. Regardez comme tout va mieux depuis quelque temps. Je vais là-bas autant que je veux.

— Oui, grâce à Oliva et à son avocat, souligna Olivier.

Elzire haussa les épaules.

— N'oublie pas que, si ça va mieux, c'est parce que tout est fermé. Souviens-toi que l'hiver dernier tout allait bien aussi.

Mais attends que les représentations recommencent en avril. Tu ne pourras plus entrer et sortir tranquillement à ta guise.

Elzire eut l'air blessé. Elle ne voulait pas y penser.

— Vous avez besoin de cet avocat, Elzire.

— Mais regardez ce que nous devons faire, gémit-elle. Le magasin, et ces souvenirs que vend Oliva. C'est une honte. Ma tante d'abord, et Oliva maintenant. Sommes-nous si différents de tous les autres ?

— Oui, vous l'êtes.

Olivier était choqué de l'entendre mettre Oliva dans le même sac que tous ces profiteurs qui ne voulaient que faire du fric rapidement.

— En quoi ? Dites-le-moi.

— Je ne sais pas de quoi il retourne pour Adouilda, mais je sais qu'Oliva ne fait pas ça pour s'enrichir. Penses-tu que ça ne le dérange pas lui aussi de vendre tout ce fourbi ?

Pour éviter de répondre, elle regarda de nouveau par la fenêtre. Oliva et Poulin continuaient de discuter.

— Je vais te dire, Elzire, je ferais la même chose que lui. Et si Mémère vivait toujours, je m'attendrais à ce qu'elle me donne son appui.

— Mais je veux lui donner mon appui, Pépère, dit-elle en lui faisant face, l'air inquiet. Vous avez vu que j'ai essayé d'empêcher les filles de parler en anglais pendant l'émission de radio à Noël. Qu'est-ce que ça a donné ? Elles voulaient parler en anglais.

— C'est parce qu'elles n'ont pas encore l'habitude de parler en français.

— Je sais, mais je ne peux pas m'empêcher de penser à toutes ces choses. À tout le tort qui a déjà été fait.

— Quand vous serez de nouveau une seule famille, les choses seront plus faciles à régler.

— J'ai peur de ce qui va arriver quand elles vont revenir. Je ne sais pas si je saurai comment m'y prendre avec elles.

— Mais oui, tu sauras. Ce sont tes filles après tout. Personne n'y peut rien changer.

— Bien sûr, mais je ne sais pas comment elles se sentiront. Ou comment les autres enfants se sentiront. Vous avez entendu Ernest.

— Ernest a seize ans. Tous les garçons de son âge veulent manifester leur indépendance.

— Vous n'avez pas besoin de me le dire, répondit Elzire. Il commence à parler de travailler dans le magasin de son père l'été prochain.

Olivier eut un petit rire.

— Mais les filles, elles, semblent avoir hâte.

— Elles ne connaissent même pas vraiment leurs sœurs, dit amèrement Elzire.

Elle se remit à observer Oliva et Poulin par la fenêtre et fit signe à Olivier de s'approcher.

— Regardez-les. On dirait qu'ils complotent pour renverser un gouvernement.

Olivier suivit son regard.

— C'est un peu ce qu'ils font, dit-il en prenant la tête d'Elzire dans ses mains pour la forcer à le regarder. Tu es une bonne mère, Elzire. Et tu seras une bonne mère pour tes autres filles aussi. Tu vas voir. Les choses vont s'arranger quand vous serez de nouveau réunis.

Elzire se retourna vers la fenêtre, mais pas pour voir Oliva cette fois. Elle regardait plutôt à l'horizon, fixant le paysage gelé. Elle réfléchissait aux paroles de Pépère, mais n'y trouvait pas de consolation. Ce n'était pas nécessaire de lui rappeler qu'elle était une bonne mère. Elle le savait. Ce n'était pas nécessaire non plus de lui dire que les intentions d'Oliva étaient pures. Elle en était profondément convaincue. Ce qu'elle aurait voulu, elle savait qu'elle ne pourrait jamais l'obtenir. Qu'on la rassure pour le lendemain ne lui suffisait pas. L'avenir ne leur rendrait jamais le temps perdu. Et leur vie ne serait plus jamais la même.

Oliva se rendit au magasin de bonne heure. C'était le début d'une nouvelle saison touristique, la huitième, et il attendait une livraison de couvertures. Il savait que les camionneurs préféraient venir tôt pour éviter, sur la route de Quintland, les embouteillages qui bouleverseraient leur programme de la journée. Ça faisait bien l'affaire d'Oliva, car ça lui permettait de garnir les rayons avant l'afflux matinal de touristes. Il y en avait toujours qui s'arrêtaient pour acheter quelque chose avant d'aller faire la queue pour la galerie d'observation.

Au fond de la mercerie, Oliva et Aline, son assistante, sortaient des couvertures d'une grosse boîte posée sur le comptoir. À l'arrivée d'Elzire, ils levèrent les yeux. Elle s'approcha du comptoir, et Oliva se tourna vers Aline pour lui demander d'aller vite lui chercher une boîte de gommes à mâcher à l'autre magasin.

À les voir tous deux, Aline comprit qu'ils voulaient rester seuls. Elle salua chaleureusement Elzire.

— Bonjour, madame.

Elle lui serra le poignet en passant.

— Bonjour, Aline. Ça va?

Oliva sentit de l'indécision dans le bonjour d'Elzire à Aline. En la regardant s'approcher, il avait aussi remarqué qu'elle marchait d'un pas raide. Quand elle le rejoignit enfin, il vit de la crainte dans ses yeux.

Elzire s'était dirigée droit sur lui et elle lui retourna son regard inquisiteur.

— Es-tu prête à y aller? demanda-t-il prudemment sans vouloir trop insister.

— Oui, répondit-elle d'un ton lugubre.

Il fit le tour du comptoir et lui mit le bras autour des épaules.

— Écoute, ne les laisse pas te dire quoi faire. Reste aussi longtemps que tu veux.

— Je pense que l'idée même d'y aller à cette heure-ci est ridicule, fit remarquer Elzire. Je vais arriver juste avant le début de la représentation.

— Parfait ! La visite d'une maman est plus importante que n'importe quelle représentation.

— Je ne comprends pas pourquoi je ne peux pas y aller plus tard, comme d'habitude. Si quelque chose arrivait alors, nous...

— Elzire, il n'arrivera rien si nous ne provoquons pas quelque chose. On a refait tout le tour de la question hier soir.

— Oui, c'est vrai, reconnut-elle. Mais je ne vois toujours pas ce qui peut en sortir de bon.

— Tu commences à parler comme Ernest.

Il la conduisit vers la porte.

— Ne t'occupe pas d'Ernest.

Elzire aurait voulu trouver les bons mots pour lui faire comprendre l'indifférence bien naturelle qu'elle sentait chez tous ses enfants à l'idée de la réunification de la famille. En se dégageant, elle lui dit seulement :

— Il a beaucoup de bon sens.

— On dirait bien qu'il n'y a que moi qui souhaite le retour des filles.

— Ça n'est pas vrai !

Elle prit les mains de son mari dans les siennes pour lui faire sentir que, même si elle semblait parfois s'opposer à lui, elle était toujours de son côté.

— Mais je me demande seulement ce qui serait le mieux pour les filles elles-mêmes. Elles n'ont jamais vécu avec nous.

— Ce sera bientôt le cas.

Elle lâcha ses mains.

— Oui, et qu'est-ce que ça va nous donner ?

— Ne dis pas ça.

— Pourquoi ? Tu es tellement occupé à faire ta guerre que tu ne vois même pas ce qui se passe en face. Ces cinq filles ne sont pas comme nos autres enfants. Elles ne veulent pas venir vivre dans notre maison à nous. Elles ont déjà leur maison.

— Tu dis ça seulement parce que tu as peur d'y aller.

— Et je ne devrais pas ? Penses-tu qu'on va me laisser faire tranquillement ma visite et retarder la représentation ?

— Je me fiche de ce que Dafoe et ses infirmières veulent.

— Je parle des filles. De nos filles. Elles apprécient les représentations.

— Voyons donc, Elzire.

Oliva haussa les épaules comme s'il ne pouvait pas envisager cette possibilité.

— C'est vrai. Elles aiment ça. Ne vois-tu pas qu'elles ont été élevées autrement ? Elles sont habituées à un certain genre de vie qu'elles aiment autant que nos autres enfants aiment le leur.

— Elles s'habitueront au nôtre, statua-t-il.

Elzire détourna un peu la tête.

— Ça ne sera pas aussi simple. Je leur en ai parlé. Quand je mentionne l'éventualité d'un retour à la maison, elles se regardent entre elles et pouffent de rire.

— Toutes les petites filles pouffent de rire.

— Non, pas comme ça.

Debout près de la porte, elle gesticulait en parlant.

— Elles sont comme des étrangères avec moi. Quand je leur parle de revenir à la maison, elles rient. Quand je leur parle en français, elles me répondent de même pour être polies, mais elles recommencent à parler en anglais sans attendre que je sois partie. Quand je les embrasse, elles regardent les infirmières pour savoir si elles doivent m'embrasser en retour. Alors, comment peux-tu dire que tout sera merveilleux ?

Son attitude négative commençait à agacer Oliva.

— Bon, d'accord. Si tu ne veux pas y aller, n'y va pas.

— Non, je vais y aller. Mais il n'en sortira rien de bon d'une façon ou de l'autre. Je veux que tu te rendes compte que tout ne se passera pas aussi bien que tu le penses.

— Je sais bien, dit-il doucement. Mais que veux-tu que je fasse ? Les laisser enfermées là jusqu'à ce qu'elles aient dix-huit ans ?

Elle n'avait pas de réponse à cette question.

— Je veux aussi que tu saches que je ne fais pas ça par plaisir. Il me semble qu'il y a déjà assez de problèmes sans qu'on ait besoin d'en créer d'autres.

— Je sais que tu n'aimes pas ça. Mais ils jouent dur, Elzire. N'oublie pas ça. Nous devons nous défendre.

Il la prit dans ses bras tout en jetant un coup d'œil par la vitrine. La file pour la représentation du matin s'étirait déjà le long de la route, au-delà du magasin de Tante.

— Bon, dit-il en se dégageant. Vas-y maintenant. Avant que les filles sortent. Et ne laisse personne t'arrêter.

Elle se composa l'air le plus déterminé possible.

— J'espère seulement qu'il va se passer quelque chose bientôt, souhaita-t-elle tout haut, parce que je ne peux plus en supporter davantage.

— Bien sûr que tu peux – il lui serra le bras. Tu es plus forte que moi. Et tu le sais bien aussi.

Elle sortit.

— N'aie pas peur, murmura-t-il – mais elle ne l'entendit pas.

Du pas de la porte, Oliva la regarda traverser la route d'un pas raide. Sa démarche avait bien changé depuis le temps où elle profitait avec insouciance des choses simples de la vie. C'est d'un pas dansant qu'elle suivait alors la route qui la menait en visite chez sa vieille amie Gaëtane.

Quelques personnes à l'extérieur du magasin reconnurent Elzire et la dévisagèrent. D'autres passèrent à côté d'elle sans la remarquer. Pour la plupart, elle n'était qu'une touriste comme les centaines d'autres qu'ils croiseraient au cours de la journée. Si elle avait voulu resquiller dans la file, quelqu'un lui aurait peut-être adressé la parole, mais seulement pour lui dire d'attendre son tour. L'auraient-ils comprise si elle leur avait alors répondu qu'elle avait déjà attendu trop longtemps?

Quand elle fut de l'autre côté de la route, Oliva sortit du magasin en trombe. Il fit un signe à Aline qui revenait avec la gomme à mâcher, longea en courant la clôture qui menait à sa propriété, ouvrit la barrière à la volée, grimpa l'escalier de la galerie et se précipita dans la maison vers le téléphone.

— C'est Dionne, dit-il ayant décroché l'appareil.

Tout essoufflé, il se pencha pour jeter un coup d'œil par

la fenêtre avant.

— Donnez-moi l'hôpital.

Il vit qu'Elzire avait atteint le poste de garde et qu'un des gardiens lui ouvrait la barrière.

— Allô... Oui, elle sera là dans un instant...

Elzire s'engageait dans l'allée qui menait à l'hôpital.

— Merci. Je serai au magasin si vous avez besoin de moi. Gardez l'œil ouvert.

Il raccrocha et retourna en vitesse au magasin.

Une grande infirmière toute mince, au teint olivâtre et aux cheveux auburn ondulés, ouvrit la porte et fit un grand sourire quand elle reconnut Elzire.

Elzire sourit à son tour quand elle vit que c'était Mlle Monette qui lui répondait. L'infirmière francophone avait demandé à Elzire de l'appeler Parise. C'était une des nouvelles infirmières engagées par le conseil à la suggestion d'Oliva. Amicale et détendue, elle était tout le contraire des infirmières brusques et autoritaires que Dafoe avait recrutées auparavant. À la différence de tant d'autres qui avaient ouvert la porte à Elzire au cours des sept années précédentes, Parise avait toujours un sourire et quelques mots gentils pour elle et pour le reste de la famille. Elzire avait d'abord attribué la sympathie de l'infirmière au fait qu'elle avait elle-même des enfants, mais elle s'était vite rendu compte que cette gentillesse n'était pas due à la pitié. Ni à la bienveillance d'ailleurs. C'était tout simplement une manifestation d'affection. Parise avait vraiment de l'affection pour Elzire, et cela depuis leur toute première rencontre. Ça ressemblait à la réaction que les voisins avaient eue quand Oliva leur avait présenté pour la première fois sa toute nouvelle épouse.

— Madame Dionne.

Parise ouvrit la porte toute grande.

— Entrez donc !

— Merci, Parise.

Elzire était contente de voir ce visage chaleureux, mais,

en entrant, elle ressentit un frisson, comme toujours quand elle pénétrait dans l'hôpital.

— Les filles sont en train de se préparer pour la représentation, dit Parise, mais allez-y quand même. Je vais dire au docteur que vous êtes ici.

— Est-ce absolument nécessaire? demanda Elzire d'un ton moqueur.

Elle savait bien que Parise n'avait pas le choix. Même si on leur avait accordé libre accès à l'hôpital, à elle et à Oliva, Dafoe avait exigé de toujours être prévenu de leur arrivée, de leurs allées et venues et de leur départ. Il voulait aussi savoir s'ils avaient amené un autre des enfants Dionne et si quelqu'un parmi eux avait le rhume ou « quelque chose comme ça ».

Elles suivirent ensemble le corridor qui menait à la grande cuisine. Au bout, elles prirent des directions opposées. Elzire à droite, vers la chambre des filles, et Parise à gauche, vers le bureau du docteur.

En passant devant la cuisine, Parise vit la cuisinière qui assaisonnait le porc pour le dîner.

— Anna, demanda-t-elle poliment, Mme Dionne est ici. Pourriez-vous lui préparer une tasse de thé?

— Je n'ai pas le temps, répondit Anna d'un ton bourru.

Une autre voix, tout aussi bourrue, lui fit écho dans le corridor.

— Avez-vous dit que Mme Dionne est ici? À cette heure?

Au bruit des pas rapides qui approchaient, Parise se retourna et salua Mlle Harper, une des infirmières anglophones qui travaillaient avec Dafoe depuis l'ouverture de l'hôpital.

— Ne vous occupez pas de ça, Anna, ordonna Mlle Harper qui était derrière Parise.

— Je n'avais pas l'intention de m'en occuper, de toute façon.

La vieille cuisinière perça la viande de porc pour y introduire une autre gousse d'ail.

— Voulez-vous bien me dire ce qu'elle fait ici à cette heure? Juste avant l'activité de jeu libre?

— Je suis certaine que quelques minutes de retard n'auront pas beaucoup d'importance, observa Parise.

Mais Mlle Harper n'en démordait pas.

— Elle n'est jamais venue à cette heure-ci de la journée. Les infirmières en ont déjà plein les bras avec la préparation des filles. Vous le savez bien.

Parise laissa parler son cœur de mère.

— Je ne vois pas quelle différence ça peut faire.

— La différence, c'est qu'elle n'a jamais fait ça auparavant. C'est pour éviter ce genre de situation que nous avons l'horaire du docteur Blatz.

— Je suis certaine qu'on peut assouplir un peu l'horaire.

— Depuis quand ?

L'infirmière Harper s'engagea dans le corridor pour aller régler l'affaire avec la mère des quintuplées.

— Et pourquoi portez-vous une fleur à votre col ? lança-t-elle à Parise sans même se retourner pour la regarder. C'est un hôpital ici, pas une maison de repos.

Parise lui jeta un regard furieux, puis se dirigea vers le bureau de Dafoe plus loin dans le couloir.

La porte était fermée. Comme d'habitude. La plupart du temps c'était parce que le docteur n'était pas seul. Lui, si solitaire jadis, recevait maintenant à longueur de journée un flot quasi ininterrompu de visiteurs – journalistes, photographes, représentants de sociétés, vendeurs, célébrités. Mais la porte était aussi presque toujours fermée, même quand il était seul. Surtout le soir. Les infirmières s'étaient habituées à entendre une porte s'ouvrir brusquement et à voir le docteur sortir de son bureau, alors que tout le monde croyait qu'il était parti depuis longtemps déjà. Des affaires, disait-il quand quelqu'un osait lui demander ce qu'il faisait. Parise, quant à elle, trouvait que ce n'était pas une si grosse affaire de diriger un minuscule hôpital avec cinq pensionnaires en parfaite santé, surtout avec dix-sept employés pour effectuer le gros du travail.

Parise frappa vigoureusement à la porte.

— Oui ? répondit Dafoe de sa petite voix.

Parise ouvrit et se pencha à l'intérieur pour voir Dafoe assis à son bureau. Il fumait la pipe et lisait le numéro de la semaine précédente du *New York Times* qu'il avait pris au bureau de poste le matin même.

— Je m'excuse, docteur. Je voulais seulement vous dire que Mme Dionne est actuellement avec les filles dans leur chambre.

— Hum ! c'est très bien, souffla Dafoe sans lâcher sa pipe et presque sans quitter des yeux le dernier article de Brook Atkinson. Merci.

Il continua sa lecture. Puis, quand la porte se fut refermée, il déposa le journal et regarda droit devant lui, en profonde réflexion. Il était absolument certain que personne, pas même Mlle Monette, ne pourrait rien trouver à redire à son « c'est très bien ».

Depuis que Hepburn lui avait donné l'ordre de rendre l'hôpital accessible, Elzire et Oliva faisaient régulièrement de longues visites et amenaient parfois les autres enfants avec eux. Dafoe faisait des efforts surhumains pour se retenir de les jeter à la porte, mais à chaque visite il avait l'impression de perdre un peu plus le contrôle. Il ne pouvait même plus faire confiance à ses propres infirmières. Deux ou trois d'entre elles lui restaient fidèles, mais la plupart, comme Parise Monette, manifestaient de l'amitié pour les Dionne. Il avait tenté de trouver des raisons pour congédier toute infirmière qui manifestait trop de sympathie pour les Dionne. Il avait affirmé par exemple que de trop nombreux attachements pourraient perturber les filles. Mais Oliva s'opposait inlassablement à lui devant le conseil, invoquant des questions d'éducation et de langue, avec l'intention de gagner à sa cause le plus grand nombre possible d'employés dans l'hôpital. Et, si on écoutait à peine les objections de Dafoe, on donnait suite à celles d'Oliva.

Parise s'en retournait vers la chambre des quintuplées quand Mlle Harper passa en trombe à côté d'elle sans même lui jeter un coup d'œil. Elle se dirigea tout droit vers le bureau de Dafoe et ouvrit la porte à toute volée.

— Docteur, Mme Dionne veut que vous examiniez Émilie. Elle dit qu'elle a de la fièvre.

— De la fièvre?

Il lui jeta un regard par-dessus ses lunettes.

— Avez-vous vérifié?

— Oui, et je n'ai rien senti, mais elle veut que vous l'examiniez quand même.

— Est-ce que vous ne pourriez pas... ah! très bien. Je vais aller lui parler.

Il déposa sa pipe dans le cendrier et referma son journal avant de se lever.

Mlle Harper l'attendait impatiemment sur le seuil et le précéda dans le corridor.

Dafoe entrouvrit la porte de la chambre des quintuplées et y jeta un coup d'œil. Deux infirmières étaient en train d'habiller les filles de robes en taffetas rouge pour la représentation du matin. Une autre retirait les bigoudis de leurs cheveux et brossait leurs boucles. Une quatrième vérifiait que tous les nœuds étaient bien droits.

— Comme vous êtes jolies! dit Dafoe avec un grand sourire.

Les filles éclatèrent de rire et coururent se jeter dans ses bras en l'embrassant bien fort. Leur sourire éclatant et leur affection le réconfortèrent un instant. Mais, à l'idée que cette grosse vache pouvait chatouiller ses merveilleuses petites filles et jouer avec elles, son plaisir fut gâché.

— Bonjour, Elzire, dit-il sèchement. Est-ce que je peux te parler?

— Bonjour.

Elzire le rejoignit à l'extérieur de la chambre.

— Alors, qu'est-ce qui t'inquiète chez Émilie? demanda-t-il avec un sourire forcé, en refermant la porte.

Elzire regarda Parise qui se tenait tout près, puis le geôlier de ses enfants.

— Je pense qu'elle va avoir le rhume.

Dafoe parut surpris.

— Elle allait très bien ce matin.

Il les avait examinées et pesées toutes les cinq à sept heures, avant le déjeuner.

— Elle me semble aller très bien en effet, ajouta Mlle Harper.

— Je pense que vous devriez la mettre au lit quand même, suggéra poliment Elzire. Ne serait-ce que pour quelques heures.

Il faut que tu gardes ton calme, se rappela Dafoe.

— Je l'examinerai après le jeu libre, offrit-il comme compromis.

— Je voudrais que vous l'examiniez tout de suite, demanda Elzire.

Elle regarda Parise de nouveau, pour obtenir son appui cette fois.

Dafoe jeta un coup d'œil à sa montre.

— Le jeu libre va commencer dans quelques minutes. Je l'examinerai tout de suite après.

Elle se rappela les paroles d'Oliva : « Ne laisse personne t'arrêter ». Elle releva la tête et regarda le docteur droit dans les yeux.

— La représentation peut attendre, déclara-t-elle. Je voudrais que vous examiniez ma fille. Tout de suite.

— J'ai dit plus tard – Dafoe commençait à en avoir assez de se répéter. – Allons, je suis certain que ce n'est rien du tout. Les enfants ont toujours le rhume.

Les enfants ont toujours le rhume, ces mots la frappèrent comme un coup de tonnerre. Comment osait-il lui dire ça ? Des images se mirent à tourbillonner dans sa tête, oscillant du présent au passé et du passé au présent. Ce qui l'avait le plus blessée remontait à la surface. *Vous connaissez la hantise du docteur pour les microbes,* avait déjà dit Mlle Harper alors qu'elle ne voulait pas la laisser entrer dans l'hôpital parce que Daniel avait le rhume. *Tu aurais vraiment dû venir à la réception,* lui avait dit Dafoe le soir de la célébration factice du premier anniversaire de ses bébés. *Les bébés n'iront nulle part. Pas tant que je serai le patron*, avait-il dit au monde entier alors qu'Oliva aurait eu besoin d'un peu d'appui lors du seul faux pas qu'il ait fait dans sa vie. Les images humiliantes tourbillonnaient de plus en plus vite, l'une après l'autre, pour culminer dans ces mots qu'elle venait tout juste d'entendre : *LES ENFANTS ONT TOUJOURS LE RHUME.*

Elle ne quitterait pas la partie vaincue. Pas cette fois-ci.

— Tout de suite ! cria-t-elle, surprise elle-même par la violence de sa colère. Je veux que vous examiniez ma fille tout de suite !

Le son de sa voix se répercuta le long du corridor de l'hôpital. La cuisinière sortit la tête de la cuisine et deux autres infirmières apparurent dans l'entrée. Même le professeur de français, Mlle Vézina, toujours si discrète, se risqua à l'extérieur de la classe pour voir ce qui se passait.

Dafoe recula. Il regarda Parise qui était sidérée, Mlle Harper qui était en état de choc, l'autre infirmière et la cuisinière au bout du corridor, puis enfin Elzire Dionne qu'il avait pourtant toujours réussi à contrôler assez facilement au cours de toutes ces années. Il se sentait coincé. Tout le monde le regardait et attendait qu'il dise quelque chose.

— Je te le répète, Elzire – sa voix grinçante plus haut perchée que jamais se fit menaçante –, elle va très bien. Je l'examinerai après la représentation et pas avant.

Elzire le fixa d'un regard déterminé, sinon haineux, qui l'effraya un instant.

— Il n'y aura pas de représentation aujourd'hui, dit-elle d'un ton ferme et mesuré.

Elle se détourna, ouvrit la porte et rentra dans la chambre.

— Elzire, appela-t-il – mais la porte lui claqua au nez.

Il se tourna vers les infirmières.

— Qu'est-ce qui lui prend aujourd'hui ? leur demanda-t-il. Je ne comprends pas pourquoi elle s'en fait tellement avec un tout petit rhume.

À cet instant, ils entendirent un hurlement en provenance de l'intérieur de la chambre des quintuplées. C'était sans doute une des infirmières. Puis la porte s'ouvrit à toute volée et Elzire sortit en courant. Elle tenait Émilie par la main.

— Madame Dionne, cria Mlle Harper.

— Elzire, qu'est-ce que tu fais?

Dafoe voulut l'arrêter, mais Parise se trouvait sur son chemin.

— Écartez-vous! cria-t-il.

Elzire passa en coup de vent, tirant Émilie toute confuse derrière elle.

Mlle Harper la suivit à la course le long du corridor jusqu'à la porte avant.

— Arrêtez, madame Dionne, criait-elle hors d'elle-même. Vous ne pouvez pas l'emmener comme ça.

Mais Elzire était déjà à la porte, tenant fermement le bras d'Émilie. Elle s'arrêta un instant sur la galerie pour évaluer les obstacles qui se dressaient devant elle. Leur maison était juste en face, mais elle devait d'abord franchir la barrière, passer à côté des gardiens et se frayer un chemin à travers la cohue des piétons sur la route. Elle avait peur, mais elle se jura qu'elle se battrait s'il le fallait pour passer à travers tout ça.

Mlle Harper la suivit sur la galerie, Dafoe sur les talons. La cuisinière et une autre infirmière surgirent aussi, se butant presque aux personnes qui, debout dans l'escalier, semblaient poser pour un tableau vivant. Parise sortit et observa la scène. On aurait dit des mannequins. Personne ne savait que faire. Mlle Harper elle-même hésitait à essayer de reprendre Émilie, car Elzire semblait prête à frapper quiconque s'approcherait.

Elzire et Émilie, la mère et la fille, transgressèrent les règles et descendirent les marches.

En quelques secondes, l'attention des gens qui marchaient de l'autre côté de la clôture fut attirée par le spectacle d'une des quintuplées cramponnée à une grosse femme. Même s'ils se dépêchaient pour aller prendre la file, leur regard se tournait spontanément vers l'hôpital. Quand ils remarquèrent une petite fille de l'âge des quintuplées, qui ressemblait à une des quintuplées, et qui sortait du palais en rondins où vivaient les quintuplées, ils furent certains que c'en était une. Leur silence stupéfait se transforma bientôt en frénésie. Des centaines de corps se précipitèrent vers la clôture. Des visages se pressaient contre le métal. Des nez pointaient dans les mailles du grillage. Des voix appelaient Émilie des prénoms de toutes les quintuplées.

Autre spectacle saisissant : le célèbre docteur Dafoe dévalant l'escalier de la galerie, suivi de l'infirmière Harper qui saisit le bras d'Elzire par derrière.

— Madame Dionne, lâchez-la tout de suite ! ordonna-t-elle.

— Elzire, la supplia Dafoe. Je t'en prie, ramène-la à l'intérieur.

— Ne me touchez pas ! hurla Elzire à l'infirmière qu'elle haïssait le plus.

Ces paroles furent accueillies par une pluie de cris et de huées dans la foule. La rumeur qu'une des quintuplées était en cavale s'était répandue comme une traînée de poudre. Plus d'une centaine de personnes qui faisaient déjà la queue avaient quitté leurs places chèrement acquises pour voir le spectacle qui se déroulait alors à l'intérieur des grilles de l'hôpital.

Mlle Harper retenait fermement Elzire qui essayait de dégager son bras.

Dafoe se rendit soudain compte que la foule, étonnée, les regardait. Il semonça Elzire.

— Ce n'est pas l'endroit pour faire une scène.

Elzire se libéra de la poigne de Mlle Harper et descendit l'allée en courant avec Émilie.

Mlle Harper la poursuivit.

— Elzire, appela Dafoe en vain.

Émilie enfouit sa tête dans la robe de sa mère, et elles se dirigèrent vers la barrière.

— Tu la terrorises.

Le ton de Dafoe se faisait suppliant. Il regardait Émilie, puis la foule. Il se demandait que faire. Il aurait voulu expliquer aux gens que tout allait bien, qu'ils devraient reprendre tranquillement le programme de leur journée à la foire. Mais ils restaient là. Et, de tous les coins de Quintland, ils arrivaient de plus en plus nombreux, attirés par le brouhaha.

— Oliva ! cria Elzire en approchant de la barrière.

— Elzire, ramène Émilie ici tout de suite ! ordonna le docteur.

— Madame Dionne ! – Mlle Harper cessa de courir et mit les mains sur ses hanches – Je vous préviens !

— Oliva, cria de nouveau Elzire en atteignant la barrière.

Les gens qui étaient là s'approchèrent encore plus de la clôture et passèrent les doigts dans les mailles en essayant fébrilement de toucher Émilie.

Elzire détourna le visage de sa fille de la foule.

— Ouvrez la barrière, cria-t-elle aux gardiens.

Mais ils n'avaient pas du tout l'intention d'obtempérer. Pas sans les ordres de Dafoe. Après tout, c'était encore son hôpital à lui, non ? Ils restaient figés, surpris comme tout le monde que Mme Dionne veuille kidnapper une des quintuplées. Ils pensaient que, même s'ils avaient voulu ouvrir la barrière, la force de la ruée de la meute les aurait tous écrasés.

— Appelle la police, dit un gardien à l'autre.

Le gardien le plus jeune obéit. Il se rua dans la guérite et décrocha le téléphone.

— Passez-moi la police provinciale. Tout de suite.

Il ne pouvait arrêter le tremblement de ses mains.

— Oliva ! – Elzire continuait de crier aussi fort qu'elle le pouvait. – Oliva !

Il arriva à la course en se frayant un chemin à travers la foule.

— Écartez-vous, cria-t-il. Laissez-moi passer... laissez-moi passer, répétait-il en état de panique. Elzire ! rugit-il par-dessus le tumulte.

Il pouvait la voir qui secouait la barrière pendant que Dafoe, l'air impuissant, la suppliait de retourner dans l'hôpital.

L'infirmière Harper aperçut Oliva qui arrivait et battit en retraite dans l'hôpital pour téléphoner elle-même à la police.

Parise la remplaça sur les lieux de l'action.

Oliva se mit à escalader la clôture. Il arrivait en haut quand le gardien qui était dans la guérite se joignit à l'autre pour le faire redescendre en le retenant par les jambes. Plus les gardiens tiraient, plus Oliva s'agrippait à la clôture. Ils réussirent enfin à le faire tomber. Il s'écroula comme une masse, les mains en sang, déchirées par le fil de fer barbelé qui surmontait la clôture.

— Oliva! hurla Elzire en le voyant tomber.

— Elzire, je t'en prie – Dafoe essayait de l'amadouer.

On entendit le déclic de l'obturateur d'un appareil photo pendant un court silence dans le vacarme des voix.

— Je te promets que je vais m'occuper d'elle. Mais reviens à l'intérieur.

Une autre infirmière se joignit à Dafoe et essaya de saisir Émilie qui pleurait maintenant, la tête cachée au creux du bras de sa mère.

— Ne touchez pas à ma fille, l'avertit Elzire en serrant Émilie contre elle encore plus fort.

— Regarde ce que tu lui fais – Dafoe tendit les bras vers Émilie pour montrer à Elzire combien la petite était effrayée. Elle est presque morte de peur. Je t'en prie, laisse-la retourner à l'intérieur.

— Non. Pas si vous ne la mettez pas au lit tout de suite.

— D'accord, d'accord, capitula Dafoe presque en larmes. Mais lâche-la.

Il prit Émilie dans ses bras au moment où Elzire lâchait prise et il tomba à la renverse. Elzire subit le contrecoup et, ayant abandonné la lutte, elle tomba à terre elle aussi.

La foule commençait à se calmer, et le silence s'établit de proche en proche.

Dafoe se releva et se pencha vers Elzire. Il essaya de saisir Émilie qui était en larmes, assise à terre à côté de sa mère, et qui la suppliait de se relever.

Quelqu'un de l'autre côté de la clôture prit encore une photo.

La barrière s'entrouvrit à peine, juste assez pour qu'Oliva puisse se glisser à l'intérieur. Puis elle se referma très vite, pour contenir la charge menaçante de la foule. Arrivé à la course, Oliva dardait son regard tout autour de lui : sur Dafoe, sur Parise, sur Elzire et sur Émilie, la toute petite fille assise à terre et dont le visage exprimait la plus grande panique qu'il ait jamais vue.

Émilie jeta un regard effrayé vers son père, puis vers la foule. La terreur se lisait sur son visage. Elle lâcha la main du docteur, se remit sur ses pieds et remonta à la course l'allée vers l'hôpital. Elle ignora les bras tendus et les cris d'« Émilie ! » des infirmières sidérées, de la cuisinière et de Mlle Vézina. Elle escalada les marches à toute vitesse. Elle se précipita par la porte ouverte sans la refermer. Elle courut le long du corridor jusqu'à sa chambre où elle fit bruyamment claquer la porte derrière elle. Depuis sept ans qu'elle vivait dans l'hôpital, jamais aucun bruit ne lui avait procuré un tel soulagement.

12

VICTOIRE !

Nerveux, Dafoe attendait sur le seuil de la porte de Hepburn qu'on réponde à son coup de sonnette.

Il s'était déjà trouvé à cet endroit, mais c'était le soir, pour souper. Il faisait alors trop sombre pour voir la rue tranquille au trottoir nettement découpé, le jardin paisible émaillé de crocus et de forsythias, l'étang vert aux eaux dormantes et la haie bien taillée qui se déployait jusqu'à l'angle de la maison. À ce moment-là, il avait aussi été trop excité par l'invitation pour porter beaucoup d'attention à l'extérieur de l'immeuble : à ses murs de brique rouge impeccable, à ses élégantes portes-fenêtres scintillant au soleil, à sa boîte aux lettres en fer peinte en blanc et à son opulente porte en chêne aux vitres garnies de rideaux, derrière laquelle vivait l'homme le plus féroce qu'il ait jamais connu.

Il ne savait pas au juste pourquoi il craignait tant Hepburn. À cause de son poste de Premier ministre de l'Ontario peut-être. Ou à cause de l'aisance avec laquelle ce grand homme donnait des ordres à tous ceux qui l'entouraient. Mais plutôt parce que Hepburn lui rappelait son père. Voilà deux hommes qu'il avait respectés et détestés à la fois. Deux hommes qui l'avaient toujours regardé de haut, jamais contents de lui. Deux hommes pour lesquels il n'en faisait jamais assez. C'était d'ailleurs pour cela qu'il avait rompu avec sa famille.

Mais on ne pouvait pas échapper à Hepburn. Même à New York. Le télégramme qu'il avait reçu la veille au soir n'était pas une demande amicale, mais un ordre laconique : 20 AVRIL 1941 – DOCTEUR DAFOE – HÔTEL ALGONQUIN – NEW YORK – ARRÊT CHEZ MOI SUR CHEMIN DU RETOUR – HEPBURN. Le message était simple, mais il se sentit comme un enfant paralysé par la terreur en le lisant.

La porte s'ouvrit sur la jeune bonne qui travaillait pour Hepburn.

— Bonjour, docteur Dafoe, dit-elle avec un sourire. Entrez, je vous en prie. Le Premier ministre Hepburn vous attend.

Elle le précéda dans le hall monumental avec son grand escalier en spirale, dans la salle à manger de style colonial, dans la vaste cuisine, puis le fit entrer dans la serre vivement éclairée.

— Monsieur, annonça-t-elle, le docteur Dafoe.

Hepburn posa le journal qu'il était en train de lire.

— Allan, je suis heureux de vous voir.

Il saisit la petite main de Dafoe et la serra bien fort.

— Je suis content que vous ayez reçu mon télégramme avant de quitter New York.

— Ça semblait urgent.

Il espérait que Hepburn ne remarquerait pas combien sa main était glacée.

— Je vous sers quelque chose à boire, messieurs ?

— Du café fera l'affaire.

Hepburn jeta un regard malicieux à la jeune fille et lui fit un clin d'œil.

— Il est encore un peu tôt pour boire autre chose.

— Je prendrais plutôt du thé, si vous voulez bien.

— Pour moi aussi alors, dit obligeamment Hepburn.

— Ça ne sera pas long.

La bonne sourit à Hepburn avec coquetterie et referma les deux portes vitrées en sortant.

— Asseyez-vous, Allan.

Les deux hommes se faisaient face de chaque côté de la table de jardin au plateau de verre. Les mains de Hepburn étaient croisées sur la table, celles de Dafoe sur ses genoux. Ils se regardèrent quelques instants sans dire un mot. Puis Dafoe, qui se sentait comme un mauvais garnement sans trop savoir encore pourquoi, brisa le lourd silence.

— Quelle belle pièce ! s'exclama-t-il.

Il regardait les tables ornementales couvertes de plantes dans la serre et, par les fenêtres, les amandiers en fleur dans le jardin.

— Je l'adore, dit calmement Hepburn en desserrant le nœud de sa cravate et en allumant une cigarette. C'est un endroit où je peux à la fois réfléchir, travailler et profiter du soleil.

— C'est sûrement très agréable, dit Dafoe.

Hepburn semblait vraiment très détendu sans son veston. Pour la première fois, Dafoe pensa que ce chef énergique était aussi un être humain. Les hommes comme Hepburn et son père étaient à ses yeux des forces de la nature.

— Comment allez-vous ces temps-ci, Allan ? demanda Hepburn avec un intérêt apparent.

— Plutôt bien. Compte tenu des circonstances.

— Tant mieux. Tant mieux.

Hepburn se pencha et posa ses mains jointes au milieu de la table.

— Venons-en au fait, Allan. L'avocat de Dionne a téléphoné.

— Ah ! oui ?

— Dionne est prêt à abandonner toutes les poursuites contre vous si vous démissionnez du conseil.

Dafoe devint livide. Jusque-là, il s'était accroché à la folle idée qu'il avait peut-être été convoqué pour apprendre de bonnes nouvelles.

— Ils ne peuvent pas faire du chantage comme ça,

répondit-il avec colère, en accusant le coup.

— Ils le peuvent et ils le feront, assura Hepburn.

— Mais vous, vous pouvez les en empêcher, n'est-ce pas ?

Dafoe continuait de croire que Hepburn pouvait régler tous les problèmes.

— Pas sans nous mettre à leur merci. Surtout qu'ils sont prêts à engager une autre poursuite contre vous.

— Pour quelle raison ?

Hepburn foudroya son invité d'un de ses regards célèbres.

— Dites-moi, Allan. Que faisiez-vous à New York cette fois-ci ?

Dafoe se mit immédiatement sur la défensive.

— Ça ne regarde personne. J'y fais des affaires.

— Beaucoup d'affaires, à ce que je comprends.

— Et puis ? Pourquoi pas ?

— Pas de *pourquoi pas ?* avec moi, dit Hepburn d'un ton cinglant. Je ne suis pas comme vos amis de la presse new-yorkaise qui sont toujours prêts à gober toutes vos conneries.

— Mais qu'est-ce qui vous choque tellement ? demanda Dafoe – mal à l'aise et inquiet du mal que cet homme en colère pourrait lui faire.

— Ne faites surtout pas l'innocent avec moi, l'avertit Hepburn en pointant un doigt vers le docteur. Venons-en au fait maintenant.

Il se pencha vers un porte-revues à quelques centimètres de ses pieds et y prit une copie du *Toronto Daily Star*. Il replia le journal à une des dernières pages et le lança à Dafoe.

— Regardez cet article bouche-trou, dit-il.

On aurait dit qu'il allait percer du doigt et le journal et la table.

Dafoe ajusta ses lunettes.

— C'est au sujet des contrats de publicité que vous signez avec à peu près tout ce qui bouge sous le soleil. Et aussi, bien sûr, des commissions que vous touchez sur les contrats de publicité des quintuplées.

— Je ne comprends pas. Vous étiez déjà au courant de

tout cela. Ce ne sont pas des nouvelles.

— Mais ça va le devenir si nous n'agissons pas très vite. Dionne est prêt à vous poursuivre pour tout ce que vous avez gagné avec ses filles, si vous ne démissionnez pas du conseil.

Dafoe se leva et se mit à faire les cent pas.

— J'étais convaincu que vous mettriez la pédale douce avec les contrats de publicité, le sermonna Hepburn, toujours assis. Je pensais que la ridicule affaire du *spécialiste du vêlage* vous aurait donné une leçon.

— Je vous ai déjà dit que c'était seulement une farce.

— Oh! je vois. Et la séance de crêpage de chignon entre votre infirmière et Mme Dionne alors, vous appelez ça comment? Une rencontre amicale?

— Ce n'était pas du crêpage de chignon. Elzire est tombée toute seule.

— Il y a des photographies.

— Elle voulait enlever Émilie de l'hôpital. – Il marqua un temps d'arrêt à l'autre bout de la pièce. – Aurions-nous dû la laisser faire?

Hepburn remarqua que Dafoe triturait les feuilles d'une des plantes.

— Venez vous asseoir, Allan.

— Je n'ai rien fait de mal, bégaya Dafoe que la panique faisait parler plus fort que d'habitude.

— Allons, allons, mon ami.

Hepburn essayait de le calmer. Il se leva pour inciter le docteur à se rasseoir.

— Dionne est prêt à vous mettre au pied du mur pour ces contrats de publicité. Et il ne s'arrêtera pas là. Il nous poursuivra tous, Clayton, Sharkey, même moi. Tous ceux qui ont eu quelque chose à voir avec la tutelle ou qui ont touché des commissions sur les contrats de publicité.

— Laissez-le faire, le défia Dafoe en se rasseyant. Vous pouvez vous battre contre lui. Ça pourrait traîner pendant des années.

— Allan. Ce ne sont pas des menaces en l'air.

Hepburn se rassit à son tour.

— Et vous savez bien qu'elles sont fondées. Je n'ai pas du tout l'intention de m'engager dans une bataille rangée au sujet de la garde des petites. Ils feront appel à la Cour suprême et obtiendront un mandat qui leur permettra de passer tous nos dossiers au peigne fin.

— Nous n'avons rien à cacher.

— Clayton est en train de voir à cela, mais ils pourront quand même rétablir les faits après coup. Je n'exposerai pas le gouvernement à ce risque.

Il entendit la bonne qui approchait.

— Et surtout, pas un mot là-dessus.

La bonne ouvrit la porte. Elle apportait un service à thé en argent assorti d'un vase contenant une seule jonquille.

— Voilà ! dit-elle en déposant le plateau devant eux sur la table. Voulez-vous que je fasse le service ?

— Nous nous en occuperons nous-mêmes, merci.

Ils la regardèrent quitter la pièce en refermant la porte.

— Vous saviez aussi bien que moi que les filles retourneraient vivre avec leurs parents, affirma Hepburn. Ce n'était qu'une question de temps.

Dafoe secoua la tête.

— Non, je ne le savais pas.

Il mentait, mais le ton utilisé par Hepburn lui faisait sentir que ses pires craintes allaient se réaliser.

— C'est inévitable. Tout le monde s'accorde pour dire qu'il ne faut pas les garder plus longtemps loin de leurs parents. Les journaux, les psychologues, l'Église. – Il versa le thé. – Du sucre ?

— Elles ne sont pas prêtes, plaida Dafoe. Vous ne pouvez pas leur faire ça.

— *Leur* faire ça, ou *vous* faire ça ?

Hepburn regardait Dafoe qui avait la tête penchée et l'air accablé. Il ressentait de la pitié pour l'homme assis en face de lui, mais ça ne l'empêchait pas de vouloir régler au plus tôt le problème à l'ordre du jour.

— Nous émettrons un communiqué, dit-il en essayant d'adopter un ton positif. On laissera croire que vous vous êtes retiré de votre plein gré. Ce sera la fin d'une merveilleuse histoire. Vous pourrez dire à la presse que vous estimez avoir terminé votre œuvre. Que le temps est venu pour les quintuplées d'aller vivre à la maison, sous le même toit que leurs parents.

— Dans cette vieille maison de ferme ?

— Non, non. Nous avons décidé de construire une grande maison neuve pour toute la famille.

Il prit une gorgée de thé pour laisser à Dafoe le temps d'avaler cette nouvelle.

— Nous pourrons faire une déclaration conjointe.

Il vit que Dafoe n'avait pas touché à son thé.

— Allons. Buvez votre thé. Et ne vous inquiétez pas trop. Personne n'a besoin de connaître les véritables raisons. Poulin, l'avocat de Dionne, est d'accord pour ne rien divulguer à la presse.

— Je consulterai Oliva davantage.

Le désespoir l'étouffait.

— Je vais tout faire pour que ça marche bien.

— C'est déjà décidé, Allan.

Le docteur ne dit rien.

— Vous ne faites plus partie du conseil, insista Hepburn. En considération de quoi, ils ont accepté de laisser tomber toutes leurs revendications actuelles contre le gouvernement et de renoncer à toute poursuite ultérieure. De plus, conclut-il joyeusement, ils respecteront tous les engagements que nous avons pris, y compris le rassemblement pour les Bons de la Victoire. C'est un règlement honnête, si vous voulez mon avis.

Dafoe s'effondra sur sa chaise.

— Vous avez décidé tout cela sans même me consulter.

— Ça dure depuis presque huit ans, Allan. Ça a été une bonne affaire pour nous tous. Ne pouvez-vous pas comprendre que c'est fini maintenant ?

Dafoe se releva.

— Une bonne affaire ?

Était-ce vraiment ce qu'il voulait dire ?

— Je suis leur médecin, bredouilla-t-il sans rien ajouter.

— Oui, oui, je sais... – d'un ton sarcastique, Hepburn poursuivit lui-même l'habituelle ritournelle de Dafoe – et ce sont vos patientes... et vous n'avez touché qu'un salaire normal pour en prendre soin pendant toutes ces années.

Dafoe regardait le fond de sa tasse, mais il n'y voyait pas de feuilles pour prédire de quelles injures il serait accablé par la suite.

— Je vous l'ai déjà dit. N'essayez pas de me servir ces inepties. Voulez-vous vraiment voir votre relevé de compte bancaire étalé à la une du *Telegram* ?

Hepburn fit une pause. Il voulait laisser à Dafoe le temps de se rendre compte des conséquences possibles d'une telle éventualité.

— Et ne soyez pas assez stupide pour penser que vous pourriez vous battre. Vous avez perdu une bataille après l'autre avec Dionne ces derniers temps.

— C'est peut-être vrai, mais c'est encore mon hôpital.

— Vraiment ? demanda Hepburn d'un ton cynique.

Dafoe voulait dire que oui, mais le Premier ministre lui fit signe de laisser tomber.

— Vous avez encore votre réputation, fit remarquer Hepburn. Et, si vous avez l'intelligence de vous retirer dès maintenant, personne ne pourra vous enlever ça.

Dafoe retira ses lunettes et se frotta les tempes.

— Vous êtes assis là et vous me dites que mon temps est fini. Qu'attendez-vous de moi, que je me couche et me laisse mourir ?

— Vous avez de l'argent, dit Hepburn. Et je sais que vous aimez les voyages.

— Mais vous m'aviez *donné* ces filles.

Il se leva et se remit à marcher de long en large tout en gesticulant frénétiquement.

— C'est vous qui avez décidé de construire l'hôpital et de mettre le conseil sur pied.

— Oui, c'est moi. Et c'était la bonne décision à ce moment-là. Revenez vous asseoir maintenant.

— Et la bonne décision, à présent, c'est de m'enlever les seules choses au monde qui comptent pour moi ?

— Ce ne sont pas des choses, Allan. Ce sont des personnes. On n'aurait jamais dû les garder si longtemps à l'écart de leur famille.

Dafoe n'en revenait pas. Il regarda dans le blanc des yeux cet homme qui n'avait même jamais voulu prendre les quintuplées dans ses bras quand elles étaient bébés.

— Vous aimez vraiment jouer avec la vie des gens, n'est-ce pas ?

— Vous êtes bouleversé, alors je ne relèverai pas ce commentaire. Pourquoi ne venez-vous pas vous asseoir et prendre un peu de thé ? Ça vous fera du bien.

Il se pencha sous la table pour prendre son porte-documents.

— J'ai votre déclaration ici. On peut tout régler dès maintenant, et il n'y aura plus de problèmes pour aucun d'entre nous. Venez vous asseoir. Vous allez vous rendre malade à force de vous en faire pour rien.

Dafoe ne voulait pas s'asseoir. Il regarda Hepburn préparer les papiers, les classer, indiquer d'un X les endroits où il devrait signer et les placer bien en ordre à côté de sa tasse de thé. Hepburn lui demanda de nouveau de s'asseoir, mais il n'en était pas question. Il sortit plutôt de la pièce en regardant droit devant lui. Il se sentait comme une marionnette, même s'il venait de se libérer des ficelles qui l'avaient manipulé si longtemps.

Il quitta la maison avec un sursaut d'énergie. Il était fier de ne pas avoir signé les papiers et se jura qu'il ne le ferait pas. Il se sentait comme bien des années plus tôt, lorsqu'il avait refusé de reprendre le cabinet de son père et qu'il avait quitté la maison pour toujours. Il était alors allé vers le nord pour devenir médecin de campagne. Aujourd'hui, il y retournerait pour faire ses adieux.

Il ne resterait pas à Toronto pour la déclaration publique. Pas cette fois-ci. Depuis la cérémonie d'inauguration du chantier pour la construction de son hôpital, il avait été bien souvent sous les feux de la rampe avec Hepburn. Mais il ne serait pas aux côtés du Premier ministre pour le dernier tour de piste.

Qu'aurait-il dû faire ? Sourire aux journalistes pendant que Hepburn leur expliquerait la suite des événements ? Faire semblant de trouver que tout allait pour le mieux dans le meilleur des mondes ? C'était un peu comme s'il avait fait paraître un de ses patients devant une grande foule, en annonçant que l'homme souffrait d'une maladie mortelle, en lui demandant d'avoir une mine réjouie.

Quand il était sorti de la maison de Hepburn la veille, le Premier ministre l'avait suivi et lui avait demandé, puis ordonné, de rester et de signer les papiers. Mais il ne s'était pas arrêté, incapable de répondre autrement que par son silence. Hepburn ne pouvait plus lui faire de tort maintenant.

Le voyage en train jusqu'à North Bay fut le plus solitaire de sa vie. Quelle différence avec la fois où, sept ans plus tôt, il était rentré de New York après avoir fait la conquête de Manhattan. Il s'était aussi arrêté à Toronto et il avait reçu une formidable ovation à l'Assemblée législative de l'Ontario. Et, quand il était arrivé à la gare de North Bay, en ce jour si lointain, on aurait dit que la moitié de la ville était là pour l'accueillir. Plus tard cet après-midi-là, il était allé à l'hôpital pour voir ses précieuses petites. Quand il les avait prises dans ses bras, chacune d'entre elles lui avait fait un grand sourire. Tout était tellement parfait alors. Il rentrait maintenant de nouveau chez lui, mais il n'y aurait personne pour l'accueillir. Il irait encore à l'hôpital à son retour, mais ce serait pour y faire ses derniers adieux.

Quand il arriva à la maison, Mme Henderson était dehors en train de planter des gardénias. Elle leva des yeux inquiets lorsqu'il descendit de voiture. Au ton de sa voix au téléphone la veille au soir, elle avait compris que quelque chose n'allait pas.

— Bienvenue à la maison, lui lança-t-elle feignant la

bonne humeur pour tenter de lui remonter le moral.

Mais Dafoe ne lui rendit pas ses salutations. Il ouvrit la grille et refusa d'un haussement d'épaule qu'elle l'aide à porter sa valise. En voyant son maintien et son visage livide, elle comprit que, quoi que ce soit, il était arrivé quelque chose de grave. De très grave. La seule fois qu'elle l'avait vu ainsi, c'était quand elle avait commencé à travailler pour lui, juste après la mort de sa femme.

Elle baissa la tête au moment où il passait à côté d'elle et continua son jardinage. Elle voulait lui cacher son air préoccupé qui l'agacerait, elle le savait. Elle releva les yeux quand elle entendit la porte s'ouvrir, juste à temps pour voir sa silhouette courbée disparaître dans la maison.

Dafoe déposa sa valise et s'appuya contre la porte en espérant que Mme Henderson ne le suivrait pas à l'intérieur. Il se sentait incapable de faire face à qui que ce soit pour l'instant. Peu après, il entra dans la salle d'attente et regarda furtivement par la fenêtre pour voir ce qu'elle faisait. Dieu merci ! elle continuait de jardiner.

Il entra dans son cabinet de consultation qu'il n'avait presque pas utilisé depuis huit ans. Rien n'avait vraiment changé depuis ce mois de mai mémorable. En fait, rien n'avait changé depuis bien des années auparavant. Tout au fond, il y avait son petit bureau, bien ordonné comme toujours. En arrière du bureau, des rayons remplis de textes et de revues de médecine. Contre un autre mur, la table d'examen. Il la regarda en se demandant combien de patients pouvaient s'y être assis pendant qu'il leur demandait d'ouvrir la bouche « bien grande ». Combien de sucettes il pouvait avoir données à des enfants pour les distraire de leur douleur. Il regarda ensuite la balance romaine qui était déjà vieille quand il l'avait achetée et l'armoire à médicaments dont l'émail blanc était sérieusement écaillé aux coins. Il se rappela que, dans un des premiers articles portant sur lui, cette même pièce avait été qualifiée de *fascinante* et d'*enchantée*. Elle n'était ni l'une ni l'autre. C'était tout simplement le bureau d'un omnipraticien. Et cela n'avait pas changé depuis trente-deux ans.

Dafoe regarda les deux dessins au crayon accrochés sur le mur. Leurs couleurs brillantes contrastaient vivement avec le terne arrière-plan. Il y avait des années que Mme Henderson lui demandait de l'aider à tapisser la pièce. Il examina les couleurs des dessins : jaune, rose et bleu. Il se rappelait avec émotion que les filles attendaient toujours avec impatience leur leçon de dessin quotidienne et qu'elles avaient toujours hâte de lui montrer leur dernier chef-d'œuvre. Il passa la main sur le dessin naïf représentant un homme à l'énorme moustache broussailleuse, avec un stéthoscope géant qui se balançait à son cou. Il sourit en se rappelant le jour où Yvonne le lui avait donné. Elle pensait que la ressemblance était parfaite et il lui avait dit que c'était vrai, juste pour lui faire plaisir.

Il tourna les yeux vers la peinture voisine. Elle avait été faite avec les doigts. Les cinq filles y avaient participé et elles avaient fait tout un gâchis ce jour-là. Leurs petits corps tout entiers, et pas seulement leurs doigts, avaient été éclaboussés de pourpre. Elles s'étaient avancées vers lui les mains tendues, comme si elles voulaient le barbouiller, et avaient toutes éclaté de rire quand il avait plongé pour leur échapper et s'était enfui de la pièce.

Ses yeux, embués de larmes, allaient d'un dessin à l'autre et tombèrent enfin sur la seule photographie qui s'y trouvait. Les quintuplées avaient alors trois ans. Elles le regardaient de l'intérieur d'un cadre en cuivre, les yeux brillants, avec chacune un grand sourire éclatant pour pa...

En sortant de la pièce, il ne vit pas Mme Henderson qui l'observait, près du téléphone sous la cage d'escalier. Il se pencha à deux pas d'elle pour ramasser sa valise usée qu'il avait laissée près de la porte d'entrée, mais il ne la vit pas. Et elle resta sans dire un mot.

Il monta l'escalier en tirant sur sa cravate parfaitement nouée, jusqu'à ce qu'elle se défasse et tombe sur les marches derrière lui. En entrant dans sa chambre, il vit son image dans la psyché placée dans un coin de la pièce. Il referma la porte et se rapprocha pour scruter son reflet ridé, au plus profond du miroir. Il cligna des yeux à quelques reprises. Il n'y reconnaissait pas l'homme qui avait succombé aux charmes des quintuplées. Il y retrouvait plutôt un vieil ami, l'homme solitaire de Madoc, celui qui avait toujours refusé les invitations de ses patients par crainte de se diluer dans leurs vies.

Martin Poulin entra dans la boutique de souvenirs d'Oliva, le sourire fendu jusqu'aux oreilles. Il mit aussitôt les bras dans son dos pour cacher le long tube qu'il portait. Il passa à côté de deux femmes affairées à choisir des cartes postales dans un présentoir en fil de fer. Il aperçut ensuite la vendeuse qui lui sourit en le reconnaissant et continua de s'occuper de l'homme auquel elle était en train de vendre un presse-papiers à l'effigie des quintuplées. En voyant les clients, Poulin jubilait intérieurement. Profitez-en pendant que c'est encore possible, pensait-il.

Oliva était tout au fond du magasin, comptant des porte-clés en bronze dans une petite boîte en carton. Il avait entendu la sonnette tinter, mais il n'avait pas pris la peine de se retourner. Il pensait qu'il s'agissait simplement de nouveaux clients qui manifesteraient leur présence quand ils seraient prêts à payer.

Poulin était juste dans son dos quand Oliva se retourna enfin.

— Martin, que fais-tu ici ?

Poulin ne répondit pas. Il se contenta d'élargir son sourire et de bouger un peu les épaules pour laisser voir qu'il cachait quelque chose.

— Pourquoi es-tu de si bonne humeur ?

Nouveau haussement d'épaules.

— D'accord, concéda Oliva. Je vais jouer le jeu. Qu'est-ce que tu caches ?

Poulin sortit le long rouleau de papier qu'il dissimulait derrière son dos.

— Rien d'important, dit-il en le posant sur le comptoir. Juste les plans d'une nouvelle maison qui va s'élever bientôt dans les parages.

— Où ça?

— Juste là.

Poulin indiqua par la fenêtre le terrain vacant à l'ouest de la clôture de l'hôpital Dafoe.

Oliva jeta un regard incertain par la fenêtre puis se tourna vers Poulin, l'air inquiet. Des plans. Le sourire de Poulin. Le terrain vacant de l'autre côté de la route.

— Pas vrai? demanda-t-il prudemment – il n'était pas encore prêt à croire l'incroyable.

Poulin lui fit signe que oui en lui montrant les plans.

Oliva maniait fébrilement les papiers. Il dut s'y prendre à deux reprises pour les dérouler de ses mains tremblantes. Il cherchait nerveusement où était la légende. Il la trouva enfin, dans le bas à droite, à l'encre d'imprimerie bleue et en lettres majuscules : *MAISON DIONNE*. Il parcourut distraitement les plans, puis regarda Poulin d'un air décontenancé. Celui-ci hocha la tête et lui donna une grande tape dans le dos.

Oliva saisit fermement Poulin par les bras.

— Merci.

Il ne trouvait rien d'autre à dire.

Tout le monde leva les yeux quand Oliva sortit à toute allure du magasin. Ils le regardèrent aussi quand il revint en trombe pour s'emparer des plans que Poulin avait gardés dans les mains et ressortit aussi vite. Ils interrogèrent Poulin du regard, quêtant une explication, mais celui-ci garda un visage impassible et sortit tranquillement dans le doux temps printanier. En se retournant, il aperçut le père triomphant qui disparaissait derrière le mur érigé entre sa maison et la fête foraine qui bientôt quitterait l'endroit.

Oliva courut à travers la maison à la recherche d'Elzire. Il alla voir à l'étage, puis dans la cour arrière et dans la cave à légumes. Ne la trouvant nulle part, il pensa qu'elle était probablement à l'hôpital où elle emmenait souvent Oliva fils et Victor voir leurs sœurs, pendant que les autres enfants étaient à l'école. Il décrocha le téléphone. Fou de joie, il déclara à la téléphoniste qu'il l'adorait, en attendant impatiemment que quelqu'un réponde à l'hôpital.

— C'est Oliva Dionne. – Il parlait vite en avalant ses mots. – Pourriez-vous dire à ma femme de revenir à la maison tout de suite?

Il raccrocha et se précipita sur la galerie pour l'attendre.

Il tenait les plans bien serrés dans ses mains et il les brandit en l'air quand Poulin monta l'escalier pour le rejoindre. Ils s'enlacèrent dans une folle danse tourbillonnante, sans s'inquiéter de froisser les papiers coincés entre eux. Ils s'arrêtèrent pour regarder vers l'hôpital de l'autre côté de la route, attendant, pendant ce qui leur parut des heures, qu'Elzire en sorte.

Dès qu'Oliva vit Elzire apparaître à la porte de l'hôpital, il regretta de ne pas avoir dit à l'infirmière qui lui avait répondu qu'il ne se passait rien de grave. En effet, Elzire se rua sur la galerie, toute seule, dévala l'escalier et courut le long de l'allée comme quelqu'un qui s'attend à apprendre de mauvaises nouvelles.

— Allons-y, dit Oliva à Poulin.

Il courut jusqu'à la route et traversa la foule des piétons, comme dans une course d'obstacles.

— J'ai hâte de voir sa réaction.

Elzire était encore dans l'allée de l'hôpital. À bout de souffle, elle ralentit un peu. En approchant de la barrière, elle vit deux hommes heureux qui l'attendaient de l'autre côté : son mari qu'elle aimait tellement et l'avocat qu'il avait engagé pour débarrasser leur vie de sa tristesse. Elle jeta un coup d'œil à ces deux hommes adultes qui dansaient, se lançaient un long rouleau de papier et riaient comme des fous. Elle comprit alors que les jeux étaient faits.

Elle s'arrêta net. Le corps paralysé, la tête lourde, les joues rouges, le visage impassible. Elle n'avait pas de sourire à offrir. Pas de larmes à verser. Pas de moyens pour exprimer ses émotions. Rien.

Elle vit Oliva qui s'apprêtait à passer la barrière et elle lui fit signe d'attendre.

— J'arrive, lui lança-t-elle.

Mais, quand elle voulut avancer, elle sentit ses pieds cloués au sol. Les émotions se bousculaient en elle, l'une après l'autre, la peur les dominant toutes. Elle mordit ses lèvres tremblantes. Les larmes coulèrent enfin sur ses joues et un filet de sang apparut sur sa lèvre inférieure.

Très, très lentement, elle reprit sa marche. En approchant de la barrière, elle vit le gardien qui s'apprêtait à la lui ouvrir. Pas encore, implora-t-elle, en ralentissant encore le pas, se traînant presque. Elle regarda les touristes derrière son Oliva à elle, tout rayonnant, et son maître Poulin à lui, tout fier. Ils marchaient. Ils couraient. Elle regardait les gens qui étaient venus pour voir ses petites filles, et elle se demandait s'ils pourraient jamais accepter que leurs adorables quintuplées deviennent des enfants comme les autres, plutôt que des attractions, et vivent à la maison avec leur vraie famille.

Plus important encore, pensa-t-elle, en s'écroulant dans les bras d'Oliva de l'autre côté de la barrière : ses adorables quintuplées pourraient-elles jamais l'accepter elles-mêmes ?

ÉPILOGUE

Ils n'étaient pas encore installés dans la *grande maison* quand eut lieu à Toronto le rassemblement pour les Bons de la Victoire. Comme promis par Hepburn, c'est Oliva qui les accompagnait, et Elzire était aussi du voyage. Ses petites filles qui avaient toujours vécu en vase clos, Elzire n'était pas d'accord pour les faire parader encore une fois devant des milliers de gens. Mais Oliva avait insisté pour respecter les termes de l'entente qu'il avait signée.

Les quintuplées elles-mêmes étaient très excitées. Il y avait des semaines qu'elles ne parlaient que du voyage. C'était la première fois qu'elles quittaient l'enceinte de l'hôpital Dafoe pour aller dans le vaste monde, et leur enthousiasme était débridé.

Dès que le train quitta North Bay, elles se groupèrent toutes les cinq autour de la fenêtre et, fébrilement, se mirent à montrer du doigt tout ce qui les étonnait le long du trajet : les vaches, les silos, les champs à perte de vue, les toitures des immeubles au loin, la banlieue industrielle de la ville. Tout était nouveau pour elles, sauf les voitures. Elles en avaient déjà vu beaucoup de la fenêtre de leur chambre à l'hôpital.

Pendant tout le voyage, les filles posèrent question sur question à leurs parents. Elles voulaient tout comprendre. Huit années perdues, pensait Elzire. Tant de choses à leur montrer, tant de choses qu'elles ne connaissaient pas. Oliva et elle répondaient à toutes les questions, mais les filles les regardaient d'un air abasourdi ou échangeaient des regards complices qu'elles seules pouvaient comprendre. Elzire les observait avec inquiétude. Que pouvait-il bien se passer dans leurs têtes ? Elle connaissait toutes les pensées de ses autres enfants presque aussi bien que les siennes. Mais elle n'avait aucune idée de ce que ces cinq-là pensaient, et cela la tracassait.

« Mesdames et messieurs, les quintuplées Dionne. » La voix du maître de cérémonie était aussi tonitruante que celle d'un aboyeur de foire. La foule, qui avait envahi tous les coins et recoins du Maple Leaf Garden de Toronto, poussait des acclamations frénétiques dans l'attente de l'entrée en scène des quintuplées. La musique pompeuse jouait de plus en plus fort. Puis il y eut un tonnerre d'applaudissements et les flashes des appareils photo se mirent à crépiter quand les quintuplées entrèrent sur scène par la droite. Pareillement vêtues, elles faisaient des cercles à la queue leu leu sur de grands tricycles. Elles s'arrêtèrent enfin au centre de la scène sous une immense bannière qui conjurait les gens présents : *ACHETEZ DES BONS DE LA VICTOIRE.*

La musique se tut, mais les clameurs de la foule culminèrent au moment où les quintuplées descendirent de leurs tricycles. Elles se placèrent toutes les cinq en ligne devant les dix-huit mille paires d'yeux avides qui remplissaient l'enceinte, les douzaines de photographes et les cameramen des actualités filmées qui étaient là pour enregistrer l'historique première sortie officielle des quintuplées à l'extérieur de l'hôpital Dafoe. Le maître de cérémonie se pencha vers Yvonne, en faisant taire les applaudissements pour qu'on puisse entendre les toutes petites voix.

— Comment t'appelles-tu ? demanda-t-il.
— Yvonne, répondit-elle timidement.

Les applaudissements éclatèrent.

— Et toi ? demanda-t-il à une deuxième.

— Annette.

Les acclamations fanatiques dévalèrent de nouveau les gradins.

— Et toi, qui es-tu ?

— Marie.

— Toi, laquelle es-tu ?

— Émilie.

— Ce qui veut dire que tu es...

— Cécile.

Il se déplaça de côté pour que la vue des spectateurs ne soit pas obstruée, puis leva les bras grands ouverts.

— Mesdames et messieurs, cria-t-il dans la fraction de seconde avant que la clameur de la foule étouffe sa voix. Les quintuplées Dionne. On les applaudit bien fort !

Cet encouragement n'était pas nécessaire. Le stade de hockey était secoué par un tremblement qui ébranlait même la scène où se tenaient cinq petites filles ravissantes, de huit ans à peine, tout embarrassées par l'ampleur de l'admiration qu'elles suscitaient. Les gens crièrent jusqu'à ce qu'ils aient mal à la gorge et applaudirent jusqu'à ce que les mains leur cuisent, mais les quintuplées clignaient simplement des yeux, éblouies par les projecteurs. Elles savaient bien que les applaudissements s'adressaient à elles, mais elles ne savaient pas pourquoi.

Elles regardaient autour d'elles, recherchant désespérément des visages familiers. Mais elles n'en trouvèrent pas. Elles essayèrent d'apercevoir leurs parents qui étaient à l'entrée du tunnel sous les tribunes, mais les lumières dirigées vers la scène les aveuglaient, et elles ne voyaient que des points lumineux. Alors, elles continuèrent de poser pour la foule, s'interrogeant mutuellement du regard pour essayer de comprendre ce qui se passait, attendant impatiemment que les acclamations se calment.

Elles échangeaient des regards complices, presque télépathiques, qui signifiaient clairement qu'elles en avaient déjà assez de Toronto. *Il était temps de rentrer à l'hôpital.*

ET ENSUITE...

Les quintuplées Dionne retournèrent vivre dans leur famille à l'âge de huit ans. Elles s'adaptèrent difficilement à une éducation normale et en voulurent finalement à leurs parents de les avoir arrachées à la vie idyllique qu'elles menaient à l'hopital Dafoe.

Le docteur Dafoe ne revit jamais les quintuplées après leur retour dans leur famille. Il mourut un an plus tard. Mitchell Hepburn, sacré futur Premier ministre de tout le Canada en 1937 dans un article illustré en page couverture du *Time*, avait alors déjà démissionné de son poste de Premier ministre de la province. Il n'exerça jamais plus d'autres fonctions officielles.

Dès qu'elles eurent dix-huit ans, les quintuplées quittèrent toutes leur famille. Des années plus tard, elles diraient que la *grande maison* avait été le logis le plus triste qu'elles aient jamais connu. Les trois d'entre elles qui se marièrent vécurent des échecs. Deux sont maintenant mortes. Les trois survivantes vivent presque en recluses en banlieue de Montréal. Elles revinrent à la maison lors de la mort de leur père en 1979, mais repartirent aussitôt après les funérailles. Elles n'y sont guère retournées par la suite.

Elzire continua de vivre à Corbeil, à quelques centaines de mètres à peine du champ connu jadis sous le nom de Quintland.

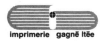

imprimerie gagné ltée

IMPRIMÉ AU CANADA